南观音堂旧事

nan guanyin tang jiu shi

浦仲诚——著

图书在版编目（CIP）数据

南观音堂旧事 / 浦仲诚著 . —北京 : 中国书籍出版社 , 2017.6
ISBN 978-7-5068-6210-3

Ⅰ . ①南… Ⅱ . ①浦… Ⅲ . ①散文集—中国—当代 Ⅳ . ① I267

中国版本图书馆 CIP 数据核字（2017）第 126925 号

南观音堂旧事

浦仲诚　著

图书策划　牛　超　崔付建
责任编辑　牛　超
责任印制　孙马飞　马　芝
出版发行　中国书籍出版社
地　　址　北京市丰台区三路居路 97 号（邮编：100073）
电　　话　（010）52257143（总编室）（010）52257140（发行部）
电子邮箱　eo@chinabp.com.cn
经　　销　全国新华书店
印　　刷　三河市华东印刷有限公司
开　　本　650 毫米 ×940 毫米　1/16
字　　数　240 千字
印　　张　15.75
版　　次　2017 年 9 月第 1 版　　2017 年 9 月第 1 次印刷
书　　号　ISBN 978-7-5068-6210-3
定　　价　40.00 元

目录

第一章　常将新居作旧家，岁月难回望

第二章　几缕乡情伴乡愁，幽处闻梅香

第五章 君子之交淡似水，陋室叠华章

第一章

常将新居作旧家，岁月难回望

母亲·家庭历史的记痕

母亲终于生病了，且病得不轻。

用老母亲自己的话来说：“我一生活了82岁，除了轻微的伤风感冒，从没因为生病打过针，挂过点滴，也从来没住过医院。这一次，我是怎么了，一住进医院，就是近半个月……”

是的，母亲的身体一贯硬朗，在我记忆中，母亲一生虽然历经无数次坎坷和磨难，却从未见她生过什么病。即使在父亲病重逝世的那一年，母亲还是坚持着没有病倒。可这一次突然发病，差点要了她的命。

在市医院，陪护母亲的病床边。看着病床上的老母亲，见沉睡中的母亲双眼紧闭，装着满口假牙的嘴，微微地张着一条缝隙，她那饱经风霜的古铜色脸容，写满了岁月的沧桑。顷刻间，一种刺胸的疼痛从我的心头产生，随即这种疼痛，迅速扩散到了我的全身的每一寸肌肤中。母亲曾多次诉说过的往事和我家曾经历过的许多磨难，又一次浮现在我的脑海中。

一、童年失母爱

母亲出生于 1934 年，她的娘家是常熟县归义乡杨园村。这年的 1 月，是中国共产党领导下的中华苏维埃政府第二次全国代表大会召开的时期。这个月中，杨园村上的青年佃农钱章结婚了。钱章所娶新娘，是常熟县城北门外葛墅桥镇街稍西北处、龚墅义村农户家的龚氏姑娘，名叫根珠。杨园村，村上的村民大多姓钱，可就是家家户户穷得叮当响。钱章的母亲因病长期瘫痪在床，因此生活很艰难。钱章是一个老实巴交的农民，婚后靠租种田地和自己有一手制作水粉条、粉皮的手艺，出卖水粉条和粉皮，勉强维持着一家的生计。

1934 年，是个灾年。苏童在他的《一九三四年的逃亡》一文中，曾这样描述悲惨 1934 年："你知道吗？ 1934 年是个灾年。枫杨树周围方圆七百里的乡村霍乱流行，乡景黯淡……" 这一年的 10 月，也正是中国共产党领导下的八万中央红军，在第五次反围剿失败后，被迫进行长征的开始。为了剿杀尽共产党人，这一年国民党政府在经济上实行残酷的封锁政策，在统治区域内把百姓弄得民穷财尽。

10 月，正是钱章婚后生下漂亮的女儿金宝的日子。3 年后的 1937 年，日本鬼子侵占了常熟。这年的 12 月 12 日，钱章又添一子，取名宝华。就在宝华出生的第二天，即 12 月 3 日，日本鬼子攻占中华民国首都南京城，当月 16 日，国民政府及总统蒋介石迁驻陪都重庆，并发表了放弃南京的《告全国国民书》。国民党政府因忙于逃亡，无力关心民众生死，百姓的日子过得异常艰难。

钱章一家 3 年中多了两口人，日子本已过得很艰难，在这样一种社会大环境情况下，其家景更加贫困了。就是在这万般艰难的岁月中，还常常遇日本鬼子到村上烧杀抢掠，钱章夫妇俩人拖老带小，天天过着担惊受怕、避灾逃难的日子。

在千难万苦中，终于熬过了八个年头，抗战取得了胜利。到了1946年，金宝才12岁，金宝的娘亲根珠，却因多年担惊受怕、积劳成疾，病重而不治，留下一对幼小的儿女，撒手西去了。

根珠逝世后，尚年幼的金宝和宝华，从此成了没娘的孩子。聪明懂事的金宝，很自觉地担当起了家中女人的活。才12岁的金宝，帮着父亲钱章打粉条，在邻居婶婶的帮教下，还学会了裁衣、做鞋、洗刷等家务活，尽力下地做一些田里农活，还帮衬着父亲照顾还不懂事的弟弟宝华的生活。

二、少年童养媳

金宝可能是承袭了父亲钱章的遗传，刚13那年，身材已高大如成人，初显出姑娘家的风韵。漂亮又聪明伶俐的金宝，竟然被邻村一户富裕人家看中了。

有一天，这户富裕人家，托媒婆找到钱章，要求把金宝招为童养媳领养过去。媒婆对钱章说："这富户户主，是当地村上的缝纫师，家中开着缝纫店，家境丰实。把你家金宝早些领养过去，既能为你女儿将来出嫁，觅得一户好人家，也减轻了你目前家中的困难，还能让你女儿早些过上好日子呢。"

刚开始，钱章还顾虑重重，恐怕已经没了娘的女儿，被领养过去当童养媳，会更加受苦。钱章虽然沉默寡言，但性格倔强。他中年丧妻，却为了一对儿女，立誓决不续弦，一生历经了许多磨难。此刻钱章想道，现在既然有人来为女儿说媒，我该不该同意这桩婚事呢。

媒婆又对钱章说："眼下你自己一人，要养活二个儿女，家景确实艰难。再说，你要考虑到，女儿将来总是要许配人家的，这也许就是你为女儿找到一户好人家的机会。”

在媒婆天花乱坠的吹嘘下，钱章就相信了媒婆的话。金宝去这户富裕人家当童养媳的事，就这样立约定了下来。

按照当时的约定，两年后，即 1949 年初春，刚过 15 岁的金宝，就被接到了男家。

少年的金宝，在男家的那些日子里，每天从早到晚要干很多家务活，烧水做饭，洗衣洗碗，端茶倒水，打扫卫生，下地干活，侍奉老人等，除了这些要做好家务活，金宝还要帮男家缝纫铺做量衣锁扣，纳边锁缝等许多针线活。而金宝的吃饭和睡觉，被规定只允许在落脚茅草屋里度过。尽管如此劳累，金宝每天还是要经受许多次的谩骂和责罚。

男家中开着缝纫铺，家境丰实，却是吝啬人家。钱章根本没有料到，女儿金宝在家的生活虽然困苦，可女儿总还有他这个当爹的爱怜和呵护。自从被领到了男家后，竟然被当作下人一般对待，金宝尚年少的身心，已经饱受了男家的欺凌和责难。

三、青年女佣人

金宝的个性，如她父亲钱章一样很倔强。她把这些欺凌和责难，默默地牢记在心间，心里却下决心，一定要设法逃离这个让她憎厌的家。金宝咬着牙熬到 18 岁那年年初，一个偶然的机会，终于来了。

有一天，金宝在邻居家婶子那里，听到邻家婶子有一位上海亲戚家，要招两个女佣人。婶子还说，这个上海亲戚是开厂子的大老板，人很友善。老板的太太也是个善良的妇人。金宝天真地觉得，这正是一个逃离的机会。就这样，金宝竟然在黄家人坚决反对的情况下，偷偷地联系另外一位大姐，随着她一起去了上海。

金宝在上海帮佣的日子，仅有 8 个月。但是金宝说，上海老板和老板的太太，真的是一对大善人，他们人品好，有文化又有修养，空闲时还教金宝认字呢。这对上海夫妇对待佣人，从不打骂责难。有一次金宝洗碗时，不小心打碎了他们家一只祖传的大花碗，当时不知如何是好，心中慌得哭了起来。心想，这次肯定要受到严厉的责罚和赔偿了。

想不到的是，老板和太太非但没有责罚金宝，反而安慰金宝说："金宝别哭啊，打碎了么，就打碎了，侬又不是故意的。"金宝哆嗦着说："我赔啊，你们从我工资中扣吧。"太太却笑着说："侬个傻囡，这个大花碗，算起来也是古董呢，把侬卖脱了，也赔不够的。侬今后当心一点就是了。"这位太太的宽宏大量，让金宝感动不已。

母亲曾多次和我说起过她的这个感人故事。母亲把这件让她感动的小事，牢记了一生。全国解放后的第二个年头的年底，上海市开展社会秩序整顿，因此母亲回到阔别 8 个多月家乡，回到杨园村娘家。

父女久别重逢，自然喜欢。但俗话说，"嫁出的囡，如泼出的水"，金宝虽然不是正经八大花轿抬着嫁到男家去的，但却是以"当童养媳"的契约领养过去的。善良的外祖父，怕男家人知道后，会追上门来闹事。所以外祖父把在娘家住了不到十天的女儿，又送回了男家。

母亲被迫回到男家后，马上遭到男家上下的一片责骂声。男家的女主人，凶恶地用指头狠狠地敲点着母亲的头说："孙悟空再厉害，也跳不出如来佛的手掌心。你私自逃到上海去，害得我们到处找你。你那样有本事逃走，却没有本事永远留在上海呀，啊？你怎么不死在上海呢，还要回到我们家来呢？"

那时候，母亲因为委屈和无助，心如碎了一股。如今，母亲每当回忆到这段辛酸往事时，她总是泪流不止，泣不成声。然而，当时所有这一切，母亲只能咬着牙默默承受着。

此后，男家怕再生变故，酝酿着要在来年，为其儿子与金宝举同房之事……

四、挣脱旧婚姻

1952年新年春节刚过，常熟县政府社教工作组来到母亲的家乡。市社教工作组分别在大墅乡、葛墅乡和杨园村等处建办了夜校和读书识字班。在夜校里，工作组的同志不但教没上过学的人识字读书，而且还宣传土改政策，宣传破除迷信、破除封建婚姻的政策。

因为受村上许多年轻同伴的影响，母亲也悄悄地去报名参加了夜校识字班。在夜校，母亲不但识得了许多字，还学会写了许多字。更让母亲高兴的是，她在夜校中，了解到了政府“婚姻自由”和“破除封建婚姻”的政策。让母亲终于看到了，可以挣脱这桩“封建童养媳婚姻”的希望。尤为可喜的是，在夜校读书识字班里，母亲认识了市社教工作组在夜校教课的青年干事浦蕴华。

蕴华比母亲大2岁，他原是常熟县曙光中学的学生，家在葛墅镇。1949年，县城即将解放那些日子里，年仅18岁的蕴华，与几个同学和青少年朋友，悄悄地参加了由常熟地下党组织领导的“支援配合解放军南渡长江”行动。蕴华他们，被编为一个青少年支援团。当时“青少年支援团”曾被领导戏称为“童子军”。

常熟县城解放后，领导看到蕴华表现突出，将他选入常熟县政府新成立的宣传组（即后来的宣传部）当干事，并加入常熟教育工会。此后，县政府社教工作组下乡开展土改、社教、扫盲工作，蕴华便成为社教工作组的干事，并参与负责到泄水、顶山、山北、大墅、葛墅等地的夜校开展扫盲工作。

蕴华是县社教工作组干部，与母亲相识那年，才21岁。他人长得英俊，又有文化，追他的女青年很多。蕴华在夜校中，听了金宝身负封建童养媳婚姻的压迫和坎坷遭遇后，非常同情。他热情地帮助金宝设法去挣脱这桩封建婚姻的禁锢。在蕴华的关心和帮助下，金宝以国家《新婚姻法》为武器，终于与男家彻底解除这桩封建婚姻。从此，母亲金宝又回到了久别的娘家杨园村。恢复了自由身，犹如获得了新生，母亲从此把自己“金宝”一名，改为“玉琴”。

母亲回到杨园村后，与我外祖父钱章一起，积极参加村上土改运动，继续到夜校读书识字班学习，积极参加政府的政策宣传工作。不久，我外祖父入了党，被选为杨园村农会主席。母亲也被村上推荐为杨园村妇女协会主任。

母亲参加土改运动和夜校学习后，与青年干事蕴华相处的机会越来一越多，一起工作的环境，使一对年轻人，在不知不觉中萌生了爱的火花，俩人竟然相爱了。

五、书香旧门第

蕴华的家，住在小镇葛墅桥北街。蕴华的祖上是武学世家、书香门第，原家祖居大墅桥外黄塘浦氏老宅。蕴华的祖父浦凤石先生，字国钧，是清代武学举人，被人们尊称为浦大爷。浦凤石因得祖上家传，年轻时就武功了得，且身怀中医外科医术，后来又拜了当时内科名中医周竹筠老夫子为师，兼学得内科医术。

当时的大墅镇，尚不及葛墅镇繁华。为了发展医药事业，救助更多乡民，在清朝光绪末年，浦凤石在葛墅桥小镇北街江家厅上租下了几间店面房，把自己开的“留耕堂”医药房，搬迁到了葛墅小镇上经营。浦凤石为人率性耿直，刚正不阿，善良守义。他在葛墅小镇上开了医药房后，对小镇周边乡民，长期施医济药、乐善好施，深得乡民爱戴。葛墅周边乡民，曾因此向浦凤石赠授了一块巨大的匾额，上书：“凤石先生仁心仁德”（可惜的是，这块珍贵的祖传牌匾，因大伯保管不慎而已遗失）。

根据《常熟教育志》和另外一些史料记载：浦凤石在宣统末年与民国初年，曾捐资建办了民国初等私立小学（大义小学的前身），并将黄塘浦氏老宅几间旧房拆下，用以打造小学的课桌，还亲任学校校长，浦凤石成为当时大墅桥镇上名扬一方的人物。直至如今，在大墅桥镇上的一些老人中仍流传着“浦大爷咳嗽一声，再调皮的小孩也不敢哭的”这句话。

到了葛墅镇后，为了方便和造福古镇周边乡民，浦凤石又在葛墅镇东北方向的中泾塘上，独自出资建造了一座石板桥，取名为“中泾桥”，如今在葛墅镇周边乡民中还流传着“浦大爷独打中泾桥”这句话呢。

浦凤石在葛墅镇上，还发起捐资把小镇上原来的泥土街，改铺成卵石街。在铺建葛墅镇石街过程中，曾得罪过几个有财有势的吝啬小人，这些人怀恨在心，他们私底下胡乱揣猜和造谣：浦凤石算老几？他一个行医的外乡人有那么好的心肠？捐资铺街对他有啥好处？说不定他在借铺葛墅街的工程中贪污了银子呢。以此来中伤浦凤石的这一义举。浦凤石知道后，心中之苦无处诉说，胸中之怨日积如山。浦凤石一怒之下，决定在寒冬赤身跪游新铺成的葛墅街，以表心迹，以示清白。从此民间便流传下“浦大爷铺葛墅街，怨气冲天”，这句俗语了。辛亥革命初期，反封建思想积极的浦凤石，还加入了孙中山先生领导下的国民党组织，积极参加声援五·四运动，成为当时常熟县教育监理。我的曾祖父浦凤石，大约在56岁左右，因突发重病而逝世。

在浦凤石影响下，儿子浦光斗也走上革命道路。浦光斗是我的祖父。根据《常熟县志》《大义镇志》和另外一些史料记载：祖父浦光斗的公开身份，原是小学教师，他于1926年后就投身革命事业，并参加了共产党领导下的国民党左派组织，担任并负责着葛墅乡分党部的组织工作，与谢恺烈士是战友（谢恺烈士是负责大墅区党部组织工作）。大革命失败后，他积极参加共产党领导下的地下革命工作。1932年，浦光斗被党组织秘密派往常州参加培训学习，在常州培训回来后，继续开展共产党领导下的地下革命工作。1938年秋，浦光斗在一次逃避反动派的抓捕途中，因冒雨躲藏在暴露棺材中三天三夜，而身染上重病，因此不治牺牲。祖父去世那年才36岁。那年，我的父亲才7岁。

祖父浦光斗去世后，年轻的祖母陆素保，在异常悲痛和万难中，接过扶养四个儿女的担子。她变置了曾祖父留下的一些家产，在葛墅镇开了一家米粮杂货店，操持着这个家，通过许多年艰辛劳作，积尘为金，后来才以十八担米的代价，在葛墅镇北街江家厅斜对面置买下一套没人敢住的“鬼”宅，这便是我家此后在葛墅镇上的老宅。

祖父逝世后十多年中，祖母勤俭持家，待人和善亲热，做生意买卖公平，深得乡邻称赞，被乡民尊称为素阿姐。祖母严格以传统家教文化教育子女，为我大伯辰华结婚成家，又把父亲蕴华培养读了中学，直至全国解放，成为商业系统店员。祖母为浦氏世家的沿袭和发展，奉献了一生精力。

六、嫁居葛墅镇

1954年，是国家第一个五年计划圆满完成的年头。这年初，母亲与父亲蕴华经民政部门登记结婚了。

母亲嫁给蕴华后，随父亲蕴华住到了葛墅镇上老宅。葛墅镇是当时葛城乡乡政府所在地，乡政府所办公地点是在北街上江家厅内，与我家老宅是斜对面，其间仅一街之隔。父亲结婚后，继续热情投身于他的社教工作，为培养农村青年骨干，他还兼任着葛城乡跃进村的团支部书记，为社会的进步发展努力工作着。11月12日，我诞生了，成了他们的儿子。

从封建旧社会过来的母亲，深知旧社会给百姓带来的艰难困苦，又深刻体会到新中国成立后，共产党给百姓带来的安定和幸福。母亲嫁到葛墅镇上后，虽然要照顾着我们的家，但她继续积极参加当地社会主义建设活动，不久便担任了跃进村的贫协会员和妇女委员，成为当地妇女工作积极分子。

1958 年初，母亲生下了我的二弟。那一年正是“大跃进”年代的开始，社会上一些浮夸的风气如“深耕深翻”“吃集体食堂”“过集体生活”“大炼钢铁”等运动，正席卷着全国各地。后来又掀起的“反右批右”等极左的运动，严重影响着百姓刚刚好起来的生活，加上苏联向我国的逼债，严重影响着国家经济的发展，使国家面临面着严重的经济困难，百姓生活面临艰难。

1960 年 6 月，我的三弟出生了。在国家十分困难的大环境下，三弟的出生，无疑给我们本已艰难的家庭，增添了负担，一家五口人，仅靠父亲每月仅 20 元左右的薪水和母亲的针线活收入，勉强维持着艰难的生计。家庭的困境，让母亲夜不能寐。

面对全国的严重经济困难，为改变大跃进和人民公社化运动所导致的农、轻、重比例失调，经济遭到巨大损失的情况，1960 年 9 月，中共中央对国民经济提出“调整、巩固、充实、提高”的八字方针，以调整生产关系，适应生产力的发展。并对国家各政府部门和基层单位开展动员，实施“乡乡合并”“精兵简政”，把多余人员充实到基层和生产第一线。常熟县政府也迅速贯彻和落实着中央这一精神，并在机关内开展“精兵简政”减员的动员。就在机关部门一次动员上，我那思想积极的父亲，主动报名，要求下放回乡工作。

那时期，葛城乡和大墅乡已合并为大义乡。因为我的父亲主动要求下放，加上他自幼左手落下了残疾，所以父亲在被下放回乡时，他的户籍和人事关系，被照顾保留在大义乡国家工作人员行列内，享受乡干事待遇。父亲下放回到乡里后，被照顾优先考虑在供销社、信用社、广播站等单位中任选一职。巧的是，与此同时，常熟县邮政局要在葛墅镇上开设邮政所，需要选配一名负责人，担任葛墅镇邮政所的收发投递工作。就这样，父亲回到了葛墅镇，干起了邮政工作。

父亲出身书香门第，自幼受到其祖父和父亲的影响，更受其母的严格教育，也是一个清廉、耿直的人。父亲在少年时代还得其堂叔父、机电工程师浦念祖（我曾祖叔父浦五爷的儿子）的传教，学会了制作矿石收音机、刻章、绘油画等技能，并写得一手非常漂亮的字。因此，在担任葛墅镇邮政所工作的同时，他凭本领技能，为当地社会和百姓作出过难以计数的义务修理和服务。但他耿直清廉、嫉恶如仇的性格，也使他与一些别有用心之人结下了仇怨。因此在文化大革命中，父亲被这些别有用心之人，诬告为“反革命”，遭受了无情的陷害和压迫，可谓九死一生，这是后话。

七、摆摊小买卖

母亲与父亲结婚后，共生了我兄妹四人。在 70 年代以前的环境和医疗条件下，对于母亲来说，每一个子女的出生过程，也是她面对死亡的一次跨越过程。

1963 年初夏，我父母亲的掌上明珠、我那可爱的小妹丽红诞生了。家中连续生了 3 个男丁，突然间又得了个女娃，母亲心中的喜爱，让她完全忘掉了生养女儿时的剧痛和辛苦，父亲心中的喜欢更不胜描述。但是，1963 年，仍然是国家困难时期，家中喜得“千金”的愉悦，很快被家中又添一口的窘境所淹没。

父亲继续做着邮政收发投递的繁重工作。一家六口，依然仅靠父亲 20 多元的月收入，是无法生活的。母亲生下小妹后不久，硬是撑着虚弱的身体起床，白天做起了摆摊作小买卖的营生，晚上继续做女红绣花边，以换取微薄的收入。

葛墅镇是一个非常繁荣的古老小镇，镇上有一座古石桥，始建于元代至正年间。在唐代麟德年间，小镇北龚墅巷因出过义士龚景才，曾受到朝廷"旌表门闾"，而让葛墅镇声名远播。在明代嘉靖年间，镇上曾有贡任浙江嘉兴儒学教授的葛家员外葛覃在此隐居，其长子葛邦典，在嘉靖三十五年中进士，官居工部主事、刑部员外郎、兵部员外郎、兵部郎中，后又被外放任汝宁知府。其次子葛邦弼，中举人功名，任归州知府、南宁府同知等职。在清代末期，有武学举人浦风石（字，国钧）隐居葛墅，在镇上开"留耕堂"药房，医济乡民、捐资创办大义小学、葛墅街和中泾桥等。葛墅镇可谓义名远播，文化积淀深厚。

旧时的葛墅镇，是军事上的南北交通要塞，也是地方经济重镇。葛墅镇东边，有从九浙桥过来的谢桥、毛家桥等地商埠的来客。南边通大墅桥，有从冶塘、练塘、无锡等地商埠的来客。西南方向，有过春晖桥，从王庄、顾山等地商埠的来客。西边有从万丰桥通达杨舍、江阴等地商埠的来客。东北方向，有从中泾桥过来的谢桥、福山等地商埠的来客。北边还有从许家桥、白渡桥过来的鹿苑、金家村等地商埠的来客。至 40 年代末期时，葛墅镇上仍有各种店铺逾百家。据老人们说，古时候葛墅镇上，最繁荣的时候，仅茶馆经营，就有 23 家呢，葛墅镇上的繁荣，可见一斑。

在家境十分困难的情况下，母亲迫于生活压力，学邻居家，在小镇街头摆了一个小摊，作起小买卖的营生来。起初，父亲是反对母亲去街头摆摊做生意的。这除了父亲思想正统以外，其主要原因，还是因为母亲刚生小妹，身体依然虚弱。但是，父亲也无奈于家境的窘迫，且也拗不过母亲的坚决。幸运的是，当时国家为了改善民生，提出了"三自一包"的口号。政府允许百姓可以有"自留地"，自留地上种植的农作物可以"自由卖买"，百姓自家有的生产资料和收获，可以“自主经营”出让，村民种地可以搞“包产到户”，向国家和集体上交的任务完成后，多余的部分，可以自主经营出售。因此，母亲去摆摊作小买卖，并不违法和丢人。

母亲请外祖父帮她编了一个有盖子的小“草窝”。每天清晨，母亲把家中煮熟的山芋、炒熟的花生等，放在小草窝内，拿到街头、桥边去，吆喝着出卖。到了时令水果成熟的季节，母亲还常常步行来回40多华里，到县城、宝岩等处水果批发市场，挑回一些板栗、桃子、杨梅等新鲜水果，在街头摆摊出卖。如今，记忆中依然记得，尚幼小的我，也曾多次挎上装着内包炒熟的南瓜子、花生米“三角包”的竹篮，随着母亲到桥下大茶馆和方家茶馆的书场中，轻声吆喝着“香脆的花生米、番瓜子”“啥人要花生米、番瓜子”，招揽生意。

我家的日子，就这样在母亲千方百计的劳作中，一天天度过。母亲为我们这个家，为我们几兄妹能上学读书，历尽了艰辛，绞尽了脑汁。

八、家中租书店

父亲到小镇邮电所工作后，相对稳定的工作环境，使他有了看报读书的机会。父亲的藏书爱书之习，在当时的葛墅街上，是出了名的。他除了读一些祖上传下来的书籍外，还省吃俭用，购买了许多书籍，如《谁是最可爱的人》《日日夜夜》《钢铁是怎样炼成的》《卓娅和舒拉》《七天七夜》《牛虻》《海囡》(原名《海的女儿》)及连环画《水浒传》《人民公敌蒋介石》等等。加上我家虽然是没落的书香门第，但是由于曾祖父、祖父都曾经是书香世家、教师出身，所以家中遗传下祖上书籍颇多，如有《石头记》(即红楼梦)、《水浒传》《水浒后传》《三国志》《西游记》《封神榜》《七侠五义》《小五义》《续小五义》《岳飞传》《唐诗三百首》等，加起来家中藏有的图书共有逾千册。

父亲读书很认真，并且学以至用。由于他的勤奋，他自学学会了篆刻印章。孩童时代，我曾见过父亲篆刻印章有“小市桥”“蕴华”“寅”“葛城乡”等等，还有一枚是父亲专为我母亲刻的私章，母亲将这枚私章保存至今依然在使用，成为父亲留给母亲的一件珍贵纪念品。父亲还通过读书自学，学会了油画。在“文革”初，父亲受许多单位和临近乡村的邀请，去为他们作画。在我的记忆里，父亲作的油画中，大多是画在墙上、门上、戏台上的伟人像。那几年中，父亲会作油画和他爱读书的名声一样，在当地也是出了名的。

大约是 1963 年的秋天，雷锋光荣牺牲不久，毛泽东、周恩来、朱德等党和国家领导人分别题了“向雷锋同志学习”的题词。不久，县新华书店的柜台便有了雷锋的连环画册出售。有一天，父亲去了市里，刚巧经过新华书店，非常酷爱书、酷爱读书的父亲，便又买下了一本《雷锋》连环画和一套 21 册《水浒传》的连环画。父亲高兴地刚把这些连环画带回家中，就引起了父母间的一场争吵。

我家那些祖传的书与父亲日渐购买累积的书，原来大多数书是藏在葛墅小镇我家老宅的阁楼上，和后厅北厢房父亲的书房里。不过，父亲为了读书、篆刻、油画（制作矿石收音机）这几份爱好，是没少花家中钱的。所以，父亲为了这些爱好，而与母亲常常争吵。如今想来，也不能怪母亲，因为，父母二人的微薄的收入，除了要供养我兄妹四人，还要供我们兄妹四人读书上学啊。在这种家境下，父亲花了十多元钱，买了 20 多本连环画带回家中，引起了一场夫妻间的争吵，是必然的。

父亲是个憨直的人，他认为做对的事，是不肯让步的。那天，父亲对母亲所说的一段话，我是永生难忘的：买书，比买金子不知好几倍，书能教化人。金银财宝是死货，有的时候还会害死人。我是化了十几块钱，但是我一定会让这些书生出大铜钱来的！

当时的我，并不理解父亲这话的含意，更不知父亲有什么办法去让这些“书生出大铜钱来”呢。不过，天真的我却相信，我们的父亲是不会骗人的，聪明的父亲肯定是会有办法让家中的这些书，生出大铜钱来的。

此后的几天中，父亲只要一有空，便去后厅北厢房他的书房中。他一进书房便关上门，在里边敲敲打打不知捣鼓些啥，一连弄了近十来天，才算结束。那天吃晚饭的时候，父亲显得很高兴，并喝了一瓶“小手榴弹”。我刚做完作业，坐下准备吃晚饭时，父亲用筷子刮了一下我的鼻子，说道：儿子，明天我的那些书，会开始生小铜钱了。听了父亲的话，我和母亲望着父亲，不知父亲葫芦里卖的什么药。才 6 岁多的二弟和 4 岁的三弟，更没弄懂发生了什么事，闷头喝着他们的稀粥。

到第二天下午，当我放学回家才知道，父亲是用家中的旧木料旧木板，自己敲敲打打了好几天，才钉成了书柜和书架，并利用家中上千册的藏书和累积多年的 300 多册连环画小人书，在他那邮政所里搞起了图书出租。从此，父亲的租书店开业了。

按父亲说法：要让家中的这些书去教育人、教化人。能让我们这一些孩子，在这些书中学到在学校的教课书本上所学不到的知识，让我们这一些孩子在这些书中学习到做人的道理。不过，父亲对我们要求很严：学校里布置的作业不完成，不准看店里的书！家务活不做完，也不许看店里的书！当时我年幼，尚不理解父亲这些话的深刻含意。如今想来，父亲的用心，是用心良苦、眼光深远的。

但是，在以后的那几年中，我还是千方百计地偷着去看这些书的。那时候，我没有什么别的爱好，只爱书，我几乎每晚都乘父母熟睡后才从被窝里爬起点上油盏，读完了《红楼梦》《钢铁是怎样炼成的》《卓娅和舒拉》《牛虻》《海囡》等书。虽然，我开始阅读这些书时，基本上是似懂非懂地阅读着。但是，在以后的几年中，我便慢慢地从中学到了许多做人的知识和道理。特别是《海囡》的那一句“华年不虚度，要做有用人”，对我的鼓舞和影响是非常之大的。事实上，我家的书，的确是影响了我一生的。

九、劳动“改造”情

文革时，因遭冤案，我们全家人被下放到农村，成了殷家油车生产队的农民。曾听殷家宅基的老辈人说，殷姓祖辈上人，是以开打菜油坊为生的。所以，在生产队最南端，有一块叫“油车基”的地，地里有二架被遗弃的花岗石榨油车。这是二个近一米半直径的大石磨盘，它们如一对“地眼”，凸现在广沃的田野上，如在日以继夜地监视着这个忙碌世界上每天所发生的故事。

殷家油车是殷家宅基的俗称，在政府登记的名册上，叫作第七生产队，又称殷家坝队。队上有 120 多号人，140 来亩地。村民中有近 90 多人姓殷，只有少数是陈姓和钱姓的，姓殷的大都是殷家大院里人。我们一家的下放，让殷家坝队又多了一户外姓人。

那时候，殷家大院里的人很保守和排外，他们对外姓人的政策，是“安内必先攘外”，因此，外姓人是很难融入他们殷姓的圈子里的。不过，殷家大院，并不是铁桶一只。殷家大院里人，分墙门里头人和墙门外头人。墙门里头人是殷家大院的核心，是生产队的“决策层”。墙门外头人是殷家大院的外围，只是生产队的“附议层”。外姓人则是殷家大院的“附属”人群。因此，我家成了殷家大院墙门外头的“附属”人。

我家住在葛墅镇上，距离殷家油车队有四华里，每天下队去干活，要先从第五队（称北市稍队）出去，又经第六队（称王家宕队）的部分地块，在见到“油车基”上那一对“地眼”时，才能到达殷家坝队的辖区。这样漫长的路程，快步也要走 20 多分钟。

从市镇居民突然间变成为农民，刚融入殷家宅基的农民队伍里，好像地球上来了外星人一样，让殷家坝人感到好奇、别扭，并受到他们中一些人的排挤。因此，母亲非常担心一家人今后的处境。为了生活，我们一家人除了白天要下地干活，晚上我和二弟还陪伴着母亲在昏暗的油盏下，一起穿针引线做花边，每天要熬到深夜才睡觉。

我是在读的中学生，从来没有赤着脚干过农活。什么活都得从头学起。但是为了生计，每逢假日，必须要到生产队去参加劳动。参加生产队里劳动，每天所干的活，常常是一日三变。往往是参加早工时，所带去用的农具，在上午又要换其他农具了。上午使用过的农具，到了下午，又要换了另外一件农具了。甚至，有时候半天中也会换上一二次。我家距生产队远，来回一趟要走近一个小时，遇到更换农活急需更换农具时，常常感到手足无措，并受到刁难和责骂。

我的父亲因为左手残疾，若干一些以双手配合的重活，如摇船、罱泥、插秧、翻地等，则成了被一些人捉弄刁难我父亲的机会。看着父亲因此经常被捉弄刁难，我心中非常难过。心中暗暗下决心，我一定要尽快学会和精通掌握全部农活的本领和技术，为父亲出一口恶气。

到高中毕业那一年，我已经是生产队上最好最快的插秧能手了。我不但学会了摇船、罱泥、布麦种、布稻种、还学会了垒麦垛、垒稻垛、垒柴垛等高难度农技活，到二十虚岁那年，我甚至还学会了驾驶手扶拖拉机耕地、驾驶机帆船等机械活。我的两个弟弟在我的帮带下，也先后成了生产队上的插秧能手和拖拉机手。老队长根林大伯曾动情地说过这样一句话：“我看这几个街廊这几个小青年，干起活来要比宅基上的后生更厉害呢……”

“有作为，才有地位。”这句话说得好。我们一家人在生产队里劳动的能力和表现，终于逐渐改变了人们对我家的看法、排挤和刁难。

十、新年里请客

1973 年农历新年前夕，我高中已经毕业。文革中，全国所有的大学，都早已停止招生了。毕业后去干什么？是我面临和担心的一桩大事。

父亲和母亲因此担心和商议：“芳芳高中毕业了，要想办法给他找一个工作，否则会荒废他一生的。”母亲手脚不停地忙着家务活，无奈地说着：“有什么办法呢，眼看着仲仲（二弟）也要上高中了……”父亲想了一下说道：“后天是初二，我想买一些菜，请几个朋友来家里聚一聚，托他们想想办法。”母亲惊诧地看着父亲问道：“请客，你哪里来的钱呢？”

父亲苦笑着说：“前天，我和芳芳一起为秦三郎桥供销社跑运输，赚了 20 块钱，买几个菜应该够了。”母亲听了，赞同父亲的想法，她对父亲说道。“哦，我的绣花边钱也拿到了，花边行玉保知道我家困难，先把付钱给了我。如果钱不够的话你拿去吧。”父亲听后动情地说：“不用了，我这 20 块，该够用了。小月是好人啊（小月是玉保阿姨的小名）。”

因为我家特别困难，虽然是除夕之夜，却没有过新年的气氛，一家人便早早睡了。可是，夜已经很深了，隔壁房中的油盏灯还亮着，我听见父母商量的低语声。原来，父母亲还在商量着请客的事。

新年初二的凌晨时分，隔壁人家养的雄鸡，把父亲早早地吵醒了。父亲起床后，蹑手蹑脚地轻轻开了门，提着篮上街去了。其实这一夜，我躺在稻草铺垫的竹床上，翻来覆去也是无法入眠，胡乱地想着心事。父亲起床出门，我听得非常清楚。大约八点多钟的时候，我正坐在床沿上看着小说《海囡》。

“芳芳你过来，你爸有事要跟你说。”母亲在灶间里喊我。听到母亲的呼喊声，我忙放好手中的书，扣好衣扣，穿上母亲给我新做的黑方口布鞋，来到灶间，灶间溢发出阵阵诱人心肺的肉香味，让人心馋。

父亲正在灶门口折草把烧火。自从父亲被错打成反革命近3年多来，家中两个黑洞洞的大铁锅中，已经很久没有这么香的味道冒出来了。“芳芳。”是父亲的话，把我的目光从锅盖上，拉回他的身上。“嗯”我赶忙应声。

父亲对我说：“我同你妈商量了，想请你施叔叔、龚叔叔，还有胡叔叔，俞叔叔来我们家吃新年酒。菜已经买好了，几个叔叔的家，你都认得。你去把他们都请到家来。你跟他们说，你娘舅也来我们家了。”听了父亲的话，我心里想道：娘舅是大队干部，叔叔们都是干部、领导，他们互相认识，所以要娘舅作陪的吧。我心想着事，没有及时答腔。

母亲急了，问我说：“你听见你爸讲的话了吗？”我忙回答：“听见了，听见了。”

父亲不放心地叮嘱道：“一定要逐个请到啊。”母亲催促我上路“快去吧。”

“嗯”我轻声应着，从家中出来，先往龚叔家的方向而去（龚叔是我二弟的义父，在公社窑厂当会计）。走在路上，我想着家里铁锅中猪蹄、猪头肉的香味。

一路下来，先去龚叔家，再去施叔叔家，然后又去家住在大墅镇上的胡叔和俞叔家，到上午十点多，我才疲惫不堪地回到家里，经过2个小时的长途奔波，我两条小腿真是累极了。

回到家后不久，胡叔、俞叔、龚叔他们几个先后来了。父亲陪着几位叔叔喝茶聊天，谈着一些家常琐事。母亲正在灶间忙着准备午餐的酒菜。快十一点了，仍没见施叔叔到来。父亲问我：“芳芳，你施叔叔怎么没有来啊？”“我不知道啊！”我说。“你有没有同他讲清楚啊？”“我到他家啦，我当面跟他说的，施叔叔对我说，他一定会来的。”我有些无奈地回道。

“小孩子办事，就是不牢靠，你应该同他讲，一定要来才对啊！”父亲埋怨我说。

我觉得委屈，心想“真是冤枉哪，”并回答父亲道：“我、我、我……”

“还我、我什么，还不赶快再跑一趟，去请他来，你就跟他说，胡叔叔、俞叔叔他们都已来了，都等着他呢，快去快回，一定要请他来！”父亲以严厉的口气命令我说。

我心中真是一百二十分的不乐意，嘴里嘀嘀咕咕真想再说，母亲在灶间叫我了：“芳芳，你过来一下。”听到母亲叫我，我来到灶间，呆呆地望着母亲。

母亲慈祥地又轻声地对我说：“这都是为了你呀！你想，你这几位叔叔都是当干部的，只要有一个叔叔能帮上忙，那你的工作就有办法了啊！”

听了母亲的开导，使我心里一下子明白了许多，虽心中仍不乐意，但口中连“嗯”了两声。母亲催促我道“快去吧，啊”。

一路小跑，又经过20多分钟，我终于又来到施叔叔家中。刚进入施叔叔家的场院，就瞧见施叔叔从家中出来，见梅婶正对施叔叔说：“下午早些回来，建军（施叔叔的大儿子）让你伴着一块去，啊。”

“知道了。”施叔叔抬眼看见我又来到他家，“芳芳，你怎么又来了啊？”他奇怪地问我。

我尽力掩饰懊恼的心情，强装笑脸地说：“龚叔叔，胡叔叔他们都已来了。我爸怕你不去，要我再来请您的呀！”

施叔叔自责地说：“唉，是我有一点小事给耽误了。你老子也真是的，又让你多跑一趟。”他拍了我一下肩头“走吧”。我“嗯”了一声，拖着已累极的双腿，像跟屁虫一样跟施叔身后，灰溜溜地一路小跑地追赶。

请客的“午宴”，在下午二点多钟才结束。叔叔们都走了，娘舅晚走了一些。母亲担心委托叔叔们办的事，她问父亲“不知什么时候才能有音讯？”

“都托他们了，等着吧。”父亲满怀信心和希望地说。

娘舅也以疼爱的目光，看着我说：“不要急。我也去想想办法。”全家人无言地坐了一会，娘舅才起身告辞。我家这一个新年，就是在这样一种期盼和等待中，过去了。

十一、祖母的“遗产”

我家厨房有一把炒菜用的不锈钢铲刀。这是祖母亲手送给我的唯一一件珍贵的遗产。

祖母，是一生节俭的人。我的祖父比祖母大 4 岁，1926 年，当教师的祖父才 24 岁。他瞒着家人参加了国民党左派组织，与谢恺（常熟最早的一位革命烈士）等一起秘密参加了共产党的地下活动。在 1938 年，祖父在逃避反动派抓捕途中，染病身亡，去世时才 36 岁。由于祖父生前工作的特殊，让年轻守寡的祖母一生至死，也没有了解到祖父死亡的真正原因。

祖父去世后，身为寡妇的祖母，为了养活一家五口，在祖父去世后的十多个年头中，起早摸黑、忍气吞声、省吃俭用，吃尽了千辛万苦，靠做米摊店小生意挣下的钱，养活膝下四个儿女，还购置了葛墅北街上一座三井四厢的宅院！这座宅院，是祖母一生以无比节俭和辛劳直至去世，所留给我伯父们和父亲的一份遗产。也是我祖母用一生心血和以“金银山，蓬尘垃圾得起来”之奋斗精神所凝造的结晶。我是祖母诸多孙辈中最年长的一个。虽然，祖母仅给了我一把铲刀，但是，这把铲刀，从祖母送给我那天至今，已陪伴我整整生活过了37年头了。在这漫长的37个年头中，我每天用这把精致的小铲刀，为家人做着可口的饭菜。尽管铲刀的刀柄已用坏了多次，又换了多次，但是，我仍然舍不得换一把新的铲刀去替换它。因为，这把铲刀寄托着祖母对我无限的爱和希望，更寄托着我和妻子对祖母无限的怀念。

那是1978年初春，是我与妻子婚后的第一个春天。刚过完新年春节的约20天后，父母为了减轻自己的压力，也为培养我独立承担家庭责任的能力，他就宣告和我分了家，要我自立门户。父亲在把"家"分给我的时候，仅仅给了我一块七角八分钱和20斤米。

春节后的4、5月，正是青黄不接的季节，加上参加生产队的农活重，说实话，这20斤米，还不够我一个人吃半个月呢。但是，在我妻子的精心调节下，硬是用山芋、赤豆和野菜等，让我和妻子及刚出生几个月的女儿，坚持过了近二个月的时光。在4月底一天的傍晚，我从生产队收工回来时，妻子哭丧着脸对我说：晚饭没做，家中没什么可煮的了……

听了妻子的话，我知道，家中终于断炊了。

我默默地进屋拿了个米袋，来到了街上。我像乞丐一样，挨家挨户去借米。但是，我连走了五六家，都是失望离开。是呀，这年头家家有困难，有哪一家肯把米借给我哪！可距离夏收能吃上麦子的日子，毕竟还有近50天的时间呀，距离秋收稻谷上场，则还有半年多时光呢。

我是个年轻男人，偶尔饿上一二顿，勉强还是可以挺一下的。但是，妻子生下女儿才几个月，身子很需要营养呀，孩子更是需要奶水哪，她们不吃饭，无论如何是挺不过去的。我这样想着，继续硬着头皮又走了几家，终于，在北街心一户潘姓的邻居家，借到了十斤籼米。这是救命的米啊！这也是在我成家后，所借的第一笔债啊。我千恩万谢地离开了潘家，背着十斤米，迈着沉重的步子，回家而去。

在经过街稍老宅的门口时，见到了我敬爱的祖母。祖母关切地问我：小豆（我的乳名），吃晚饭了吗。我说：还没呢。我把家中断了炊的情况，告诉了祖母。祖母对我说：你等一下，我买了二样东西要给你。祖母说着回屋，她拿出了一把不锈钢的小铲刀和一只全新的筲箕交给我，说：小豆，别怪你爸，你爸养了你们兄妹四人，又安排你们去读书，你爸妈也不容易。现在，你已结婚生小孩了，家中又多了两张嘴了，你爸也快挺不住了，所以他才要和你分家的。我心沉沉地说：我知道，我不怪他们。祖母又对我深情地说：漏气锅盖穿筲箕，家中穷了不得知，你们要学会艰苦节俭地过日子，金银山，是蓬尘垃圾得起来的。你刚成家，你那个破筲箕不能淘米了，会漏米的，我买了个新的，还有这把小铲刀，一起给你，就当作是你刚成家，好婆（祖母俗称好婆）送你的吧。你累了一天了，快回去烧夜饭吃吧。

听了祖母的一席话，我心中感动地掉下了泪水，我含泪从祖母手中接过这把铲刀和筲箕，回到了家中。

我深深地记下了祖母的教诲，继续勇敢地面对着以后艰难的生活。祖母那“一个铜钱当三个用”，“一碗红烧肉吃三个月”的节俭家风，一直深深感教着我。祖母送我的那只新筲箕，我修修补补地用了许多年，直到确实很难再修再用了，才忍心丢弃。

这虽然仅是一把用于炒菜的普通铲刀，但是，它是祖母留给我的唯一一件珍贵的遗产！我想，这不仅仅是一把普通的铲刀，它还凝聚着祖母对我的一份慈祥的浓浓的爱，一份殷切的希望。我会永远地使用和珍藏这把普通的铲刀，同时也继承和珍藏着祖母传给我的一种艰苦奋斗的朴素精神。

如今，当我每天炒菜用到这把铲刀时，祖母那慈祥的面容，总会闪现在我们的心头，我深切怀念勤劳俭朴一生的我敬爱的祖母！

十二、冤案得昭雪

1979年，中央召开了一十届三中全会。中央精神传达到公社和大队后不久，在公社新任党委书记的亲自关心下，我父亲的冤案，在全大队千人社员大会上得到平反昭雪。父亲的冤案得到平反后，终于让母亲长期阴郁的脸庞，露出了一丝微笑。

父亲冤案平反后的第二年春，市邮政局下来人，落实政策召回父亲，要将父亲重新安排回到镇邮政所工作。但是还是那句话："有作为，才有地位。"因为父亲的能力，父亲在被平反的当年，已被村上安排担任了村针织厂厂长。但是，市邮政局下来的领导，坚持要落实平反政策召父亲回邮政所工作的意见，与村上对父亲的安排产生了严重的分歧。

在公社派来干部的反复协调和双方反复协商下，最后才作出了"浦蕴华的工作可以继续在村针织厂，但是，其人事管属性质问题必须回归市邮政局。浦蕴华当初被专案组强行开除并派人顶替的镇邮政所工作，应当马上纠正，镇邮政所工作由浦蕴华自主安排子女顶班或接替"的决定。

因此，父亲继续担任着村针织厂厂长（1982年，村改称为经济合作社。父亲又当选兼任了经济合作社副社长一职）工作，直至花甲之年后才退休。父亲在村针织厂厂长工作岗位上前后一共干了16年，在这个岗位上，他四处奔走，拓建厂房，为村企业发展，为村经济的发展和村民生活的发展提高，呕心沥血了16个年头，受到广大村民的赞叹和支持。即使在如今，仍有许多村民怀念和赞扬他所作过的贡献。

如今，父亲因病离世14个年头了（父亲逝于2002年2月17日）。

如今，每当我回到小镇上，看针织厂遗址上那棵父亲当初亲手种下的雪松时，眼前总会浮现出父亲骑着自行车，为村企业发展四处奔走的身形。我心中寻思，父亲如眼前的这棵依然坚强、傲然挺立的雪松一样，将永远活在我的心中！

父亲冤案平反后，镇邮政所工作由父亲安排我小妹顶班干了近3年。1982年冬，我又接替了镇邮政所工作。1984年冬，我才被调到文化站工作，后来又被调到镇企业等单位工作。1997年我报名参加苏州人事局“招录国家干部考试”被录取，被常熟市文化局任命为文化系统干部（文化站长）。2004年5月开始，我被调入区政府机关工作，直至退休。

离开殷家宅基，距今已30多个年头了，可是，我心中总忘不了在殷家坝队那10年多艰辛劳动的时光。我眷恋着见证了我奔波于乡间小道十年多的那一对“地眼”。我牵挂着那些在我一家处于磨难中，却仍乐于偷着帮助我们的那些善良人们。

十三、后记

从起笔写本文至今，已历时半年多。半年来，与母亲朝夕相伴，膝下聆听，反复交流，心酸不已，有许多故事，不堪回忆，在本文中亦仍不忍触及。

写下这些东西：权作给儿孙后代们，去了解老一辈人在那些艰难岁月中，所受到的磨难和坎坷。权作给儿孙后代们，留下一些生活、学习、做人的道理。权作给儿孙后代们，留下一些社会、物质、文化演变过程中的印痕。权作给儿孙后代们，留下一点家庭历史的记忆。

母亲说：“恶，总会有恶报。善，总会有善报。”是的，我相信那些恶意祸害他人的坏蛋，终究没有谁是能够逃过应有的下场的。

那些乐善好施，善良帮助人的人们，一定会厚德载福，迎来了更加美好的生活。

我的母亲，勤劳俭朴，慈心善交，一生从不与人交恶。她对长辈尊爱有加，对同辈礼悌有义，对儿孙严教善带。如今母亲将近83岁高龄了，她的身体在我一家人的尽心照料下，已康复如初。我衷心祝愿敬爱的母亲：健康长寿!

2016年1月12日于隐梅斋

母亲的乡愁

5月底6月初，又正是麦黄菜籽熟的收获季节。母亲辛劳种下的几分地油菜籽，也快成熟了。

父亲离开我们已经13个年头了，可母亲始终舍不了乡下小镇那住了大半辈子的老屋，更舍不了她种了大半辈子的那几分自留地。我们几个做子女的，虽然再三地劝，固执的母亲，总是说舍不得老屋空关，舍不得那几分地，硬犟着坚持着她的习惯，依然一个人，居住在那座孤零零的、已建了50多年的简陋小楼。陪伴母亲的，只有依然保持着慈祥脸容的祖母遗像，和依然保持着微笑的父亲遗像。母亲已82岁高龄了，到底是什么力量，能让这么大年龄的老人，不肯来儿子家同住，而依然能一个人，早起贪黑地拾掇着那几块加起来足有半亩的菜地呢？

父亲逝世后十多年来，我和弟妹们始终不忘每周双休日去看望母亲。每次去时，总带上一些母亲喜欢的菜，和她生活必需的日常用品。陪母亲说说话，为她做些家务，偶尔也帮着干些田活。

那些天，我计划着在下周日再回去时，帮母亲收割祖坟上那几分地的油菜籽。星期二上午，突然接到小妹丽红在母亲处打来的电话。丽红在电话中近乎哭喊着说："大哥你快回来一趟，母亲突然变得行动迟钝，口眼歪斜，语无伦次，症状很严重，要尽快送医院去。"

我听了，心中一阵揪紧。心中寻思，我大前天回去，见母亲行动迅捷，身体还挺好的，怎么才过了两天，会这样呢？丽红告诉我说："老妈怕天会下雨，所以昨天她一个人，去把那几分地油菜籽全部割下来了，会不会是把她累坏了。"

母亲身体硬朗，一生从未生过病，更没住过医院。我分析，母亲现在年龄大了，血管易硬化，很可能她是收割时太用力了导致"小中风"了。这只怪是我们几个儿子的孝心，没有犟过母亲对老屋对田园的情结，才会有今天如此状况。

快速联系通知了二弟三弟后，我们急把母亲送到市医院。把所有该做的，和不必要做的检查全部做完成后，妈的病情总算有了说法。医生确诊，母亲是因为脑部毛细血管破裂，导致了"小中风"。医生说，情况还不算严重，但住院治疗是必需的。在医院近半个多月的治疗中，兄妹几人轮流着陪护侍候。经医院精心治疗，十多天后，母亲的神志逐渐恢复。虚弱的母亲，却依然念念不忘，已经割下半个月，但仍躺在田里没打收回家的几分地油菜籽。

为了让母亲安心养病，乘着陪护轮空的一天，我冒着高温天气，一个人到了乡下母亲的油菜地。我比母亲小 20 岁，离开农村 35 年了，烈日下搓菜籽，如此繁重的农活，我尚且累得气喘乎乎，更何况我那年过八十的老母亲呢，我边干边想。

在田间，我冒着烈日连续干了 5 个多小时，劳累了大半天，终于把让母亲牵肠挂肚的油菜籽，全部打收回家。回家安放好后，我又把两个半袋子油菜籽拍了照片，发微信给在医院陪护母亲的小妹手机上，叫小妹给妈看一下。小妹在电话中告诉我："妈看了打下的油菜籽照片，她终于露出了放心的微笑。”小妹还在电话中调皮地说：“哈哈，妈叫我对你讲，谢谢你。大哥你辛苦了，我也谢谢你。”

母亲在市医院一住就是 14 天，这十多天的治疗，是卓有成效的。这天，照例的病房探查后，母亲的主治大夫跟我们说：“老人家的病情，由于得到及时控制和治疗，现在已经基本康复了，后天可以出院了。但是，老人家的年龄大了，身边千万不能离开家人照顾，加上现在她脑中毛细血管曾破裂过，犯过‘小中风’，因此更不能再独处生活了，一旦再犯病，是有生命危险的。”

母亲年迈，双耳失听，我们已经为她配装了一台助听器，但由于母亲双耳失听严重，助听器为她助听的效果并不理想。主治大夫跟我们说的话，母亲没完全听清楚。我大声告诉母亲：“主治大夫同意，您后天可以出院了，但是大夫说，您再不能一个人独住乡下了，如果您一个人再坚持独住乡下，很容易会再犯病的，如再犯病，会有生命危险的。”我还告诉妈：“出院后，您今后就别住乡下了，就住到我家去，我们母子应该天天住在一起。”

想不到，母亲听明白了主治大夫的叮嘱和我的话后，又犯起了倔。她说：“我那能会就这么容易犯病呢，你叫我以后住你们家，那乡下的老屋怎么办？那几块自留地怎么办？谁去种？逢年过节时，谁去为你爸、你好婆（祖母）上香祭奠？不行，出院后我还得回乡下去，你们谁也别劝我。”

母亲的身体虽然依旧虚弱，但她说出的话，却斩钉截铁。母亲的倔强，让兄妹几人犯了难。我把弟妹们叫到病房外，商量好了对策。

6 月 21 日，终于到了母亲康复出院的这一天。民间俗话说得好“爹亡，长哥为爹”，按照与弟妹们预先商量好的决定，作为大哥，理当由我出面与母亲摊牌。

我对母亲说：“妈，今天为您办出院手续，为了您的健康和安全，也为了我们作为儿女的孝心，您出院后，肯定该住到我家去，这是我们兄妹们一起商量的决定，您就别再倔强了。”

母亲却板着脸说：“叫我住到你家去，你家的公寓房，好像鸟笼一般。你们的邻居，我都不认识，我不习惯。再说，我生了3个儿子，又不是只生了你一人，凭啥叫我住到你家去，我可不去。”

我听了，很策略地对母亲说：“妈，这就是您的不对了。我来问您，我们兄弟几人是不是您亲生亲养的子女？”

母亲疑惑地看着我的脸，肯定地说：“怎么不是，你们兄妹几个，当然是我一把泪一把尿生养大的儿女啊。”

我假装生气地说：“妈，既然我们是您亲生亲养大的儿女，那您现在对我们，也太不负责任了。”

母亲听了我的话，急了。她惊诧地瞪大双眼看着我问道：“我怎么对你们不负责啦。”

我假装严肃地说：“妈，孔夫子说过，‘对父母而言，子幼而不教，是父母之过。对子女而言，母老而不孝，是子女之罪。’再说，自古就有‘百事孝为先’的古训。妈，您现在年迈身体有病，还不肯让我们做儿女的尽一份孝心，我们又没法天天去乡下看您、陪伴您。如果您继续独居乡下，一旦再发生意外，到时候，我们几个作为儿女的，不是要背上不孝的罪名吗，如果真发生了这种意外事情，您不光耽误了自己生命，也会害了我们的名声啊。您说对不对呢。”弟妹们听了我的话，齐声附和说：“妈，大哥讲的对，您虽老了，应该要对我们的名声负责的嘛。”

母亲听了我的话，呆呆地沉思了良久。过了好一会，母亲才抬起头看着我们，缓缓地对我说：“我明白，你们都很孝顺。可我养了3个儿子，也不能光住在你一家呀，……”

听了母亲的话，我知道母亲已经被我们说动心了。我乘机说：“妈，这个事您放心，您年年住在我家也没问题。您认为要公平对待的话，两个弟弟家也随时准备着您去住，您在我仨兄弟每家住一年，轮着转，你看行不行……”

小妹丽红听了，打断我的话说：“妈，我虽然是您嫁出去的女儿，您也可以住到我家去，我们兄妹 4 人每年轮着转也行。”

现场热烈的氛围，打动和感染了母亲的心，母亲终于勉强同意，首先住到我家去一年。

为母亲办完出院手续，兄妹几人拥着母亲，坐上小车离开医院，一路奔我家而去。

从此，侍候母亲刷牙、洗脸，为母亲端饭、倒水、洗衣，侍候母亲服药、睡觉，陪母亲忆往事、拉家常，带母亲去街头逛逛，去石洞景区坐坐喝喝茶，带母亲去荡口古镇等地旅游，还抽空带母亲回乡下老屋看看，细心侍候母亲生活，成为我与妻子俩生活中的重要事情。妻子还为母亲买衣服，买补品，一起上街溜达。三个弟妹也轮流着常来探望母亲，他们总为母亲带来一些她喜欢的零食和水果。

起初一个多月，一直坚持帮助母亲服用着医院带回的药，并加服一些滋补类食品，以此巩固着治疗的效果。二个月多后，母亲已经完全恢复了以前的状态，她脸色渐渐恢复了红润，她除了依然耳聋以外，食量与我一般，行动挺快捷，说话口齿清晰，思维正常，人也明显胖了许多。

孙女暑假放学在家，每天有许多时间陪着太祖母说话、玩耍。哈哈，一老一幼俩人挺合得来的。玩耍间，母亲高兴地对孙女梦妍说：“老太太我现在身体已经恢复了，过几天等你开学后，我又可以回葛墅老家去住了。”

孙女把老太太和她说的话，悄悄告诉了我。梦妍告诉我说：“好公、好公，老太太说，等我开学上课后，她就回乡下去住了。”

果然，梦妍开学没几天，母亲便向我提出要回葛墅老家住的要求。

那天晚上，吃过晚饭后，刚侍候母亲洗完澡，与母亲坐一起坐在我书斋中拉家长。母亲吞吞吐吐地对我说："芳芳（我的乳名），明天六号是礼拜天了，你能不能……能不能送我回乡下老家去住吧。"

我听了母亲的话，没马上回答母亲，母亲怔怔地看着我，等我答复。稍停了一会，我轻声反问母亲道："妈，您老是说要回家去住，难道儿子这里的家，就不是您老母亲的家吗？"

母亲听了我的话，低着头说："我知道，你当大哥的，尽心孝敬我，你带头带得好……"母亲停顿了一下，继续说道："虽然说，你的家也就是妈的家。这话虽然是可以这样说，但是这里的一切，毕竟是你自己在外辛苦创下的家业，我和你爹一生虽然辛苦，但仅仅是生养大了你们，没有为你们盖房造屋，没有为你们创造什么，我不能给你们添累赘，添麻烦。再说，乡下老屋没人住不行，那祖坟上几分自留地，没人种也不行，还有你爹和好婆……"

"妈，"听到这里，我知道，母亲的犟劲又上来了。我接过母亲的话头，继续耐心地劝说道："妈，一切财物都是身外之物。您和爸，在几十年十分困难的岁月中，把我们四个儿女拉扯大，供我们上学、读书，已经非常不容易了，是您们给了我们生命，是您们教养我们长大，是您们教会我们怎样做人。如今，我们几个儿女所创造的一切，都是您们教养培养我们的结果。我们感谢您和爸，对我们在孩童时代的严格教育和管束，所以才有了我们的今天。"

我站起身拿来热水瓶，为母亲的玻璃杯中添了一些水后，坐近母亲继续对母亲安慰说："妈，您也看开些，乡下老屋和自留地，是没人会抢占去的。再说，财物毕竟是身外之物。人一生，不就是一碗饭，一张床吗。您年龄毕竟大了，经不得劳累了，您与儿子我住在一起，我放心，弟妹们也放心，您也安稳。我们可以常常抽时间带您去乡下，看看老屋，走走田头，和老邻居们打打招呼，扯扯家常，这也许还会更显得亲切呢。”

听了我这一席话，母亲缓缓地喘了一口气，说：“唉，我确实天天想起那些老邻居们，几十年了，有感情啊……”母亲顿了一下又说：“唉，你实在不肯让我回乡下住，我也只能这样了哇。”此刻的母亲，眉间露出了红润，双眼显得亮亮的，似有泪水在眼中不停滚动。

听了母亲的回答，瞬间，我的心头虽如释负担，但百感交集。

时间过得很快，如今母亲住到我家已经半年了。在这 180 多天的时间里，母亲心中的想法，如上述的那样，曾向我提过多次。甚至当小妹丽红来家探望她的时候，母亲也多次向小妹表露过她的想法。丽红也总是耐心劝慰母亲，或者开车带她回一趟乡下，看一眼那矗立了近半个世纪的、沧桑的老屋，还有那已经荒芜的菜地。

其实我明白，我的家人和我的弟妹们都明白：尽管我们作为子女的对她十分关心、万般孝顺。但是，我那 82 岁的老母亲，在她胸怀中那累积一生的乡土情结，却时时在触动着她的心灵。在老母亲的胸怀中，那一份乡愁之情，始终牵系着她那颗在故土上搏动了 82 个春秋岁月的心。母亲的故土情结，成为她思念家乡，不愿离开家乡的精神动力。

如今，我常常也会悄悄地驱车而行，回到当年下乡劳动过的碧水小村去看一看，何尝不是如此一种乡愁之情在作怪呢。

2015 年 12 月 28 日

姑　妈

姑妈生病住院已经 3 天了。

知道这个消息后，我与妻子急得连夜赶到了区医院。在病房内，表妹阿娟陪在姑妈病床边。阿娟告诉我，姑妈是哮喘病发，很严重，差点一口气没接上来，幸亏及时去了医院，才脱离了危险。病床上，姑妈神志已经清醒了很多，但是，她依然喘得厉害。

坐在病床边，我与阿娟拉扯着姑妈的病，拉扯着家常。夜很深的时候，我们才离开了医院。回家后，与妻子又谈起了姑妈，姑妈憔悴的身形，整夜浮现在我脑海中。姑妈今年已 90 岁高龄了，想起姑妈饱受艰辛的一生，总让人难以释怀。

童年的家庭

1924 年，姑妈生于大墅镇上小有名气的书香门第之家。姑妈祖父浦国钧（凤石）是位清末开明的武学举人，年轻时曾拜周竹筠夫子为师，是一名有精湛中医外科兼内科医药术的郎中，在葛墅镇上开设药房，乐善好施，行医葛墅镇及周边乡里。1912 年，浦国钧出资兴办了当地第一所新式教育学校“归义初等小学（大义小学前身）”，并担任校长。辛亥革命时期，浦国钧担任了教育联络会干事，积极组织支持声援五四运动。浦国钧还捐资在当地修建了中泾桥，铺建了葛墅街，在百姓中享有很高的名望。所以直至现代，在一些老辈人中，仍有浦凤石独打中泾桥、浦大爷铺小墅桥街怨气冲天的传说故事。大约在 57 岁那年，浦国钧因突患急病，不治而逝。那一年，姑妈才 3 岁。

姑妈的母亲，是距葛墅街二里多陈家村一个大户人家的闺女，19 岁那年，她嫁给了姑妈的父亲浦光斗。那时，浦光斗是位小学教师，在当地的学校里任教。浦光斗虽然是位教师，可很多时间不在家，他在外究竟干些什么，为什么临死时才回到家里。姑妈说，那时候家里人根本不知道，父亲在外忙于什么事，他很少时间呆在家里，即使回家一趟，又想法从家里弄些钱，就匆匆出门去了。为此，我祖母生前常常对我说，“你好公不出息的，不在学堂里安心教书，常年不回家，还常把家里的钱偷出去花，他是个败家子。”祖母几乎是至死都未能明白祖父死的原因。

祖父浦光斗生前的一些事，我是最近几年才了解的，那是在 1991 年祖母逝世的十年多之后。2000 年，我参加修编《大义镇志》有关资料的编写工作，接触到一些有关祖父的资料。原来，1926 年 2 月，中共早期领导人李强，到常熟组建了中共常熟特别支部，开展秘密的革命活动。1927 年 1 月，又秘密建立了以中共党团员为核心的左派国民党县党部，并下 3 个设区党部和 3 个区分部。谢恺担任了第三区党部组织委员，祖父担任了其下辖的第二区分部组织委员。1927 年，四・一二反革命政变后，祖父等主要骨干秘密转移。因叛徒告密，在 6 月，谢恺遭逮捕并壮烈牺牲。1932 年，是我父亲出生那年，祖父接受过党组织的指派，到常州参加了党组织骨干的培训。

祖父培训回来后，坚持进行着秘密的地下革命活动，直至 1938 年秋，祖父在转移途中得了重病后去世。

由于有严格的组织纪律，祖父在外的这一切情况，连家里人都不告诉。祖母及一家人，当然浑然不知，为此，祖母对祖父怨恨了一生。七年前，我把这些情况，告诉了姑妈和大伯，说是要为祖父“昭雪怨案”，姑妈她们听后，才恍然大悟。原来我祖父，也是常熟地区一位早期的革命者。另外，在 2005 年，张家港市委党史办公室的同志，在整理革命谢恺烈士历史资料时，发现了祖父光斗相关的历史资料，他们还带谢恺烈士的儿子和孙子，二次到过我处调查并告知了相关情况，才使我逐渐明白了其中的真相。

少女的隐痛

1937 年那年，姑妈还是一个才 14 岁的天真烂漫的少女。11 月，日本鬼子突然从长江野猫口登陆常熟。不久，鬼子很快流窜到葛墅这个小镇上。万恶的日本鬼子，在小镇上烧杀抢掠，强奸妇女，无恶不作。有一天，祖父和祖母都不在家。仅姑妈带着 3 个弟妹守在家里。几个日本鬼子突然窜到家中，鬼子见了正值少女的姑妈，竟然不顾姑妈的全力反抗，犯下了禽兽般的恶行。日本鬼子的兽行，严重摧残了正在发育期姑妈的身体，可怜姑妈，因此大病了一场，从死亡的边缘，硬是挣扎了一个来回。姑妈大病后静养了几年，身子虽得痊愈，但是她的身体，从此却停止了发育。14 岁时近一米五的身高，从此再没变化，还落下个终身不育。

俗话说，福无双至，祸不单行。姑妈痛苦地告诉我说：“你祖父，也是在 1938 年秋的一天去世的。那天，我和你大伯看到，好多天不见的父亲，突然在半夜里匆忙地回到了家中。父亲回到了家里后，急急忙忙到借住在江家厅院的堂房间里，把藏在床后角落的一个破布袋找出来，从中拿出了一大叠纸，然后夹在衣服中，悄悄到了江家厅后院，关上了后院门，把这些纸，一份一份地点上火烧毁了。刚烧完这些纸，他又匆匆离家走了，这一走，就又是好多天没了音讯。”姑妈说，我和你大伯，当时不知道他为什么要烧掉那些纸。

姑妈后来才知道，因为是有坏人要抓祖父，祖父才逃跑的。祖父在转移途中，四处都有坏人和鬼子抓捕他，又遇上了大雨，他实在没处藏身，只能在偏僻墓地的一个暴露棺材里，躲藏了三天三夜，才没被坏人搜到。但是，祖父却因此得上了严重的伤寒病。许多天后的一个深夜，祖父拖着重病的身体，硬撑着非常虚弱的身体，悄悄回到家中。祖父回到家不久，因为病情实在太重，没过几天，就去世了。那一年，祖父年仅 36 岁的，祖母才 34 岁，姑妈才 15 岁，大伯才 11 岁，我父亲才 7 岁，她们最小的妹妹玉英才 3 岁。

祖父死后，祖母成了寡妇，姑妈姐弟四人成了没爹的孩子，一家人借住在江家厅院，家中生活陷入了极度的困境。祖父死后不久，玉英又突然感染了重病，因没钱医治，硬拖了几天后，才 3 岁的小姑玉英，便悄然地离开这个世界。

12 年时间里，家中接连死了 3 人，姑妈又受到日本鬼子的残害，对我的祖母打击非常大。但是，家中还有 3 个儿女，还要靠祖母抚养成人，这个支离破碎的家，只能靠祖母来支撑了。祖母是一个从不抛头露面的少妇，一个孺弱的小脚女人，在万般无奈之下，她硬着头皮去借了高利贷，做起了代收代卖的米行生意。姑妈的身体稍有恢复，便担负起了像男孩子一样的活，尽力地帮衬着祖母。祖母和姑妈在外忙于生机，还不懂事的两个儿子，留守家中。当年，父亲才 8 岁，因为不小心摔坏了左手肘关节，没有被及时发现和医治，从此落下了左胳膊没法伸直的终生残疾。1938 年，是这个家庭最万般坎坷，最悲惨困苦的一个年头！

无奈的后妈

经过了艰难困苦的抗战，终于赶走了日本鬼子，后来又打了3年仗。算起来，一晃十多年过去了。俗话说，男大当婚，女大当嫁。在那些年月，农村年轻姑娘一般都在20岁左右，都要找婆家嫁人了。因为有少女时期的那段悲惨经历，所以到了姑妈该出嫁的年龄时期，仍没找上合适的对象，依旧没有婆家。那年，姑妈已经25岁了，祖母日夜担心，可是，有谁愿意娶自己女儿呢?

有一天，祖母托的一个媒婆，终于来回音了。媒婆对祖母说，我帮你家女儿找到一个合适的对象啦，如果你家闺女肯嫁过去，就可以马上结婚了。

原来，媒婆为姑妈找的婆家，是在葛墅镇西边有四里多远的杨巷。男方名叫铭元，是一个死了妻子的鳏夫。铭元虽然身材高大，却是个憨厚且说话木讷的佃农，他的年龄比姑妈竟大了整整9岁，生有二个女儿和二个儿子。说白了，姑妈若嫁过去，就是嫁给鳏夫铭元当“填房”，给四个没娘的孩子当后妈。在旧社会，25岁还没嫁人，也算是老姑娘了，如再不嫁给铭元，姑妈年龄又经不住再拖，有谁再会娶自己女儿呢?无奈之下，祖母和姑妈答允了这桩婚事。在解放前一年，祖母把姑妈“风风光光”地嫁到了杨巷。

杨巷是一个偏僻的洼地村，交通很不方便，姑父铭元家里很贫穷，只有二间半简陋的小瓦房。姑妈嫁到杨巷后，无奈中当起了后妈，接过了铭元亡妻所丢下的担子和责任。在那些岁月中，姑妈和姑父任劳任怨，费尽心思，吃尽千辛万苦，全心照顾着这个家庭，精心扶养着这四个孩子。数年后，二个长女先后嫁了人。60年代初，大儿子清，参军入伍当了兵，小儿子被人家看中后，招婿入赘去了邻村。3 年后，大儿子清从部队复员。清表兄回家后，勤劳善良的姑妈和憨厚的姑父，又忙着张罗为清表兄找了个对象，结婚成了家。清表兄结婚后，二间半瓦房，就成了他夫妻二人的家。清结婚那年，姑妈才 45 岁。是我父亲带我去杨巷喝了清表兄的喜酒。

俗话说，后妈不好当。那二间半瓦房让给清表兄后，姑父和姑妈，则住在瓦房旁边一间茅草屋里，继续过着清贫的生活。清表兄也是个老实人，结婚后家里的事，大都是妻子做主，日子久了，他们和姑妈之间有了间隔，不很融洽。姑妈的身体，因为失去了生育能力，婚后未育。她继养的四个孩子，先后分别成家扑翅自飞了，姑父年老又木讷少话，姑妈心里感到非常孤独。

天赐了阿娟

姑妈的心情和处境，祖母和父亲看在眼里，担忧在心中。大家正在担心姑妈处境的时候，阿娟突然闯进了姑妈的生活中。

那是在 1968 年春的一天。那天上午，姑妈突然来到了我家。跟随姑妈一起来的，还有一个漂亮的小妹妹。听姑妈与母亲的谈话中，我才知道，这个小妹妹，是姑妈刚领养的女儿，名叫阿娟。父亲还告诉了我，一个真实的生离死别的故事。

原来，阿娟的原名叫翠翠，才 5 岁，家在虞山西麓下山坡的小镇邹巷。翠翠的父亲是一个窑工，母亲因为生了重病，抛下了翠翠和她的哥哥和姐姐，撒手西去了。翠翠的母亲死后，翠翠的父亲一人微薄的收入，没法养活 3 个嗷嗷待哺的孩子。翠翠的父亲常年在外打工，更是无法照顾 3 个幼儿的生活。万般无奈之下，翠翠的父亲托人介绍，要把幼小的翠翠送人领养。善良的姑妈，知道了翠翠是一个身世非常不幸的女孩。为这件事，姑妈动了恻隐之心，她在思前想后之余，决定领养这名可怜的女孩。因此才有了上述的一幕。

阿娟，是姑妈为翠翠取的名，全名叫惠娟。姑妈出身书香家庭，知晓文理，她为翠翠取这个名意思是，上天可怜姑妈也可怜翠翠，赐惠捐女予这对本不相识的母女。从此，阿娟从姑妈那里，重新获得了慈母的关爱和照顾，在姑妈的培育下，一天天长大。

1974 年冬的一天，我去虞山西麓山坡下“大生窑厂”上班。刚要进厂门口，突然看到，路边有一个瘦小的女孩在割草，她与姑妈家表妹阿娟，长得几乎完全一样。这使我马上想起了阿娟。我走到这个穿着单薄衣裳的女孩身边，蹲下身问道：“小妹妹割草呀？”小女孩抬头说：“是啊。”我又问：“小妹妹几岁了，你家在哪里啊？”小女孩继续割着地上的草，回答说：“13 岁了，我家就住在窑厂南边小街的西头。”我听了，马上想到，听姑妈说过，阿娟的家，原来是在窑厂南边的小街西头。我又忙问：“小妹妹你叫什么，家里有妹妹吗？你妈妈呢？”想不到，这个瘦小的女孩听了我的话，竟停下手中的镰刀，含着泪说：“我叫秀秀，妹妹叫翠翠，我妈妈生了好几年病后死了。妈妈死后，爸爸就把妹妹送给人家了。”我听后终于明白，眼前这个名叫秀秀的女孩，就是阿娟的亲姐姐。这个情况，我后来在阿娟那里得到了证实。所幸的是，阿娟在结婚前几年，终于与亲姐姐秀秀，得以姐妹相认。

知恩的孝女

阿娟进了姑妈家，姑妈的生活，变得生气和热闹起来。阿娟长得清秀漂亮，天真可爱，讨人喜欢。阿娟还是一个非常懂事和孝顺的女孩，村上的邻居和所有亲戚们，都非常赞扬阿娟。阿娟 8 岁那年，姑妈把阿娟送到学校去读书。阿娟读完小学，又到镇上读了初中，阿娟在学校的成绩很好。本来，她读完初中，完全可以继续去读高中，可是，懂事的阿娟，考虑到家中生活困难，她不忍心让已经年老的双亲继续辛苦地供她上学，就坚持要求回家，参加队里劳动，挣工分帮衬父母养活自己。那时农村劳动的收入，是很微薄的，阿娟在生产队辛苦一年的收入，仅能拿回自己的口粮。

两年后的一天，阿娟来到我家，说是要请小娘舅设法安排她在针织厂里当织衣工。聪明的阿娟，知道我父亲是针织厂的厂长，一定有能力，帮她解决工作的。我父亲是村经济合作社的副社长，又是针织厂的厂长，这个忙自然能帮得上。但是，父亲是个清廉的人，他考虑到，阿娟毕竟不是本村人，私自安插职工影响不好。但是外甥女有困难，又不能不帮。于是，父亲就托人，把阿娟安排到了中学的校办工厂当了职工。后来，中学的校办工厂面临倒闭，恰逢我正在镇上一家企业当厂长，阿娟又找到我处，让我帮忙，把她安排在针织厂当了一名质量检验工，后来又把她调到纺织厂当了一名纺织工。

阿娟有了固定的工作和收入，姑妈家的生活，得到了明显的改善。生活改善了，日子好像过得也快了。在姑妈 64 岁那年，阿娟已经是 24 岁的女青年了，在亲戚们的关心下，姑妈为阿娟，找了一门亲事，对象是我堂伯领养女儿的儿子，是当老师的。我很为阿娟和姑妈感到开心和安慰。姑妈正在为阿娟考虑准备婚事的时候，年已 73 岁的姑父，咳嗽哮喘的老毛病突然复发了，并且非常严重，虽然经过尽力救治，还是不幸逝世了。

姑父逝世后，姑妈和阿娟母女俩，相依为命。一年后，阿娟终于出嫁了。阿娟出嫁当日，姑妈看着阿娟穿着新嫁衣，随着新郎走出家门时，心中百感交袭，泪水禁不住洒落而下。

阿娟出嫁那年，姑妈已 65 岁。她孤独一人，家里没了牵挂，因此多了回娘家看望服侍我祖母的机会。祖母 83 岁高龄了，因为摔了一跤，摔坏了腿骨，日常生活不能自理，由我母亲和伯母照顾着日子。姑妈常常守在祖母身边，陪伴着祖母度过了最后 3 年时光。

阿娟出嫁，祖母离世。姑妈在杨巷孑然一身，孤独地生活着。幸好，清表兄没忘记后妈的养育之恩。清表兄在自己盖好新楼后，给了姑妈一间新屋居住。姑妈在新屋里，依然一人过着日子。清表兄还时常伸手帮助姑妈，做些姑妈干不了的事。渐渐地，一家人的感情，得到了些许缓和。

天有不测风云2005年1月的一天，清表兄在自家场院前，修剪树叉，不慎从树上跌下来，经抢救无效，不幸去世了。姑妈一生虽没生养儿女，但是，当看着自己一手抚养长大的儿子，命丧黄泉时，哭得死去活来，她的悲痛和难过，随着泪水不断涌上心头。

清表兄虽然不幸去世了，可是姑妈还要生活下去。可慰的是，阿娟知恩知孝女孩。阿娟虽然嫁出去了，但25年来，她没有忘记姑妈对她的养育之恩。清表兄在世时，阿娟总会买上些东西，隔三差五地回去探望姑妈，探望兄嫂。清表兄不在了，阿娟心中，更是牵挂和担心着自己年迈的母亲。她常常把姑妈，接到镇上自己的家中，好生伺候、奉养，直到姑妈嚷着吵着非要回家去了，阿娟才不得已，把姑妈送回家去。

2013年4月8日

后记

自姑父逝世几十年来，我每年要去探望姑妈几次。在4年前开始，我连续多年代她向民政部门申办了救济补助，并且每年亲自把代姑妈领到的补助金，送到姑妈手中，还给姑妈送上一些年货或滋补品。如今姑妈已将步入93岁高龄了，临近年关，再次探望姑妈后回来，将本文编辑入集的时候，我从心底升起一个祝福：衷心祝愿敬爱的姑妈健康长寿！

2016 年 2 月 2 日

大别山，别样的年味

10 年前，小琳到江南工作，后来与我儿子小鸿相识并相恋，成了我没过门的儿媳。从此在范家店，我有了一位小亲戚，叫小亮。在小亮 11 岁那年，他的母亲因万恶的车祸，撇下了小亮和他 19 岁的姐姐小琳，再没醒来。

7 年前，新年刚过，为了儿子的婚事，我与妻子第一次去了小亮家，那年小亮才 13 岁。那天傍晚，从常熟坐公共大巴，经过近 9 个小时的颠簸，才到范家店。进小亮家时，已是凌晨 4 点多，睡梦中的小亮，不知家中已来了两位不速之客。小亮的父亲叫大斌，他和村上的乡亲们一样，是位很诚朴的山民。虽是才凌晨 4 点多，大斌还是用高脚碟盆盛了 10 盆菜、一个火锅，外加茶叶蛋和皖酒，作为早餐，热情地招待我们。据儿媳小琳后来告诉我，这是大别山人接待客人最高规格的早餐宴席呢。听了这话，我很感动。

去年 10 月，大斌突然患了恶疾，经救治无效凄然离世。惊闻恶耗后，我与小鸿驾上车，又去了范家店。村上族人帮着办大斌的丧事，与江南常熟迥然不同，体现了大别山人的风俗、民情。他们先将逝者火化，然后再入棺，亲友吊唁、法事超度同时进行，然后抬棺上山入坟，整个过程吹拉擂唱不停，既显得烦琐又不失隆重，所有人都沉浸在无限的悲哀之中。

我的精神和注意力，更多的是集中在小亮身上。我不停地寻思：逝者已去，而小亮还要生活。小亮才刚 20 岁，尚未成家，从此却无母无父，孤苦伶仃，孑然一身，成一个没了爹和娘的孩子，我很为他担心。

日子过得很快，将临近新年了。早已嫁到我家的小琳，更是担心弟弟在山中一人的生活。小琳心事重重地跟小鸿说："现在，我妈和爸都先后没了，快过年了，我很挂念小亮，他一个人的年，怎么过？"小琳要小鸿带上 7 岁的女儿，陪她一起回范家店，陪着小亮过个年。小琳也希望我和妻子，再去一次范家店，帮助她，和小亮一起，过个热热闹闹的新年，以慰大家对小亮心中的牵挂。

在江南生活了大半生，数十年来，我从未远离过家乡在外过新年，但在此刻，小亮无助的眼神和身影，却浮现在眼前，我无法拒绝儿媳小琳那诚恳的请求。

过年，是一件让年轻人非常开心愉悦的事。生活在江南，习惯了过江南式的新年。随着年龄的增长，随着生活的快节奏和物质的提高，"过新年"这样一种传统的习惯和期盼，已经逐渐从我心胸中轻视和淡化了。然而我想，在大别山过年，将会是怎样一种滋味呢。

小琳告诉我，山村的风俗规定，除夕这天午后起，家里是不能再接待亲戚客人的。我是公职人员，单位上九号才放假，九号是除夕。因此，我提前几天冒雪利用午休时间，向母亲、岳父母、姑母等长辈拜了个早年。安排好家中的一切后，决定九号出发。为了赶早，除夕凌晨才四点多，我一家人就起床出发了。驱车上高速近 4 个多小时，又走省道和山间公路近 2 个小时，总行程约 500 公里，才到范家店。小车驶进小亮家院子时，已是上午十点多了。

范家店，是位于安徽省六安地区舒城县、大别山东麓万佛湖山区的一个山村小镇，“317”省道在山村中横穿而过。刚进山村时，映入眼帘的，是公路两侧家家门前的大红春联，和家家门前地上厚厚的爆竹残片。耳边的爆竹声，在山村中声彼起此伏，一派山村农家迎新年的景象。

进入小亮家，却是另外一种情形，院内冷冷清清，没有一丝过年节的气氛。小亮一个人，独自坐在屋前晒大阳。小琳解释道：当年刚过世了亲人的人家，过年是不能贴大红春联的，连燃放鞭炮爆竹，也是不能随意的，这是山村的风俗。

我 7 岁的孙女梦妍刚一下车，便大声叫着“舅舅、舅舅”，向小亮奔去。小亮见姐姐小琳和我们走下车来，忙起身相迎。小亮的大伯和二叔，都住在小亮家隔壁，两家人闻声而至，他们帮着小亮倒茶递烟，招呼着我们。我们一家人的到来，为小亮这个家，一下子注入了许多热闹和喜气。一阵客套寒暄过后，小亮的大伯和二叔他们，才陆续离开小亮家。

小亮已没了父母，小琳虽然是小亮姐姐，但毕竟是出嫁了。小琳说，按当地的风俗，自己也算是外人了。但是，小亮毕竟还年轻，第一次当家过年、招待客人，感到手足无措。还是小琳机灵，她对小亮说：“我们爸妈没了，常熟的爸爸妈妈，就是我的爸爸妈妈了，也算是你的长辈了，常熟的爸爸是个炒菜能手，你不用慌，我请他来帮你做菜烧饭吧。”我在一旁听了小琳的话，微笑着对小亮说：“是啊，小亮，都是自家人呀，我们来，就是想陪你热热闹闹过个新年的。这烧饭做菜什么的，我都行，一切让我来弄好啦。”小亮听后，微笑着说：“谢谢叔叔了。”近十一点时，我去小亮家厨房，在土灶上开锅做饭。半个小时后，我按山村的风俗，为每个人做了一大碗热气腾腾的年糕鸡蛋面。

山村的风俗和江南不同。小琳对我说，这里的年夜饭，是吃过午饭就要开始准备的，在下午三四钟，就要开始吃年夜饭了。特别是有亲人刚逝去的人家，必须在下午五点左右吃完年夜饭。因为，吃过年夜饭后，由族中长辈带领，全家人要去给新亡故的人，上坟点香和祭拜。

刚吃过午饭，才收拾完厨房中的一切，我便开始准备年夜饭了。我从小车的后备箱中拎出一大袋食物。这是我从家中出发前，去菜场购买的一些年货，里面有肉丝、黄鱼、猪舌、走油肉、猪肚、猪耳、鸭子、蒜苗、金花菜、腰果、黑木耳、竹笋干等等。小琳帮我烧火，妻子帮我打下手，下午三时刚过，我已经炒烧出了十八个菜，摆了满满的一桌圆台。小亮见了，开心地夸我说："叔叔手脚真快，好本领。"小琳笑着对小亮夸说，"那当然，爸爸是名誉厨师呢。""小亮，我和你一起去请大伯、二叔、三叔和伯母、婶婶们来咱家吃年夜饭吧。""好的。"小亮开心地应声，随着小琳一起出了院子。我抽着烟，看着她们姐弟二人，肩并肩开心地出了院门。

半个小时后，小亮的族中长辈们派出的四个代表，都陆续到齐了。小亮的大伯，是他们族中年龄最长且最具权威的长辈，他们对我们赶几百公里路程来到大别山，陪他侄儿小亮过个热闹年，表示非常感谢。小亮的这位大伯，看起来虽威严，但在小亮的父亲大斌病危和丧事期间，这位大伯帮着小亮全权操持，可谓关怀备至。为此，我特地多敬了他三杯。

一桌十人，品着皖酒，吃着这我炒烧的江南特色加大别山风味的菜肴，议论着家常，这会儿的气氛，才开始凸显出小亮家过年的滋味。小亮在姐姐的陪同下，对在座的四个族中长辈和我们远道而来的一家人，频频敬酒。我看到，小亮尚幼稚的脸，在酒精的作用下，渐渐显得通红，那久违的开心和兴奋，终于重新回到在他脸上。

考虑到小亮他们饭后还要上坟，年夜饭在五点不到，就结束了。五点半左右，小亮、小琳，还有我的儿子和孙女，一起跟随小亮的大伯以及族中的男男女女、老老少少一行 30 余人，到山上大斌的坟地祭拜去了。我与妻子是非族中直系亲戚，故留守院中为小亮看家。

近 7 点了，小亮他们才从坟地回到家。灯光下，我见到小亮，从坟地回来后泪痕未干，双眼依然红红的。

农历 2012 年最后一夜的时光，在大别山区的小山村中悄悄度过。小琳告诉我，除夕夜守年岁，家家彻夜不关灯，这是大别山人家的风俗规矩。只是小亮家情况特殊，今年除夕不宜守年岁。我和儿子与小亮扯着些家常，刚过十点，便都睡下了。子夜时分，我和小鸿突然被小亮不清晰的、大声的哭喊声惊醒。小鸿叫醒了小亮，问他，“小弟怎么了，发生了什么事？”小亮坐起了身子，揉了一下双眼，迟疑了好一会，才缓缓地说：“没什么，只是做了个梦。”我在一旁，看见小亮脸上的泪水，在灯光下泛亮。重新躺下后，我心里猜测，小亮一定是在梦中又见到了父亲。

又睡了约 3 个小时，才凌晨 3 点多，小亮突然从被窝中钻出，他仅裹了羽绒服，冒着零下四五度的严寒，蹿到院中，他点放了他家新年的第一对爆竹和一串五百响的鞭炮。“砰、砰”二声巨响和零乱的鞭炮声，把屋里所有睡梦中的人都惊醒了。小亮说，按山村的习俗，大年初一早上，家里将会有许许多多人上门来拜年的。听了小亮的话，我再无睡意了。

农历新年初一，是山区雪后的第一个大好晴天。这天起，小亮家才真正开始拥有了年味。天刚亮，我就第一个起了床。洗涮完毕后，为备小亮家拜年客人的到来，我在小亮家的土灶上煮了一大锅开水，灌满了所有的暖水瓶。然后又煮了一大锅年糕鸡蛋面，烧好早饭时，才过七点半。我将妻子、儿子等挨个催起了床，并安排好了所有人的早饭。

小亮随即也起了床，他洗嗽完毕后，在几面墙上贴了年画，然后又拿出二个果盘，把糖烟糕点瓜子花生装得满满的，放在厅屋的大桌上，准备着迎接待拜年客人的到来。

果然，八点刚过，七八个村上的干部，第一批来到小亮家拜年。村干部们对小亮嘘寒问暖、祝福新年。小亮第一次作为当家人，接待村上的干部们，有些手足无措。他递烟，我帮着倒茶，忙得不亦乐乎。还好，村干部们仅站了一小会，便转去下家了。

这拨刚走，下拨又到了。这拨来的是族中的几位叔伯长辈，下拨又来的是伯母、婶婶、姑母。再下拨，还有堂兄堂弟、远房叔伯、隔壁邻居、同村乡亲等等。真是去了一拨，又来一拨，可谓川流不息、络绎不绝。院子中的鞭炮声，屋内的问候声、笑语声，可真好不热闹。小亮既要放鞭炮，又要接待客人，忙得不可开交。直到临近中午时，上门来拜年的，才渐渐少去。

初一晚上，山村上空的星星，点点闪烁。山村中，家家燃放起了烟火爆竹和鞭炮。特别是天空中无数盏孔明灯，更加惹人仰视注目。此刻的小亮，完全只是一个大孩子的腔调。小亮在院外手舞足蹈地点放完爆竹、鞭炮后，又奔到院中。他用打火机，点燃了一盏孔明灯，在邻居家几个小孩的配合下，把孔明灯向天空放飞。小亮的孔明灯徐徐升起，他站在院中抬头仰视，身体一动不动，好似在祈祷着什么。他静静地看着自己放飞的那盏孔明灯，渐渐向遥远的苍穹飘飞而去，直至再也看不见了，才默默地回到屋中。

小亮的大姨二姨、三姨四姨和小姨、姨夫大舅和表兄弟，都是在初二这天来登门拜年的，长辈们免不了对外甥有许多关问嘱咐，嘘寒问暖。直至下午，亲戚们才陆续回去。

两天来，小亮家门外地上的爆竹碎皮，如铺了一层厚厚的红地毯。小亮家房中的地上，酒、烟等各种礼品放了一溜排。我粗略估算了一下，两天来，小亮接待来家拜年的，至少有 150 多人。我和小亮开玩笑说，“小亮，这么多礼品，你发财了。”

初二吃晚饭的时候，小亮笑着告诉我，按规矩，明天开始，他也要带上酒、烟等礼品等，逐家上门向族中所有长辈们拜年，对村上邻居和乡亲，也要一一回拜到。我听了，心中暗暗忖思，大别山区的村民，这习俗规矩还真“顶真”啊。

在失去父亲后，陪弟弟小亮开开心心过第一个年，是小琳的心愿，也是我们此行的愿望和目的。在山村住了 3 天，体会到大别山人大年的习俗，体会了山村别样的一种年味，让我度过了一个别样的大年时光，也是一种享受。年初三，将是我们一家人离开大别山回常熟的日子。早上，小琳带上从常熟带来的几份礼品，由弟弟小亮陪同，去大伯、二叔、三叔家回拜，我们还顺道陪着小亮去了他大舅、外婆家进行回拜。直至九点多，我们一行，才与小亮握手惜别。

驾着小车，离开小亮家。我从后视镜中观察到，小亮正举手向我们依依告别。见此情景，使我从心灵深处升起一个祝愿：再见了大别山，再见了小亮，愿小亮快快乐乐，愿小亮坚强成长，愿小亮早日成家，愿小亮一生平安！

2013 年 2 月 21 日深夜

家的感觉

有一种冲动，使我为它而写。

没有考虑为什么要写，也不是因为书本、文章或者什么别的原因的影响，只是我此时的思维已如一只自由的灵鸟从囚笼中潜出，在空旷的城市上空开始飞翔……

鸟笼的感觉

说“鸟笼”，是对自己的身躯而言，不是指自己的思想（或者说是灵魂，或者说是思维——灵魂和思维是囚不住的）。因为我已被这个“鸟笼”整整“囚禁”了十五个年头了：十五年前的阳春 3 月，我就像鸟儿一样终于拥有了新村公寓房的新“巢”！

这就是我为之奋斗、并花去了十年青春年华的收获：三居室加半厅半书房，90 多平方米——应该说是很不错的“巢”了。

可现在的我，有时总感觉不满意自己的“家”，为什么呢？从“乔迁新居”至今又十年多了，人家都住进了别墅，买上了汽车，钞票大把花，我们喝墨水的还是那“穷酸”样：“鸟笼”一座，什么“家”，其实，我没有“家”（指房子）。说白了，我住的“家”（房子）是上面人家的地板和下面人家的天花板隔成的空间而已，或者说是在这空间砌了几堵挡风的墙和透气的窗而已。有“鸟笼”的感觉，还因为这“家”有除了为上下班进出偶尔开启的门之外，四周难得的几扇窗连蚊子也飞不进，（安装了防盗栏和纱窗的缘故），别说是鸟儿了。你说，像不像“鸟笼”？

但是，尽管有“鸟笼”的感觉，我仍很知足：因为有“鸟笼”，我就有了挡风遮雨的“巢”；因为有了“鸟笼”，我更有了生活的安全感；因为有“鸟笼”，我能每天享受与儿女们叙嬉的天伦之乐；更因为有“鸟笼”，我才能拥有我所喜欢的小小书斋和无数的书卷；更因为有了“鸟笼”，让我有了《读书人生》那让人长久回味的体会和对那盏伴我度过了7000多个夜晚的“字典台灯”深深情感……

休闲・情人的感觉

“休闲”是一个新的名词，是一种情趣释放的变现方式。但是，在平常“过日子”中，人们往往忽视了在家的感觉也叫做“休闲”。

我这里说的“休闲”当然是指本人的感觉：下班了，回家后，泡上一杯“虞山碧螺春”茶，站在阳台，尽情地欣赏仅一公里之遥的虞山：那10里峰峦重叠、竹松乱舞，盘山公路那蜿蜒崎岖犹如苍龙的秀美景色；或者抱上逗人喜爱的孙女亦珂，跟她伊伊呀呀的“斗嘴”找乐子。这样的生活实在最安闲最经济，也是最便宜得到的一种休闲感觉。

读书也是一种最经济、最便宜得到的休闲方式。在我的体会中，读书就像同“情人”幽会那样温馨、那样投入、那样美好。说是“情人”的感觉。因为，那份追求的心境，当然更让我心动。

说“书籍”是我的“情人”并不为过。因为它们已被我“金屋藏娇”，并且忠实地陪伴着我渡过了整整30多个年头了，也可以说是“老情人”了。无论是在我简陋不堪的旧居，还是在现在形如“鸟笼”的新居。它们忠诚于我的情感，长久地伴随着我每一个前进的步伐，形影不离。不过它们当中也有许多已老了、旧了，因为他们当中：有战国时楚人屈原推荐给我的，有东晋诗人陶渊明引荐给我的，更有唐代四明狂客贺知章、青莲居士李太白、以及子美先生、香山居士及其弟行简先生等墨客骚人所赞美的“颜如玉”。当然也有现代年轻美貌的《海的女儿》，她是我的最最钟爱。她曾激励和伴随我跋涉了20多个年头的艰辛岁月和“华年不虚度”的美好时光，那一种铭心的感觉，将永远藏在我的心怀。

我还有一位婀娜多姿、亭亭玉立、长久年轻的、我最心爱的情人——兰花。“她”自从被我领入书房以来，已忠实地相伴我度过了整十个春秋，有了“她”，我的“鸟笼”更有了生气；有了“她”，我的书斋更显得温馨。“她”默默地抽枝，悄悄地开花，她让醉人的幽香在我的书斋中长久的幽幽地溢放。

就是在这样的心境中体会“家”的感觉，就是在这样的感觉中萌发出我的“真爱之梦”，就是在这样的感觉中吟咏出我的“兰依诗卷”，就是在这样的感觉中咏出了“金兰依依流芳百世，诗书卷卷咏曲朝夕”的诗句，使我那诗的生命在我的胸海“地久天长”，不停迭更。

2004年2月

南观音堂旧事

“南观音堂”，是一处建于明代的佛家殿堂。它位于光明村西靠近原新义村界吴家桥方向。这是一座面池背河、独处乡间田野，近二里内不见村庄的历史旧建筑，附近百姓习惯简称其为“南观音”。据说，南观音堂里的菩萨很灵验，香火非常旺盛。建国后，国家提倡科学破除迷信，南观音堂改建成了初级小学，殿房都改成了教室和商店。虽成了学校和商店，但那些年，当地村民仍改不了对其“南观音”称呼。南观音堂的旧建筑，大约是在上世纪60年代末被彻底拆除的，距今有40多年了，但是，如今仍有许多村民，会在饭余茶后扯起有关“南观音”和有关“南观音”里“好婆”的故事。每当听到人们提及“南观音”三字，在我心灵深处，总会忆起童年时代在南观音堂里生活的那些日子。我深深地怀念着好婆。

“好婆”是我的祖母，建国前，她是一个私营商业户。建国后，祖母的私营商店，遵从国家公私合营后，又逐渐转化为国营商店。祖母成为国营商店的一名正式职员。50年代初，祖母年已43岁，被派驻在设于南观音堂东厢殿的商店工作。南观音堂位于四野之中，地处僻静，特别是每到夜间，寂静如萧，胆小的男人是不敢单独前往的。祖母因早年丧夫，独处十多载，已练就一身胆量。但她毕竟是一个女人，商店离小镇家中有近 4 公里远，祖母的生活和安全，令我父亲十分担忧。为此，父亲极力支持和赞成我祖母与查先生结为老来之伴。

查先生，中等身材，瘦瘦的，比我祖母略大几岁，身患有哮喘病。解放前，他曾是国民政府派驻在葛墅乡镇上的一名文书，此人面恶心善，素无恶行。在 1938 年，祖父为了地下革命工作，在逃避坏人抓捕途中染病去世后，查先生怜祖母丧夫后孤儿寡母之苦，对祖母百般照顾，并“素阿姐，素阿姐”地叫着，对祖母有着十多年的扶助之恩。当时，许多好心人曾善意撮合其好，但是年轻漂亮的祖母，从一之心非常坚决，特别是她更怕因此会让几个儿女受到委屈，因而始终不允。解放后，随着政府婚姻政策的改变，祖母被派在南观音堂商店工作，我父亲认为，祖母身边确是需要有一位陪伴照顾她的人。在我父亲的极力赞成和支持下，祖母终于和查先生生活在一起了，从此，查先生便陪伴着祖母在南观音堂生活了十年左右的时光。那时候，我的二弟君芝和小弟小妹，年龄尚幼，所以从没有见过查先生。

我第一次去南观音堂，是 60 年代初。慈祥的祖母，每次回小镇，总会挑起二只竹丝框，从小镇的货站上，往南观音堂商店中带回一些已经卖缺了的商品。那年我大约才 10 岁左右，巧逢学校放暑假，祖母喜欢和疼爱我这个大孙子，便把我带往“南观音”住些日子。在父亲的同意下，我带着暑假作业，随祖母去了“南观音”。一路上，祖母挑着货担在前边走，我跟在祖母身后小步紧追，祖母顾及我年幼，总是走一会后放下担子等我。从小镇家中到“南观音”，道小路远。年幼时我非常胆小，途中走在乡间羊肠小道，坎坷田埂，还要经过三五个坟圩和浪澄塘上的万丰桥，可谓又累又怕。特别是高高的万丰桥，是用纯木材料建成的，走在用黑桐油漆漆过的桥面板上，从那板与板之间的缝隙下往下看，水急浪涌，我连一步也不敢迈出去。祖母便嘱咐我坐在桥堍下边的田埂上，等祖母先把货担挑过桥后，再回来搀扶我过桥。我虽然年幼，但是心中懂得祖母对我的这份慈爱。过了木桥，再经过一个坟圩，又走了近六七分钟的路程，在一处高埂上，祖母歇下担子，擦着额头的汗，指着高埂下的小河浜对岸的村庄对我说："小豆（祖母为我起的小名），这个宅基叫田巷，你姑妈家就在这宅基中。"

"啊，姑妈家就在这宅基中？我没去过，不知道呀。"我向河对岸的田巷宅基看去。这是一处被一条L形河浜半围着的低洼地小村。

"哈哈，傻小囝，你去过几次了，是你爹妈带你去的，因为那时你年纪太小，所以没记住吧。"祖母说完又挑起担子开步了，"你姑妈常要到我店里来买东西的，过几天，等她来了你跟随她去玩玩。小豆走吧，马上要到了。"

我小步紧追在祖母身后，又赶了一公里多路程，才来到一片大砖场边。"到了。"祖母喘着粗气说。听到祖母的话，我才抬头看到，在一片大青砖场的北边，一座宏大的建筑矗立着。这便是祖母回家时常提到的"南观音"。

南观音堂正门是一座砖石雕山门，一对大木门上，斑痕条条，倾诉着饱经数百年风雨侵袭的沧桑。青石条门槛冰滑如玉，中间的凹痕，记下了这佛家殿堂当年的盛况。山门外两边的青石座基尚在，一对雕兽早已不知了去向。山门的两侧是二堵高高的围墙，与两边二垛围墙紧连的是观音堂东西两厢的殿屋。屋面都是青一色古式小瓦铺成，整座建筑给人一种肃穆的感觉。

祖母负责的商店，就设在观音堂东厢殿屋内，东厢殿面南的山墙上，是一个破墙而开的店门，仅能让祖母挑着二只竹丝框担子进出。店门边的东侧是一个破墙而开的木玻璃窗，窗框里侧上，横钉着防盗的木栅。我跟在祖母身后进入了店内，柜台内无一人，一股浓浓的酒酱酸味直冲入我的鼻子。

祖母把担子歇在柜台外，走进了柜台内，嘴中喊着，我回来啦。“哦，素阿姐回来了呀。”查先生从里屋应着来到外面。“你怎么不守在店堂啊。”祖母说着，接过查先生递上来的湿毛巾，先把我额头和鼻尖的汗擦去后，自己才马虎擦了一下。“哦，刚才从去了一下茅坑，就一小会。”查先生接过祖母递的毛巾说。

祖母对查先生又说：“哦……小豆放暑假了，我带他来住一阵。”祖母把我拉到身边说：“小豆，快叫公公。”然后去柜台外，将竹丝框里的货一件件搬进柜台里边，分门别类地分放到货架上。

我没有听从祖母的吩咐叫查先生一声“公公”，因为我怕。一是我怕叫了查先生“公公”后，如果让我伯母知道后，一定又会挨骂的。我曾从大人们的谈话中知道，我大伯和伯母是最反对祖母和查先生一起过的，伯母和大伯是不许我叫查先生公公的。二是我怕查先生，我不喜欢查先生。你瞧，查先生胡子那么长，脸又那么凶相，看着就有些怕，所以心中更不愿叫了。我转身坐在凳子上，没有出声，看着祖母和查先生忙着整理货架上的商品。

“怎么不叫公公啊，小豆。”祖母边忙着问我。“我……”我呆呆地看着祖母，低下了头。“素阿姐，算了，小孩子家不叫就不叫吧。”“唉！”祖母若有所思地叹了一声。

“小豆，今天跟好婆走了好多路，累了，暑假作业就明天做吧。”祖母忙完活后，坐在我旁边对我说，“你爹爹关照过，暑假作业要天天做的，都念三年级了，作业是不能拖的。明天让公公监着你做，今天你先去玩吧，记牢，千万不要去前面河边去玩，掉下去可没人救你的。啊？”“知道了。”得到祖母允许，我心里一下轻松起来，终于可以出去玩了，刚才坐在查先生身边，快闷死了！

我起身走出了店堂，来到南观音堂外的青砖场上，外面的空气好清新。沿着大青砖场走了一圈，我便来到了场前的池塘边，说这片水域是“池”，是我为这条小河取的名。你看，这片水域多么像一个上弦月的月亮弯弯呢。在我幼小的心中认为，池塘与河浜是有严格区别的。只有形状像月亮弯弯的河，才称得上是池嘛，其他的只能算是河浜，连河塘也够不上呢。现在想想，我那时真是幼稚的可笑。大概是幼时多偷看了家中阁楼上的图书后，才造成了对河的曲解和误会吧。总之，那时我认为眼前这条美丽的小河，才称得上是池呢。眼前这条池塘中，荷叶浮遍不太宽的水面，几朵莲花在西下夕阳的映照下，更加鲜红如染，水面盘旋着三二蜻蜓，有一只红蜻蜓停歇在一朵鲜粉红的莲花上，一动也不动。“呱、呱呱”河池边的水稻田中，不时传来数声青蛙的鸣叫声。微风吹拂着池塘中清澈的水面，让水面轻轻推过一层层薄薄的涟漪。此刻，一派世外田园的景色，迷住了我这个少年的心。

“小豆，小豆，你坐在河边做啥呢？叫你不要去河边，怎么不听话呢，快回来。”祖母站在小店门口，喊着向我招手。

听见祖母的叫喊声，我才怏怏地从水栈的石级上站起身来，向小店而回。这时发现，水栈边池塘岸上种着一棵矮矮的、墨绿色的、浑身长着刺叶的怪树。我小心翼翼地轻轻摘了一片刺叶，走到祖母的身边问道：“好婆，这是什么树呀，这叶子怎么长着刺啊。”

祖母看着我手中的树叶说：“这树叫裂刺筋树，是我种的。”我又问：“好婆你为啥要种裂刺筋树呢，它会刺痛人的。”祖母又告诉我：“这是治风湿病的树，是中药，好婆年轻时干活累坏了，双脚落下了病根，用这树的树叶晒干后熬汤，把双脚泡在药汤里能治病，如果晒干后加上红枣红糖熬汤汁喝，还能治关节痛呢。”

“哦。”我不明白祖母怎么还懂得中药的药理。“好婆什么都会呀。”祖母说：“是我公公教过我的。”“你公公是啥人呀。”我又问。“怎么小豆这么多问题呀。”祖母低头看着我笑着说：“我公公就是你爹爹的爷爷，也就是你的太爷爷呀。”“哦，那我怎么不认识太爷爷呢。”我又追问祖母。“你太爷爷早就死了，那时连你爹爹都还很小，你怎么认识呢。不说了，回里边场院里去玩吧，下次别再去河边了，听到了吗？”“嗯，知道了。”祖母轻拍了我一下脑袋，拉着我回到了店堂内。

吃晚饭时，祖母特地为我加饨了一碗鲜美的鸡蛋羹！晚饭后还很早，祖母就把查先生“赶”到小店设在东厢殿后边（观音堂正厅东边的屋）的库房去睡了。我早早地睡在祖母床上，很快便入梦乡了。

到南观音堂的第一天，感觉如到了新天地中一样新鲜，比我呆在家成天带弟弟妹妹和在小镇狭窄的街道上玩，开心多了！

住在观音堂的第一晚，睡得很死。我是被早上来小店购买日常生活品的顾客吵醒的。等我起床后来到店堂中，祖母早已忙过好一阵了。祖母烧的一小碗米粥，放在店堂后小厨房的八仙桌上，早已凉了。祖母见我起来了，便招呼我说：“小豆快去刷牙洗脸，吃好早饭，好做作业。”我“嗯”了一声，就拿起祖母早已为我准备好的牙刷牙膏等开始洗漱……

刚吃过早饭，祖母又开始催促我去做作业了。我问祖母，能不能下午再做。祖母坚决地说：不行，小孩子家不能懒的，早上做的作业更容易记得住。没办法，我只好乖乖地拿出从家带来的暑假作业，伏在小厨房的八仙桌上开始做起来。

“好婆买斤盐我。”“好婆买块肥皂来。”多年来，小店附近的村民，不论男女老少，都叫我祖母为“好婆”。上午小店里的生意蛮忙，人来人往，络绎不绝。

“呃眼，呃眼”我突然听到窗外传来二声沙哑的咳嗽声。我站起身，探头向窗外看了一眼，原来是查先生一人半躺在院场的藤塌上，半闭着双眼，“叭啦、叭啦”地在抽着水烟呢。那锃亮的黄铜水烟管在他左手上，不断冒着缕缕蓝色的烟雾。“好玩。”我是第一次看到他抽水烟呢。

“小豆呀，”祖母走了进来说：“看啥个呢，昨天我说过，你做作业，让公公监着你做，这样你会做得好一些，快一些，如果你不会，还可以让公公教你的，快到院场去做吧。”祖母说完，将我的书和作业本一起拿在手上，随手拉上一张凳子，带我从她房中穿过，出了房后门来到了院场中，她在观音堂正厅外走廊上，搬过一张小桌，摆在查先生对面，对查先生说：“里边人来人去的太吵，让小豆在这里做作业，你看着点，别让他偷懒，完不成暑假作业，他老子会怪我的。”查先生“嗯”了一声说：“你只管忙去，我来盯着他。”说完，他那怕人的一双小眼，瞄了我一下。祖母又回店堂忙去了。

在查先生对面坐下后，我摆好了做作业的架式，双眼却打量着这观音堂院场的四周。这观音堂的东西厢殿房，从南至北，各有三间，东厢祖母的店堂，占了二间，祖母的房间和厨房是最北一间隔成二小间的。坐北朝南的大厅，房子很高。我想，大厅以前可能就是正殿吧，我随祖母从房后门到院场时，从大厅经过，见到大厅地上铺的都是大青方砖。不过，现在我看到的大厅里边放的都是课桌。我心里想着：这观音堂现在已经改成小学了。

“喂，看什么呢，小鬼？呆着看什么呢，快点做作业。”不知道查先生那一对半闭的小眼，什么时候睁得那么大的，很吓人。我赶紧伏在小桌上做起作业来，心想，他的水烟怎么不抽了呢，如果继续抽，也许他的眼睛又会闭上的。

我在暑假作业本上“沙沙沙”地认真写着，做完了语文，又做算术。大约做了一个多小时，我才做完了父亲安排我每天要完成的功课。我轻轻地叹了一小口气，准备归收作业本。耳边那个沙哑的声音又响了：“做好啦？”“嗯。”我怕这老头，没敢抬头。

“拿来我看看。”查先生伸出瘦的如鹰爪一般的手，向我要过了算术和语文作业本，仔细地检查起来。一会儿，他向我吼道："怎么做的？啊？这道题，还有这题全做错了。"他盯着我又说："小孩子家做作业，怎么马马虎虎，重新做。"我呆呆地接过本子，看着他指出的二个算术题，想了一会，用橡皮擦掉了做错的地方，重做起来。"你看，你看，你这写的什么字？东倒西歪的，你书本上也是这样写（印）的吗？这二行字也擦掉重写一遍。"我的心开始在砰砰地跳，泪水开始在眼膛打滚了，但是我强忍着尽量不让它掉下来。过了 20 来分钟，我终于重新做好了。查先生又要过了语文作业本，看着嚷开了："这字你倒底怎么写的呀，啊？这一行字再重写一遍！"

这下，我的心里感到委屈极了，眼泪终于忍不住滚落下来了。"哭什么，哭。"沙哑声又吼道："又没打你，你哭什么，再做不好我打你手心。"就这样来来回回折腾了二三次。幼小的我，也发起倔脾气，我把作业本向外一推，不再愿重新写了。这下可惹火了查先生，想不到他会突然从藤榻上站起身，走到我的身边，他抓过我的左手，握住我四个小手指，在我手心中"啪、啪、啪"就是三下，我大声哭了起来。

祖母在店内听到了我的哭声，赶紧来到了院场中间："小豆为什么哭呀，啊？""好婆啊，他打我，呜呜……"我指着查先生，哭得更伤心了。祖母听后生气了，她瞪着查先生说："孩子还小，为什么要打他，真是的……""呵，我只是吓唬吓唬他，可没打痛他。"查先生沙哑地说。

"没打痛也不能打！"祖母生气地说，"走，小豆，到屋里去，好婆教你做。"

我擦着眼泪，拿起作业本跟在祖母屁股后边回到了屋里。身后传来查先生的话，"哈哈，这小子比他老子厉害，挺会告状的。"他万万没有想到，他打了我这三记手心，直至他在 3 年后因病去世时，我还记着他的"仇"呢。

当晚，我上半夜翻来覆去没法入睡，心中老是想着上午被查先生打手心的事。隐约间，我听到祖母的床底下，有什么东西在打呼噜，到底是什么怪物呢？我吓得一动也敢动。直到下半夜，我才在迷迷糊糊中慢慢睡去。

自从被查先生打过手心后，祖母再没有让查先生来监督我做作业了。当然，我也变得听话了许多，每天的作业都自觉地做好，认真地完成，祖母赞扬我说："小豆真是好婆的乖孙子。"

在南观音堂里，日子就这样一天天过去，我的暑假作业也剩下不多了。可是，每天在南观音堂里，除了做好作业外，没有一个小孩来陪伴我一起玩，这日子过得太没趣味了。祖母拿来几本小人书或图书叫我读，可是薄薄的几本小人书，我很快就看完了。有一本书叫《高中文学》，我很喜欢，记得其中一首诗"春日春风有时好，春日春风有时恶。不得春风花不开，花开又被风吹落。每日春风醉梦中，不知城外春意浓……"还有一本图书叫《小五义》虽然厚厚的，但都是繁体字竖排本，有许多字我还不认得，似懂非懂地读，我没有信心读完，便不读了。没有一个小伙伴来陪我玩，日子过得实在无聊。

在观音堂住了近一个月，我心中非常想念家中的弟弟和妹妹，特别是才两岁可爱的妹妹，我一个多月没见到妹妹了。那天早上刚起床，我便与祖母说："好婆，我想回家了。"祖母却笑着对我说："小豆呀，是不是不喜欢住在好婆这里呀。"我说："不是。"祖母又问："那为什么想要回家了呢。"我说："很想弟弟妹妹了，我想回家。"祖母又笑着说："好吧，小豆要回家就回家吧，不过，好婆这几天没空送你回去，今天我已经托人带信给你姑妈了，等一下，你姑妈会来带你去玩几天，等你从你姑妈家回来后，我再送你回去，好不好呀。"听了祖母的话，我想了想又问："好婆，姑妈家好玩吗？"祖母说："好玩呀，姑妈家屋后有大竹林，还有大哥哥会和你一起玩的。”我疑惑地问：“谁是大哥哥呢？”祖母笑着说：“你姑妈家顺清大阿哥呀，他当解放军刚刚复员回来呢。”“哦。”听见顺清大阿哥是当解放军的，我非常感兴趣，心里就很想去看看顺清大阿哥了。祖母又继续忙着店里的事，我坐在店堂门口，等待着姑妈的出现。

大约上午九点多钟，我姑妈才挽着个方竹篮，来到观音堂小店。姑妈个子不高，比祖母起码矮十公分，才一米五出头的样子，曾听父亲说过，姑妈小时候吃不饱，饿坏了身子没发育好，而且在日本鬼子来后那个时期，姑妈还受过重伤，所以个子没长高。她一进店，便见到了我，朗朗的声音说：“小豆来几天了呀。”我说：“阿伯，我来了很久很久了。”“哦”姑妈笑着又问：“想不想跟阿伯去住几天呢？”还没等我回答，祖母已开口说：“桂英啊，小豆等你好长时间了，你带他去玩二天再送他回来，等我去出货时，再送他回去。”（祖母说的“出货”，是行语，实际上就是进货。祖母经常要挑着竹丝筐，回到小镇的货站去，为小店进货）。“好的，妈，我顺便带几样东西回去，一会就走。”姑妈在柜台外和祖母说着话，把祖母递出来的商品一件一件装进了竹篮中。“桂英呵啊，你来啦。”查先生吸足了水烟瘾回到了店堂里。姑妈回答查先生说：“嗯，阿叔，你身子还好吧。”“还好，老毛病了。”查先生边说边坐在藤椅上。“哦，我带小豆去玩几天。妈，你俩当心身子，别累着了，我要回去了。”姑妈买好了东西，拉着我的手说：“小豆，跟阿伯走吧。”“好婆，我去了。”我早已把书包横背在肩上，等着姑妈带我出发了。走出南观音堂，我的心情变得无比的轻松，好像小鸟飞出了笼子一样快活。

随着姑妈走了七八分钟，来到了田巷姑妈家。姑妈的家在田巷村中心，是靠西边河岗下二间半小瓦房和一间茅草屋，瓦房与茅草屋紧连在一起，中间墙上开了一个门，把瓦房和茅草屋贯通了。二间半瓦房是姑妈家顺清阿哥住的，顺清阿哥当过兵，他从部队复员回来不久，就结了婚。在姑妈和姑父住的茅草屋中间，有一堵土坯墙，把茅草屋隔成了二间，里间是姑妈和姑父的房间，外边是灶间兼“客厅”。看着姑妈家简陋的茅草屋，想起在小镇上我和伯父家合住的大宅。我不明白，姑妈为什么嫁给了默默无闻、而且老实巴交年龄比姑妈大十多岁的姑父呢。我坐在姑妈家的“客厅”里，等着姑妈和姑父忙上忙下为我这个“小客人”做饭吃，这时候，顺清阿哥从地里干活回来了。顺清阿哥比我大十多岁，是一个漂亮的小伙子。他一回到家，马上从隔壁的房中过来了，见到我，便笑着问我：“芳芳（我的乳名）来了呀，什么时候来的？”还没等我回答，姑妈先替我回答了：“他来快一个月了，一直在南观音你好婆那儿，今天是你好婆捎口信来了，我才知道，把他带回家玩二天。”姑妈一边做着家务，一边说，“顺清啊，下午你带小豆玩一会，趁你媳妇回娘家去了，就让小豆和你睡二晚，啊。”“好的，妈。”顺清阿哥爽快地答应了。

吃过午饭后，顺清阿哥就带着我到了屋后高高的河岗上玩。河岗上到处长着青青的密密的竹子，站在竹林中，抬头向上看，没法看到天上的一丝阳光，是这些竹子把整个天给罩没了呀。甚至，有些长长的竹子，把身子都倾斜到了姑妈家房屋的屋面上。不过，大热的天，在这一大片竹林里玩，实在是很凉快的。我学着顺清阿哥的样子，在竹林的河边拉了几把草，垫在屁股下，背靠着一棵大竹子坐下来，听他讲当解放军时候的故事。顺清阿哥长得帅，人又机灵，在部队时首长非常喜欢他，想培养他。可是顺清阿哥小时候家里贫困，没读几年书，识字不多，让部队首长很失望。“没法子，刚满3年，我就复员了。”顺清阿哥说。突然他站起身拉着我说：“芳芳，到我屋里去，我给你看一件好东西。”“哥，是什么好东西。”我站起身问。“你看了就知道了。”出了竹林，顺清阿哥把我抱着跳下了河岗。

我俩直径到了顺清阿哥的房中。顺清阿哥结婚才半年多，阿哥新床的颜色鲜红鲜红的，墙上的镜框中是顺清阿哥和阿嫂的结婚照，还是着了色的，阿嫂很漂亮。我对阿哥说："阿哥的新娘子漂亮来。"顺清阿哥笑着说："还好。她怀小孩了，回娘家住去了。""哦"。

"芳芳给你看看。"顺清阿哥从新房里台的抽屉里，拿出一个用白毛巾手绢包的小包，放在新床席上打开了，"你看。"顺清阿哥说。我双眼盯着他的手心，只见一颗鲜红的"八一"红角星，托在他的手心中央，屋顶天窗的光线，映在这颗红角星上，闪闪发光。我心里非常喜欢。我问他说："顺清阿哥，这颗红角星能不能给了我呀。"顺清阿哥赶紧把手缩了回去。他说："当了 3 年兵，就只有这么一颗，我留着纪念呢。"他在手绢里又拿了一样东西递给我说："把这个给你吧，这是我在部队练打靶时候拣的。就拣了两颗，多了部队不让带回来。"我接过阿哥给我的东西问："这是什么呢？"顺清阿哥重又包起了毛巾手绢，说"步枪的子弹壳呀。送给你一颗吧。"我开心地说："谢谢顺清阿哥。"

在姑妈家的第一天，很快过去了。晚上，我睡在顺清阿哥的新床上，和他讲起了在观音堂的事情。讲着讲着，我突然想起到深夜时，在祖母床下总会发出打呼噜般的怪声音。我问顺清阿哥："阿哥，这是为什么呀？"想不到顺清阿哥轻声地告诉我说："好婆床下有一个大洞，洞里住着一条大蛇呢。""啊？这是真的吗？"我吓得把身子向顺清阿哥挪过了些。想不到顺清阿哥又神秘兮兮地说："还听说到了深夜，观音堂里的观音菩萨经常要显灵出现，还摆佛台做佛事呢。""顺清阿哥别讲了，我怕。"我睡在顺清阿哥身边，想着阿哥刚才说的，怎么也睡不着。顺清阿哥却早已入了梦乡。

在田巷，姑妈规定我每天上午做作业，下午才可以玩。顺清阿哥要忙农活，不能经常陪我玩。所以一到下午，我就总往隔壁小明家跑。小明是姑父的小侄子，比我大两岁。我跟着他天天上树掏鸟蛋、下河摸螺蛳、做竹笛，都玩疯了。有他作伴，我在姑妈家的日子玩得很开心。

一转眼，一个星期过去了。祖母托人带口信来，让姑妈送我回南观音堂去，说是要带我回家了。顺清阿哥在我临走的前一天晚上，把他从部队带回的一支竹箫，送给了我。第二天上午，姑妈把我送回了观音堂小店。

刚回到南观音堂，祖母便问我，暑假作业做完了没有。我告诉祖母，每天都做的，快做完了。祖母笑着说，小豆真乖，做完了回家去，你爹爹就不会怪好婆了。突然，我脑袋中又想来起了顺清阿哥讲的话，我悄悄问祖母："好婆，这观音堂里的观音菩萨，到了深夜真要显灵出现的吗？"祖母听了愣了一下，问我："你听啥人说的？""顺清阿哥说的。"我很快把顺清阿哥出卖了。"小豆别听他瞎说。""噢。"我搔一下头，又问："那好婆你床下真的有大蛇吗？"我两只眼睛盯着祖母的嘴，等她说出"瞎说，没有"这句话。想不到祖母平静地说："有啊，这是一条家蛇，它不咬人的，是专门捉老鼠吃的。""啊……"听了祖母的话，我的嘴巴半天没闭上。

吃过午饭后，祖母说准备明天送我回家去，可是，想到祖母床下的大蛇和顺清阿哥讲的观音菩萨会显灵，我就和祖母缠着，今天就想要回家。一直没吭声的查先生，突然"呃哏，呃哏"地咳了二声，我顺着咳嗽声，看到查先生眼镜后二只深凹的眼睛，正翻着白眼从镜框的上边，凶狠地盯着我看，吓得我再也不敢出声了。我心里想，难怪我大伯和伯母反对查先生和祖母结合，原来这个老头这么凶呀。

无聊的一天终于熬到了晚上，查先生又被祖母"赶"到了后边的货房去睡了。睡在祖母的脚边，想起顺清阿哥的话，翻来覆去地怎么也睡不着。大约将近半夜的时候，那呼噜声又从床底下传出来了，我吓得凝神屏气，一动也不敢动，一点睡意都没有。突然，我似乎听到了已改成教室的观音殿上，传来了搬动课桌的响声，"观音菩萨显灵了！”我吓得满声都是汗，汗水把祖母床上的凉席都浸湿了。我多么希望快些天亮吧，让我快一点逃离这个吓人的南观音堂。

第二天中午，我在祖母的护送下，终于回到了“阔别”40多天的家中。回家后，父亲首先关心的是我的暑假作业完成的怎么样了。祖母告诉我父亲，小豆非常乖，天天做作业，差不多快完成了。父亲问：厄是？芳芳。我用力点点头。

祖母回到家后，她把自己房里的衣被等东西，拿到太阳下晒了半天，傍晚前又回去了，临走时对我说，小豆，好婆回店里去了，下次再带你去玩。我点了一下头，心想，我再也不想去了。以后两年多，我再没有去过南观音堂。

大约在两年后的冬天，查先生突然死了，听母亲说，他是哮喘病重发死的，死在南观音堂里了。查先生死的那天，我见父母亲突然忙里忙外的，父亲还把一扇木门，从后门驮到了后门外小河中的木船上。伯母说，是给查先生挺尸用的。我不知道查先生死后葬在什么地方了，一直是个谜。直到写这些文字时，我问了母亲，才知道查先生死后，被葬在浪澄塘摸奶亭边的墓地中了。

此后，祖母很少回家来，她店里缺货时，也是由货站派船送去了。由于南观音堂里吓人的传闻，以及乡下小店工作的单凋和辛苦，到了祖母退休年龄时，竟然没有人愿意去南观音堂小店接替她，因此，她被单位又留用了近十年。祖母继续仍留在南观音堂里，默默地工作着。

查先生去世后，我担心着祖母一人在南观音堂的生活。随着岁月的流逝，我一天天地长大，祖母的白发却越来越多了。时间长了，我慢慢地淡忘了查先生的“凶狠”。可是，对祖母的思念，却越来越强烈了。在以后读初中、高中的几年中，我至少每个月，要去一次南观音堂祖母的小店里，看望祖母，顺便将祖母粮油计划卡上每月的米、油量好后送去。祖母总是像接待亲戚一样，弄几个我欢喜吃的菜，来“招待”我。我偶尔会在南观音堂祖母的店堂里，搭上一张竹床住上一晚，陪祖母说说话。祖母告诉我，床底下那条大蛇早就在查先生死的那年春天，被学校的老师打死了。

祖母在南观音堂小店上工作了近20年，回到家来时，她已是一个白发苍苍年近70岁的驼背老人了。在祖母回家后颐养天年的日子里，她依然关心着我一家的生活。我依然为她量米量油和提水送柴，直至我的工作被调动，离开家乡小镇后，我仍忘不了每月该回去一二次看望她老人家。1991年4月17日上午，祖母逝世，享年86岁。

2009年9月21日

漫漫依车梦

车，这个字，在汉字字典中读 chē 或 jū。

孩童时，为了这个字，家中闹过一个小笑话。父亲是邮政所工作的，他年轻时就非常喜爱下象棋，在参加小镇的市镇业余象棋比赛中，他常能赢个热水瓶或洋瓷脸盆什么的带回家来，并且开心地告诉我母亲，他怎么丢卒保车（jū）啦、双车（jū）夹马啦、送车（jū）杀脚啦等等才赢的。我告诉父亲，爹爹这个字不读车（jū）字，老师说是读车（chē）字，您念错了，你们下棋的人都念错了嘛！

父亲听了，笑得喷饭：傻小囝，车（jū）就是车（chē），车（chē）就是车（jū）啊，它们是一个意思的呀，老师怎么没教你呢，哈哈。我刚读三年级，听了父亲的解释，脑中仍旧一片茫然。

60 年代初期，小镇上没有那一家有车，哪怕是一辆自行车。那时我家算得上是个时髦的家庭了，父亲在邮政所工作，安装有电话机，还有父亲自制的矿石收音机，他手上还戴有“短三针手表”，父亲还想要一辆自行车。1965 年，再想买一辆自行车，成了家中一个难以实现的梦。

1979 年父亲的冤案得到平反，在恢复名誉和职务后不久，我顶了班，干上了邮政投递工作，才有了一辆自行车。这是局里分配的一辆久永牌自行车，车牌号 073。不过，这是从市邮政局调剂出的一辆六成新的旧车，而且是我自掏了 50 元成本费才买下的。邮政投递工作非常辛苦，在短短的两年中，我竟骑坏了两辆自行车，且不知跌了多少跤。1983 年我辞去投递工作，进了村办企业。有一次去市里真善美旧货商店，淘着了一辆八成新的凤凰 18 型，化了 120 元。1984 年，我被调进了文化站，后来又被调当了近十年乡镇企业的厂长，我骑着这辆凤凰车上下班，感觉得很惬意、风光。买雅玛哈摩托车，是 1989 年年底的事了，无证驾驶了两年多。1991 年 5 月被警察罚后，才去考了驾证，随后换了一辆“幸福 125”。

1994 年初，我被调入一家公司任总经理（厂长），公司有一辆银灰色“桑塔纳”，车号 53668，我作为一把手，算得上是我的专车了。但是我不会驾驶，虽然有专职司机接送，我总感到不自在，因此拒绝了司机每天的接送，依旧骑着那辆幸福 125 上下班。

不过，虽然骑惯了自行车、摩托车，如遇公司出差办事，当然还是坐“桑塔纳”小车的，小汽车的快捷、方便、舒适加上气派，感觉就是好嘛。但是好景不长，两年后，又被领导调去当文化站长了。文化站是有文化没钞票的“苦”单位，逢出差办事或开会，我只能“重操旧业”去享受风尘。摩托车载着我去过董浜、梅李、王市、王庄等常熟的许多乡镇，甚至多次去过张家港市，十余年中，风里来雨里去，受尽了寒风酷日中骑车的苦。

进入 21 世纪以来，人们的生活质量在不断提高，看着身边的朋友和同事们先后都买了漂亮的小汽车，心中实是非常羡慕的。2004 年，我被调到机关工作，我已开了十多年的“幸福 125”也要报废禁开了，当时心中的感觉再也幸福不起来。由于工作职务的关系，出差或外出参加会议是常事，步行、等公交车、迟到，成了我最怕的事情。有时出门归来，巧逢下雨天和公交车脱班时，在马路边等车的那个窘境，更是苦不堪言。

“骥服盐车，”是一个成语，“骥”字褒指千里马，是说马的才能遭到抑制，处境非常困厄。我是属马的，每当此时，我才真正体会到这个成语的含意和无车的痛苦呢。那几年，我常常想道：什么时候我才能拥有一辆自己的小车呢。

2006 年 4 月，在朋友和同事们的极力纵捅下，我终于鼓足勇气去驾校报名开始了学驾。妻子知道后埋怨我道：60 岁学打拳，快 50 的人了还学驾？你学会驾车后有钱买车呀？我笑着说：听学车的朋友们说，学驾车并不难。我这么聪明，怎么可能学不会呢。至于买车，到时我卖了房子换车子呀，厄好，哈哈。

话虽这样讲，但是事实上我工作很忙。理论考试虽顺利通过，可近二个月的学驾期中，我仅仅参加了五次半天的乡间路训和一个星期的桩训。正式去苏州考场考驾证时，驾校的师傅恐怕我中途出错被停考，会影响到后边学员的情绪，就把我排在九个人中最后一位上考场。让师傅想不到是，考试一开始，有二名学员因中途出错，连续被叫停，急得师傅额头上直冒汗。轮到我最后上场，坐在驾驶位上，我不慌不忙地系好安全带、踩离合器、踩脚刹、松手刹、点火启动发动机、挂上一档，然后打左转向灯、鸣喇叭、渐渐松开离合器驶离停车点，再渐渐加档，驾着车行驶在考场区的公路上，我依照考官发出的每个指令和要求，顺利地完了一系列动作，约 20 分钟后车驶回到停车点上。下车时，考官问我的师傅：这人有几岁了，学了多长时间了。我师傅说：哎，好像近 50 了吧，他忙，是政府机关工作的，训练时间总的加起来不足半个月吧。考官说：真不错，干净利落，我当考官 15 个年头了，第一次遇到这么利落的考生。师傅从车上下来后笑着对我说：考官在称赞你呢，想不到你比谁都考得好，老弟，你请客吧。考得了驾证，请客是当然的，重要的是心中那个开心。

2006 年 8 月 15 日，我的驾驶证终于由 E 证升为 C 证了。3 天后，我把一辆漂漂亮亮的白色东风起亚悦达小车开回了家，不过，我的房子还在。

“有车的日子”便从此开始了。说起有车的日子，生活真的非常好。我的小车档次虽然不高，也谈不上气派，但她所带给我的快捷、方便、舒适可是巨大的。无论是在家庭生活还是工作，可以说都产生了质的改变和提高。有车后的日子中，我每月可以便捷地去乡下探望年迈的母亲啦，我经常可以载上一家人去市里的商场逛逛、公园转转了，也经常可以和三五个文友聚聚喝茶聊天呢，甚至自驾出游到更远的地方。在工作上，有车后再也不会因为出差或外出参加会议去步行、等公交车，更不会再受寒风酷日、风雨之苦了，真正享受到了“安车当步”的乐趣和幸福了。

近日，儿子对我说：爸爸我想去学开车了。我妻子听了又开始反对了：学会了开车有啥用呢？还是算了吧。我支持儿子说：好呀，30 岁过了，该去学了。

年轻人自有他们的生活、他们的梦！有车的日子，是最美的生活、最美的梦。

2011 年 3 月 6 日

“换糖换引线”

“换糖，换引线”是盛见于60年代、逐渐消失于70年代末，穿行于江南水乡的一种乡间便民货郎担。货担的主人大多是中壮年男人或老年男人，他们以一根弯弯的长扁担，挑着两只竹篾丝筐，一早出门，顶着蓝天星星，涉绿水走田野，吆喝着：“换糖、换引线，换糖换引线罗……”

常见的“换糖，换引线”货担，集百货于两筐之中，肥皂、电池、瓷碗、火柴、棉线、引线（引线：缝衣针）、牙刷、牙膏、生发油、蛤蜊油、百雀油、香烟之类生活用品应有尽有，还有学生用品，如铅笔、橡皮、削笔小刀之类，当然还少不了饼干、饴糖、水果糖、弹子糖、棒棒糖、牛籽饼等许多令我们这些孩童馋涎欲滴的许多零食呢。

货郎们日行百里，艰辛地穿村走巷、来往于田头乡间，到夕阳的余晖在西天完全消失时，才拖着疲惫的身躯，挑着货担满载而归。

少年的时候，我家处小镇沿街，购物尚是方便。但是，那时候父母生我们兄妹四人，家中收入少吃嘴多，有时甚至连吃饱肚子都成问题，更别想父母有多余的零钱，去为我们四个孩子买零食吃。有时候，偶尔能吃到一粒糖果，便成了兄妹们最幸福和最开心的事情。家境的贫困，让我和弟妹们很早便懂得了生活的节俭，并懂了通过拣垃圾也可以换钱换物，为父母减轻些负担。小镇街稍的垃圾潭边、盐庄横街前碧水清清的九浙塘河滩上、小镇饭店后门外的老槐树下，几乎成了我们儿时常去的地方。偶有的破铜烂铁碎玻璃、废旧电池牙膏壳，都逃不出我们一双小小的“法眼”，变成了我们篮中的“宝贝”。我们把这些拣来的“宝贝”，放在家中的一只破纸箱内，专等着隔三差五经过小镇的“换糖，换引线”货郎担的到来。到时候，我们可以用这些“宝贝”去换几条牛皮筋、几支铅笔、橡皮等学习用品，或换来水果糖、牛籽饼什么的，也好解解馋。

每当听见街稍传来“换糖，换引线，换糖换沿线罗……”的叫喊声时，我们总会“奋不顾身”地丢下正在做着的回家作业，抱着那个盛着“宝贝”的破纸箱，来到家门外沿街，等着货郎挑子的到来，以换取我们需要的东西。

嘿嘿，你别小瞧了我们拣的那些宝贝，一支空牙膏壳值三分钱，能换一支铅笔呢，一个废旧 5 号电池值二分钱，也能换一盒火柴呀。破铜烂铁和碎玻璃是由货郎称斤量论价的，破铜最值钱，是四块钱一斤，但非常不易拣到的，即使拣到了，父母也不会同意我们去卖掉或拿到货郎担上去换东西。烂铁才四分钱一斤，能换四枚引线呢，引线是生活必需品，我母亲用来为我们兄妹几个缝补衣裤，是少不得这小小引线的。每当货郎担到家门口的时候，我们总会先换几支铅笔和橡皮，然后才换几颗水果糖或几片牛籽饼，一般大多是换牛籽饼的。要知道，水果糖是一分钱才换一颗，多贵呀，而一分钱就可以换二片牛籽饼了，要是有一节废旧 5 号电池，就能在货郎那里换到四片牛籽饼了，那我们兄妹四人是每人可以开心地“大解嘴馋”了呢。有时候巧逢母亲也在家，她总会跑出来，笑着看我们这帮孩子与货郎进行讨价还价，她怕货郎黑了我们这帮小孩子。如果家中正巧需要火柴或引线什么的，母亲会从家中挑捡些破衣服或破旧鞋子来，同货郎“滴斤滴量、论新论旧”地换些生活必需的东西。交换完毕，那货郎又挑起他的货担，扯开已喊哑了的嗓门“换糖，换引线，换糖换引线罗……”吆喝声又随着他的脚步穿街而去。

在那些岁月中，百姓生活中的节俭和朴素，是一种长期形成的习惯和风气，在生活中，即使是破得不能再破、坏得不能再用的东西，也是舍不得随意丢弃的。“换糖，换引线”的货郎挑子，长年累月、披星戴月地行走于乡间，为让百姓生活中的废弃旧物品得以再利用，搭起了回收的顺通桥梁，也为生活在农村的百姓们，送去了许多的方便和许些温馨。

数十年过去了，随着社会和经济的飞跃发展，农村百姓们的生活和城市居民一样，在不断改善和日趋富足。穿村走巷的货郎挑子，再也见不到了，那一声声具有十分磁性的“换糖，换引线，换糖换引线罗”的吆喝声，再也听不到了。如今，许多住上了洋楼别墅、生活丰足了的农村百姓们，渐渐地忘却和抛弃了以往生活的节俭和朴素的习惯，已逐渐滋生着浪费和奢侈。随意丢弃各类生活废弃物成了人们不良的习惯和风气，并迅速地演变成影响着自身周边生活环境和污染空气、水质的源头。

“卖旧…货呃、卖旧…货呃……”的吆喝声，近几年来几乎天天看到、听到，貌似数十年前那货郎般的吆喝。然而，这些“卖旧货”的外来人，却只收废纸废铁等旧杂件，不换日常生活用品，并且还在收货时用黑心称压斤扣两，坑扣卖旧货户主。所以，每当每天这么多三轮车载着这样的吆喝声传入耳扉时，我心中总会产生出许多厌恶。在这些“卖旧货呃”吆喝者的双眼中，我怎么也无法看到像幼时见到的“换糖，换引线”货郎眼中那般让人喜欢的慈善和那种让人放心的真诚。特别是当这种声音在楼下吆喝过后不久，有邻居高叫丢了自行车或者不见了摩托车，丢了这或者又少了那，让我更害怕了这些吆喝者的出现，更厌烦听到这种吆喝声像噪音一样，从远处传入耳来。

闲静下来的时候，我想，为什么如今国家不再在乡村小镇上设废品回收站了呢，为什么现在会有这么多的“卖旧货呃”者出现呢，如今的社会怎么了？回忆起旧时的“换糖，换引线罗”，比起如今的“卖旧货呃”，细细想着这些事，可能是人们在改变着生活、改变着生活质量和生活环境的同时，又在抛弃着自己优良的习惯和朴素的作风，随之滋生了许多让自己厌恶甚至感到害怕的事物来，让这些事物损害着自己日趋幸福和平静的日子。静思之余，多么希望能再听一声：“换糖，换引线，换糖换引线罗……”那让人感到温馨、感到喜欢的吆喝声，多么希望在人们生活中，能依然有一种节俭和朴素之风再兴，并盼望我们的城市、乡村那天空依然碧蓝，那河流依旧清澈，那田野和村庄仍然是那般美丽、妖娆。

2011 年 6 月 8 日

远去的碧水村落

秋高气爽，柔风习习，窗外雀鸟声声，楼下桂花飘香。金秋时节遍地异花竞相开放，浪漫的时光，会令人引发美好的遐思和无穷的回忆。近日来，连续几个夜晚的睡梦中，我又回到了30年前接受再教育的那片土地，又见到了那个屋后翠竹青青、村外绿水环绕的村庄，又见到了曾朝夕相处了近十的乡亲们。国庆长假过后第一个秋日休息天，也是一个多情而耐人怀旧的日子。一种迫切的情愫，在心中滋生、缭绕，驱使着我要再回到那片土地上去看一看的欲望。

一

胡芦墩河，30年前，我离开时，它还是一片清澈见底的水域。那时，河边晴翠的野芦苇和粗壮的茭白，成片盛茂随风摇曳。河中，串条鱼成群游弋于水面，碧水里水草叶随波荡漾。水面的上空，不时有几翼抢鱼鸟，贴近着水面掠过。如果在清晨或傍晚时经过胡芦墩河，或许还能看得见，这片弯似月亮一般呈C字形的水域，会有二三只野鸭，漂浮在远处的水面上。在胡芦墩河 C 字形弯正中处的岸边，是我家下放后，村上补划给的自留地。那时，我和父亲曾花了一天半夜时间，在这自留地下的河边，偷着挖成了一个鱼坞。每年到春节前，只要用半天时间，就可以把鱼坞中的河水淘干，捉到三四斤活蹦乱跳的虾、蟹和鲫鱼等河鲜呢。可是如今……

站在河岸边，追忆着往事，看着被新国道截去了半个月亮弯的胡芦墩河，闻着河中黛褐色的污水所发的阵阵臭味，我默默地抽完了一支烟。

远处，村前胡芦墩河坝底的一户人户，敞开着二扇大门，门外场地上，有个人站在那儿，正远远地打量着我这个时而沿着河岸走动、时而站在那里遐思的不速之客。该进村了。我缓缓迈步，行走在 30 年前曾经必须每天走上 3 个来回的叫“上秧地”的田埂上。那个在远处长久打量我的人，便是那户人家的女主人。

她向我迎了上来。“啊呀，我好像认得你的呀。你是不是以前街上（村上乡亲对葛墅镇的叫法）的芸芸呀？呵。”看她的年龄，起码比我小十几岁，她怎么知道叫我“芸芸”呢，我想。

当初，我离开村上时，这个女人还没嫁到村上来。但是，十年前，我就已经知道，村前这头户人家，是从村西陈家宕迁建过来的京良家。对这位女主人，虽然不熟悉，却也曾见过二面。我忙笑着回答说：“是啊，是啊，你是京良家的吧。”

“嗯，真是的。你以前几年，常去杏囡家探望她们母子时，我就见过你，我听大家说过，你是街上的小芸芸，你以前是下放在我们这里的知青。”

“嗯。是这样的。”我笑着回答。

“刚才，远远望见你，在胡芦墩河岸上来回走动，我还以为是市里环保局的领导，在察看河里的污染呢。原来是你呀。”女人的手向殷家河随意指了一下，她话中明显露出了失落的情绪。

我笑着说："哈哈。我可不是环保局的，我是回来看看大家的。"我的眼光随着她手指的方向，看到殷家河那一片水域，也已经污浊，河水似淡淡的墨水一般，散发着阵阵臭味。村前的水站边台阶上，有二个垂钓的男人，正专心地坐在，双眼紧盯着水面。"这河水这么脏，还可能钓得到鱼吗？"心怀着疑惑，我告别了女主人。

二

来到了宅基前河边。紧邻殷家河的，是华叔家。华叔的老婆凤兰，是一个心直口快的女人。此刻，她正在自家场上打理看刚割回家的一大捆毛豆。凤兰一眼便认出了我。

"啊呀，是方方呀，好几年不见了，今天你怎么有空到乡下来了呢，快，快进屋来坐一会。"凤兰放下手里的活，热情扬溢地走到我身边。

我发现，岁月给了这个家境一向颇为困难的女主人，有太多的沧桑印痕。我对凤兰说，"兰婶，你忙啊，好多年不见了，心里常常记挂着你们。所以，今天特地回来，想看看你们哪。"

华叔刚好从田头回来，刚见我时，竟然愣住了好一会，直到他接过我递过去的香烟后，才说："你是方方呀，快有十多年不见你了吧，我人老眼花了，竟然认不出你了。"

见到华叔和凤兰夫妇俩，让我想起30年前，刚分田到户，凤兰是常常来我家帮助收割稻子，并帮助我家脱粒的那些情景。为此，我妻子常常说：兰婶是最肯帮助我家的好人。

说话间，微微的秋风，夹带着咸咸的酸味，和猪粪便的恶臭，一阵阵钻进我的鼻翼。我忍不住向凤兰问道："兰婶，村上是不是有什么东西，让空气这么臭呢？"

凤兰伸了一下舌头说，"是我家屋后的猪便粪堆上发出的臭味。

不过，这空气里，还夹杂着河水所散发的污臭味。”凤兰向自家西屋后指了一下。

我顺着凤兰手指的方向，走到西屋后，看到在距村中巷路边约二米的兰婶家西屋后墙边，有一个约半人高的猪粪堆上，散发着令人作呕的臭味，且飞绕着上千只令人厌恶的苍蝇。凤兰告诉我，因家里没啥收入，仅靠养着的几十头猪，过着日子。

“你看，西上浜里的河水，比这荡稍河里的水更脏呢，都是西上浜河上游人家养猪后，猪尿粪常年往河里排，才给污染了的。”凤兰无奈地说。

西上浜河，在我写过的小说中，曾化名叫东翠厢浜。在我的印象中，30 多年前的西上浜，是一条河水弯弯、水流碧青、两岸绿荫层层的美丽小河，也是见证过我 20 岁那年，与长辫子姑娘“小芳”初恋的小河。想不到 38 年后的今天，这条美丽的西上浜河，竟会变的像臭水沟一样，又臭又黑，令人生恶。

想着心事，又听得凤兰的话传入耳中，“西上浜的河水，从上游流下来，流入荡稍河，所以荡稍河的水，也慢慢变黑变臭了。”

看着河边那二个钓鱼的人，我问凤兰：“那么，这河里还会有鱼吗，他们还能钓得到什么鱼呢？”凤兰告诉我说，鱼是还能钓到一些的，不过，只能钓上一些野鲫鱼来，野鲫鱼是最耐污的，其他的鱼已经很少了。

我告别了要热情挽留我在她家吃饭作客的凤兰，我又行走在用碎石子铺成的巷路上，缓缓向村里走去。

三

据说，殷家宅基是一个的古远的自然村落。在很久以前，殷家宅基的大族内，开设过一个专门加工菜籽油的作坊，全村几十口人，世世代代以替邻近村民压榨菜籽油为业。所以，这个自然村，还有一个俗名：油车廊。以前，我是见到到过这两架油车的，这是两个直径近二米的大石磨盘，它们像一对地眼，被遗弃在村外的田头。

以前，宅基村东边有碧清的水域，呈U形三面环绕，由东向西将这小村半围着，还有一条宽有十余米，总长约有近百米，并且呈L形的翠竹林，与水流并行着从村东沿河，半围着转向北边的村后。30年前的那些岁月里，我曾在这些水域中捕鱼捉蟹和游泳。农活歇晌休息之时，我在这片竹林里草地上，曾多次做过想当一个作家的梦。

此刻，我急想要直径穿过村巷，先到村后，去寻觅到那一大片当初给过我梦想的翠竹园。

村中心右边的泥瓦房、茅草房，早已迁到了村后周家河的北岸，或村西边的高田上了。当年的屋基上，一片荒芜，一对小狗在那里嬉戏翻滚，当我走过它们身边时，它们才停止了打斗嬉闹，以警惕的狗眼光，盯着我这个突然出现的陌生人，从它们身边走过，小狗的嗓子中，发出了低沉而吓人的吠声。

左边的三间茅房，早已破败不堪，却依然未倒。在文革中，东边一间，曾是当年插队女青年陈荷君住过的屋，西边二间是我当夜校教师时，曾为村民们教课的课堂、和值班过夜的地方。这三间茅房在后来重修，成了孤母杏囡和根源母子晚年时居住过的屋。这里，也是我这个当初下乡的高中生，为这个村的乡亲们、特别是为杏囡和根源母子付出感情的地方。我在此刻忆起这些往事，又在这屋边驻足了良久。

小狗的低吠声，惊动了村中的人。是村上康叔的妻子申来姨听见了动静，从院子来到了屋外：“啊呀，原来是芸芸来了，今天是啥个日子，让你这个大客人到村上来了。”

“申来姨你好啊，好久没来看你们了，心里老是惦念着，所以今天就来了。”印象中，申来姨一向是个不喜形于色的女人，待人一向不卑不亢，今天见到她这般热情，到使我感到有些不自然了。

“芸芸，快到屋里来坐，阿康，阿康，是芸芸来了，是芸芸来看我们了。”申来姨的喊声，惊动了屋里所有的人。这是一幢有十几间房子连在一起的大院子，刚踏进场院，就听见了许多辆缝纫机、套合机和拷边机那混杂的运转声。原来，村上有阿康家、队长元源叔家等几家墙院里的姑嫂、姐妹、妯娌和兄弟间联合办了一个小内衣加工厂，小厂就建在这院内，屋里有十几个妇女，正在忙碌着。踏进院内，见队长元源叔的老婆秀金婶正埋头整理剪修着内衣。

康叔是当厨子的，村上乡亲邻里每逢办婚丧之事，总少不得康叔这个土厨师的帮忙。他听见了申来姨的喊声，放下厨房中正忙着的活，来到了院中。我忙迎上前去和康叔握手，并向他敬了支香烟。站在院中，我和康叔及申来姨拉起了家常。

康叔笑着感慨地说：“芸芸，好多年不见你了，这村上有十多年没来了吧？”

我笑着说：“是啊，好多年没来了。不过，好像没有十年吧，杏囡和根源母子在世时的那些年，我是每年来过一二次的。在她们去世后，是再没来过，一转眼大约有六七个年头了吧。”

申来姨说：“嗯，是有六七个年头了，好久不见，你怎么还想着来看我们呢。”

我动情地说：“申来姨，这里是我步入社会的第一站，更何况我在这里劳动、生活过了近十年时光啊，十年中的点点滴滴，历历在心。我怎么可能会忘得了这里，忘得了大家呢。”

屋内，一个漂亮的中年女人，大声说道：“是啊，是啊，我还知道，你写过一篇文章，名叫《野山》对不对，这篇文章写的故事，就是讲的我们村后周家河北边的‘钱家坟’，对吗？”

“是啊，你怎么知道的？”我转头疑惑地看着这位陌生的漂亮女人间。

关华的老婆雨兰嫂，笑着问我："你不认识她了吧？"我摇着头说："的确是不认识。"

雨兰嫂边忙着手中的活告诉我："哈哈，她是队长元源叔家的儿媳妇，阿明的老婆，你不认得了吧。"此情此景，使我想起贺知章的那首《回乡偶书》："少小离家老大回，乡音无改鬓毛衰。儿童相见不相识，笑问客从何处来。"

里屋的玲婶和周家宕的琴嫂，听见了外间的笑声，忍不住也来到外边，看见了我，竟欣喜异常，非要我进里屋"小车间"，去陪她们说会话。这盛邀之下情也难却，我随玲婶去了"小车间"。

在"小车间"里，玲婶和琴嫂边干着手中的活，边和我拉着家常。久呆了城镇街道，远离了村上许多年，偶尔一次回到当年生活过的小村，与乡亲们之间，似乎有说不完的话题。

当玲婶和琴嫂问及我，今天怎么想起要到乡下来时，我笑着告诉她们说：最近梦中常见到大家了，而且常常梦见村前西上浜河，和村后那青青的竹园呢。琴嫂听后，似乎无奈地告诉我：唉，西上浜河你应该看见了，它已经变成臭水沟了。这村后的竹园呀，芸芸，你是再也见不到了。

我听了琴嫂的话，惊诧地走到后窗，努力向村后看，果然没见到一竿竹的影子。我急切地问琴嫂，竹园怎么会没了的呢？玲婶说，哎，上边说，土地指标这么紧，这一大片竹林没什么用，为了统一规划宅基上村民的造房地块，就把这竹园给砍掉了，砍掉快七八年了。

"可惜，可惜！多美的一片竹林啊。"我听后，心中感到非常惋惜和无尽地失落。

说话间，时间过得非常快。康叔来到"小车间"里，他热情地对我讲："芸芸，今天你就不要走了，康叔请你留在我家吃中饭，啊。”听了康叔的话，我才想起看手表，原来时间已经是上午十点多了。

这次回乡，本是心血来潮之行。我忙起身推辞说：“不了，不了，玲婶、琴嫂再会。”推辞中，我已经走出了“小车间”，“康叔，我还要到村后去看看周家河，我还要去看看云华哥他们呢。”推辞中，我已来到院外。康叔和申来姨的热情挽留，没有阻住我的脚步。

四

我继续向村后走去。一路过去，巷路两边杂物乱处，猪粪随处可见。我心中沉重地寻思着：农村，不是经过近一年的大环境整治了吗？为什么现在还是这副状态呢？究竟是没整治好呢，还是乡亲们的陋习，仍没改变呢？……

30 年前，殷家宅基周边，原来有许多条常年都是碧水清澈的小河，除胡芦墩河、荡稍河、西上浜河和周家小河外，还有吴家荡河、厢子浜河、小西上浜河和蒋婆泾河，这些小河水系，紧紧围绕和滋养过殷家油车宅基和周边小村上一代又一代勤劳朴实的村民。可是如今，这些美丽的小河都变了，变得让人心生厌恶了。

30 年前，那个翠竹青青，碧水荡漾，与我朝夕相处了近十年的村庄，现在，为什么再也找不到了呢？一种惆怅，涌上心头。

随着脚步的行进，我已走到了村后，周家小河已经出现在身前。午阳下，我惊奇地发现，周家小河的河水，比殷家宅基周边的任何一条河都清澈而干净。这里的空气，似乎也比宅基中心的好一些，少了许多难闻的猪粪味，但却感到多了一些泔脚料污秽的油酸味。

云华哥他们家的老房子，原来是紧依在那片竹林前的。现在已迁建在周家小河的北岸了。云华哥正在自家屋前，手中虽忙碌着什么，双眼却远远地看着我，努力辨认着河边我这个“外乡人”。

云华哥的年龄，大约在70岁左右，他是供销社的退休职工。云华哥一生俭朴勤劳，头发和胡子，早在十年前就变全白了。当我走到他身边后，喊他“云华阿哥”时，云华哥才认出了我。

同云华哥握过手后，拉起了家常。闲谈中，知道云华哥的儿子、孙子都在无锡工作，并且已定居在无锡了。仅云华哥和宝嫂二人，留守在家中，云华哥成天伺弄着家中养着的十多头猪和几分菜地。空气中飘过的泔脚料污秽的油酸味，正是他身边好几个污秽的泔脚料桶中发出的油酸味。

看着云华哥全白的头发和胡子，我劝慰他说，云华哥，你儿孙收入都不菲，自己供销社退休工资也不算少，你该歇歇了呀。

云华哥却对我说：生活在城市，有生活在城市的难，生活在乡下，也有生活在乡下的难，我歇不起啊。农民是做惯了的，虽然老了，但是，做惯了就歇不住了。再说，你宝嫂没有退休工资，我与你宝嫂养猪种菜，既是为将来积些钱，又权当是锻炼身体呀。

周家小河的下游，是吴家荡河。河滩上，有好几个城里来的人在钓鱼。云华哥告诉我，周家小河和吴家荡河，是这里周边唯一条比较干净的河了。听了云华哥的一番话，又让我陷入了沉思好久。

我告别云华哥，向来时的路返回而去。走到周家小河的河坝上，我望见小河南岸的滩涂上，有一个人穿着一身旧军装，正在专心地播种着什么。当他抬头时，我才看清楚，是村上的老会计发叔。发叔大约有70多岁了。40年前，我父亲遭冤案，全家被下放到了农村，个中许多的恩怨，曾经是与发叔有些关系的。如今，几十年都过去了，我家都早已放开和忘记了这些恩怨，不知发叔心中是否一样。

隔20多米远，我大声向发叔打着招呼：“发叔你好，忙着呀，种的啥呢。”

发叔抬了一下头，回答我："我正种着蚕豆呢。你是芸芸吧，好多年不见了。"说完，他又继续埋头干手中的活。

站在周家小河坝中央高处，眺望着这片村落，眺望着四野这片曾经洒下过十年汗水的土地，我寻思，是啊，30多年了，当初多么美好的碧水小村，如今，你走得太远了，远得我无法认得你了。什么时候，你能够让我重新拾起那些岁月的记忆；什么时候，你能够让我重新找回那些珍贵岁月的片断；什么时候，你能够让我重新回到那个翠竹环抱、碧水清清的村落呢。

2013年3月19日

碧草青青邹家湾

邹家湾，是我少年记忆中难于忘怀的地方。

那是在 1965 年 5 月的初夏季节，12 岁的我，正在读小学五年级。美国向越南发动的侵略战争，战火已烧到了我国的边境，甚至，侵略者的飞机，经常入侵我国领空。为此，国家向全国人民发出了“援越抗美”的号召。我和学校的同学们一样，听了褚校长的动员后，小小的心灵中，激发起对美国帝国主义侵略者的愤恨。我把家里的竹篮和镰刀带到了学校，积极地参加了学校“割草积肥多打粮，打败美帝保边疆”的红领巾积肥队。

虽然参加了积肥队，但是，要完成班主任老师要求的：每个同学每星期完成割草 100 斤的任务，对我这个瘦弱的“街上”小孩来说，是艰巨的，我有点担心自己。“别怕完不成，我们会忙你的，我们到邹家湾里去割，那里草多，随便割几把，就能装一篮子了。”同学李国祥鼓励我说。同学邹祥华也说：“对，到我们邹家湾里去割，那儿草多。”那时在班级中，李国祥、邹祥华等几个，是我的亲密伙伴。少年同学间缕缕的友情，真是让我感动！就这样，我跟随同学们，第一次到了邹家湾。

邹家湾，有一条碧水青青的湾湾小河流。

在河的西北岸，有一个牛拉的水车棚，那好大的水车盘，连接着水斗。被蒙了双眼的水牛，拉动着水车盘，“吱呀呀、吱呀呀”地，正把河中清清漾漾的河水，源源不断地灌入秧田中。微风中，在河岸两边茂密的草丛里，摇曳着许多盛开的小野花。我和同学们开心地跑着、抢着去割那些茂盛的青草。我为了不让同学们帮我去完成我的任务，我拼命地努力着。来到河边，一棵歪脖子野槐树下，一大片密密的青草，吸引了我，我就开心地弯腰去割那片野草，完全没有发现来自头顶上的危险。原来，有一条和我小手臂一样粗的青稍蛇，正半吊在野槐树的树梢上，吐着红红的引信，眈眈地盯着我。“蛇！别动。”是李国祥大叫一声，勇敢地跳到我身边，挥舞镰刀赶走了那条大蛇。当时这情景，吓得我额头的冷汗也渗出来了。第一次去邹家湾，就让我留下了难忘的记忆。

邹家湾，又是小义（原名，东升），是一个住着几户人家的小村庄，她在小河的东南岸。

我的同学邹祥华、邹正芳、邹正国都家住邹家湾。李国祥的家，是在邹家湾隔壁李家宕。为了完成每星期的割草任务，从5月中旬第一次去邹家湾，到6月中旬这一个多月的时间里，我去了许多次邹家湾。特别是在六·一儿童节那天，学校放假了，我们还忘不了要完成自己的割草任务，我约着我的小伙伴们，又一次来到邹家湾。割累了，我们就在水车棚里坐一会，或去邹祥华家坐一会，或在村后的竹院中的草地上躺一会。口渴了，就去邹正芳家的水缸里淘一碗凉水喝。邹正芳和邹正国是亲兄弟，他们的姐姐高高的个子，两条长长的辫子，是一个比我们年长有五六岁的俊俏女孩。我一直随着我的同学邹正国兄弟俩，叫她阿姐。她非常关心我们，见我们割累了，总会让我们多歇一会。特别是对我这个瘦弱的“街上”小孩，她对我关切地说：“弟弟，少喝些生水，会肚子痛的……”她总会把一大碗开水，预先凉在桌上，等我们歇息时候去喝。一种亲切，一种关怀，和这碧水青青的邹家湾河一样，永久地留在我的记忆里。

经过一个多月的辛苦劳动，我和小伙伴们一样，超额完成了割草任务。在我幼小的心中，天真地想道：我们也为“援越抗美”作出了贡献呢。

许多年过去了，高新产业园的建设，把包括小义村邹家湾在内的小河、村庄变得更美了。

邹家湾，流水青青的小河、“吱呀呀”的水车，邹家湾，翠竹荫庇的小村、美丽的阿姐，我的伙伴们，是你们给我的少年时代，带来许多快乐，许多梦想，许多回忆，成为我一生难以忘怀的记忆。

2010 年 5 月

第二章

几缕乡情伴乡愁，幽处闻梅香

一径寻村渡碧溪

“碧溪”一词，从文字的角度去解释，是专指在山中或乡间那些绿色秀丽、透明潺潺的溪流。这也是对这些透明秀丽的潺潺溪水，做最简洁又美丽的形象描绘。自古以来，在文人墨客笔下，但凡是山间或乡间有“碧水溪流”之处，总是会被描绘成仙境一般。

关于“碧溪”，有唐代诗人汤洙作有《登云梯》诗：“谢客常游处，层峦枕碧溪。”短短二句八个字，把汤洙身栖于山间小溪，沉醉于碧溪之畔，留恋于溪畔那仙境般的生活景象，尽现笔下。还有唐朝花间派词人韦庄，也在所作的《鄠杜旧居》诗中吟道：“一径寻村渡碧溪，稻花香宅水千畦。”作者以短短二句诗，把亲临乡间小村碧溪寻渡，身处村野遥观稻花香菽的感叹，以凡间仙境一般，尽致表露。可以想象，“碧溪”所给予人们产生的美好之感，是足以让世人去遐想和向往的。

“清晨破晓起，初照东方飞，小船轻轻碧波里。两岸花红柳成行，舟剪绿水映楼皱，荡桨艄公山歌新。诗人逸游情满溢，何不细声吟。”这曲《采莲子·碧溪行》，并不是哪位大作家的名作，而是因为向往碧溪，在 1984 年春，我乘生产队的小船，一路踏浪，到碧溪去“取经”时，在小船上所写下的。这首词中所说到的“碧溪”，就是 30 年前的“碧溪镇”。

我想，我此生注定是与碧溪镇有些缘分的。因为，我去过“碧溪”，算来大约不下于 50 余次。最早去碧溪镇，是在“文革”时期。那年我才 16 岁，那是由学校组织的一次中学生“军训拉练”活动。在清晨，我们几百名中学生，集中出发，从常熟的东门外，走出泰安街，沿着梅塘，一路步行 30 多公里，下午才到达碧溪，参观了几条主要街道，第一次见识了碧溪镇，留下了难忘的记忆。

再去碧溪镇，事缘于要发展当地乡镇工业的需要。那是在十年后的 70 年代末，那时候，我刚结婚，并且成了大队办企业“针织厂”中的一名骨干。

在 70 年代，特别是 1978 年党的十一届三中全会召开后，“碧溪人”不知从通过什么渠道，激发出了自己一股胆识和冲劲，他们冲破了条条框框和束缚，在常熟的区域内，率先开辟出了一条乡镇企业生存、发展的道路。他们主动出击，通过与上海、苏州等大中城市，进行横向联合、互相配套协作，引进大中城市的企业技术人才、资金和市场，来不断壮大自己。在 1984 年那时期，碧溪的乡镇企业，已经达 60 多家，安排农民进企业当职工，竟超过一万多人，由此，成为当时苏州地区率先跨入“亿元乡”乡镇。“碧溪镇”取得的巨大的成就，吸引了当时一位新华社记者，他在到“碧溪”实地调研考察后，写下了《碧溪之路》这样一篇新闻报道，使“碧溪镇”这样一个偏僻的沿江小镇，从此红遍大江南北，同时，吸引了全国各地约数十万人，前来“碧溪”参观学习。因此，碧溪镇在 30 多前年，就已经成为一个全国名闻的美丽乡镇。

我村的针织厂，当时是我父亲在“当家”。父亲在深受“碧溪之路”的影响与诱惑后，通过多方努力和朋友“牵线”，终于与碧溪毛衫厂等企业，建立起了业务上的联系。在那些年，作为村办针织厂中的一名骨干，我管的是原材料和半成品染色等业务，所以，先后认识了碧溪羊毛衫厂、布厂、毛条厂等诸多企业的领导和朋友。“碧溪人”总是非常慷慨和义气，他们待人热情真心，帮人义无反顾，为兄弟企业的发展，作了最大的支持和贡献。后来，我虽然被领导调往镇针织厂、毛纺厂等企业工作，但每逢难题，总不忘要去碧溪镇，请求这些老朋友们帮忙，“碧溪人”总是有求必应。

在1985年那年，我已经被调往镇针织厂工作。秋天，碧溪布厂一位厂长朋友，托人带来了一件米白色全羊毛开衫，送给我。那时候，我虽然也当厂长了，但是，我当时的月薪才40元，买一件男式全羊毛开衫，最起码要花上我半个月工资。进入深秋，收到这样一分珍贵温暖的礼物，让我感动了很久。28年过去了，这件羊毛衫，虽然早已破旧，可是，我始终舍不得丢弃。多年来，这件羊毛衫已经由我妻子改了又织、织了又改，现在已经改成羊毛背心，仍然叠放在我家的衣柜中，每年冬季时，它依然温暖着我的身心。

光阴似箭，28个年头过去了。“碧溪摇艇阔，朱果烂枝繁。”如再用唐代诗人杜甫的这二句诗，来比作和赞美28年后的“碧溪之园”，这份绿水潺潺、花事繁荣的企业活力意境，肯定不能达意了。

2010年夏的一天，因工作上的需要，我要去原碧溪老镇区办事。我驾车沿着通江大道，向着自己认为闭上眼睛，也能摸得到的碧溪驶去。想不到，虽到了“碧溪新区”，我竟然找不到碧溪老镇区那条非常熟悉的马路了。幸亏有诗人朋友王永前，在“碧溪街道办事处”当领导，是他在电话中遥控指引，才解了我的难。

随着举国改革开放的步伐，碧溪的经济建设和发展成果，令人赞叹和世人瞩目。从20年前开始，常熟市把碧溪等沿江几个乡镇，进行行政和资源合并，并将其建设和打造成滨江新区“常熟经济技术开发区”后，“碧溪新区”以日新月异的面貌，展示在世人面前。

2011 年春，应邀去“碧溪新区”采风，所见所闻，实是耳目一新。“乡间都市”，四个字，是我此次去“碧溪新区”，所产生的印象认识和概括。昔日的碧溪，曾经是以“离土不离乡”发展乡镇工业的“碧溪之路”，享誉江南、享誉全国。而如今的碧溪，经过 20 年的建设，已经成为常熟国家级经济开发区和国家一类口岸，她以“常熟港”“常熟出口加工区”“常熟市城市副中心”“滨江新市区”等面貌，耸立在扬子江畔。如今的“碧溪新区”内，街道新颖宽敞，高楼厂房林立，数百家中外名企入驻区内，他们传承着碧溪人敢于创新、勇于实践的“碧溪之路”之精神，以科学的管理和经营模式，不断创造着具有影响着全国乃至全世界的产品和品牌，不断创造着“乡间都市碧溪”崭新的奇迹。

以“生活在公园里”去描绘“碧溪新区”农民的生活，并不是夸张。今年 4 月 8 日，我们作协的 12 位作家，“私下里”去了碧溪新区，进行采风。在李袁村，我们惊奇地发现，有一个巨大的农家公园，叫“常熟市金橡树生态园”。它是一个集生态观光、旅游、休闲为一体的，农民可以免费进入的农村生态园林。

公园占地约 180 余亩，园内有一片清澈的小湖，约 20 多亩。园内亭台楼阁，小桥流水，花木盆景，鲜花锦簇，绿树成荫，风景优美。在园中动物园内，孔雀开屏，鸟啼童笑。园内植有优质葡萄十多亩，还种植有石榴、枇杷、桔子、雪枣，以及梨，桃，李果等各类果树五千多株。园中还种有广玉兰、桂花、枸骨、香橼等各类高档树种达二千多株。李袁村这个农民生态公园，是集生态养殖，种植、苗圃、绿化、观光和休闲于一体，并设有动物观赏、水果采摘、香茗品尝、临湖垂钓、野外烧烤、棋牌娱乐、小聚雅座等文化娱乐项目。在园中，李袁村的村民们，有在唱歌的、跳舞的、做健美操的、有在钓鱼的、下棋玩牌的，舒闲的场景，随处可见。在碧溪新区李袁村，可以说，村民们的生活，是很文化、很浪漫、很诗意、很惬意的。据说，像李袁村这样的农民公园，在碧溪新区还有好几个。这些农民公园，为广大农民提供着胜过居住于城市的惬意生活。“妇幼皆神嬉水游，村翁尽仙操拳乐。”在将要离开这所美丽的农家公园时，我心中不禁跳出这二句诗来。我想，眼前的美好景象，是远远胜过于唐代诗人汤洙诗作中，所描写的仙境般写意了。

又一年过去了。在今年5月和8月，我因事又二次去了碧溪新区。但是新“碧溪人”给予我的那些支持和帮助，和那些旧时“碧溪人，”没有多少差别。二代碧溪人，所给予我的热情、温暖和支持、帮助，如今忆起，依然让我感动不已。

2012年8月14日

湖光桥影话昆承

沐浴在温柔的暖阳下，荡漾在和煦的春风里，在美丽多情的昆承湖畔，信步行走在昆承湖边洁净宽敞的环湖路上，穿行在湖畔熙熙攘攘的人群中，漫步在莺歌燕舞的绿洲里，闻着清新的空气，有一种让人难以相拒的舒适，不断地侵入心扉。

缓步扶栏，登上靠在湖边码头的游轮顶台，在明似碧镜、静似盘玉的万顷湖面上，巡游前行，望湖畔鸟语花香、绿荫成行，那幢幢高楼和数百幢别墅洋房，与巨型碧镜一般的广阔湖面相映如画，令人心旷神怡。谁能相信，在记忆和印象中，30 年前这片苍凉的水域和周围那荒芜的泽国，如今竟已变成了崭新生态型旅游风景区、竟已变成了大都市般高新科技产业的乐园呢。

昆承湖又名昆城湖和东湖，据说水域面积有三万顷。如果坐农家小船从昆山的巴城到常熟，昆承湖，是必经的水域。记得 33 年前，我与生产队的同伴，摇着水泥船去上海装上氨水后回常熟，就是走的昆承湖。那天，冒险在湖中过船，恰遇老天刮风下雨，极目昆承湖，湖面广阔浩瀚，一片水气、迷白茫茫，四周湖岸，更是一片泽国芦荒。我坐在船头上，看到广阔的湖面上风更大，浪更高，心中异常忐忑。更糟糕的是，当我们的船帆，硬是借着偏南风，向西前行。到湖面中央时，突然，湖面上一个风团刮来，把船上的桅杆拦腰刮断了！布帆一下子倾倒在湖面上，行进中的船，顿时失去了重心和动力，船顺着风势，一下子横了过去。此时，湖面上近二尺高的浪头，一个连一个扑来，湖水从左边压过来，又经装满氨水的船舱扑向右边舱外，要不是我紧紧护住安全仓的盖，我们的船差点沉没在昆承湖中。此情此景，如今想起，依然是心有余悸。

说起昆承湖，年轻的时候，曾听过老辈人传说过一个让人惊心动魄的民间故事：在很久很久以前，在常熟的东南方向，有一座青州城。有一年，海龙王的儿子顽皮玩耍，他悄悄变成一条大鱼，私游到了青州城内，被捕鱼人捕到并宰杀分食了。许多人家都分得了一块鱼肉。有一个老妇人，是常年吃斋念佛的。她分到鱼肉后，把鱼肉挂在梁下，想着留给儿子煮着吃。海龙王发现儿子失踪后，急忙派出虾兵蟹将，四处寻找。有一天，蟹将寻找到老妇人的家里，忽然闻到一阵鱼腥味，他一抬头，瞧见梁上悬挂的鱼肉，急忙问老妇人，“你这鱼肉从何而来？”老妇人缓缓以实相告。蟹将听了后大惊，忙将鱼肉要了回去，并呈告给龙王。龙王听后，悲愤异常。他急忙上了天庭向玉帝奏告，并要求发水淹没青州城，报复青州人。不过，海龙王为了感谢老妇人吃斋念佛，不食龙子肉之恩，特地派人秘密告诉老妇人，“青州城将有大难来临，如果你见县衙门口的石狮子眼睛变红时，将会有大水灾到来，到时，你母子俩人要及早避难。”从此，老妇人叫儿子每天途径衙门口时，要观察石狮的双眼是否发红。人们见了感到惊奇，即问其究竟，老妇人的儿子说：“我是来看看，石狮的眼睛会不会变红。”石狮眼睛怎么变发红呢？一天，有一个调皮的人，与老妇人的儿子开了个玩笑，他用珠红色，涂红了石狮的双眼。想不到，此后不久，果然天摇地动，雷雨交加，洪水浪涛飞速猛涨。老妇人和儿子由于早作准备，俩人急忙逃上山中寺院躲避，才避免了灾难。但是，整个青州城，却惨遭大水的淹没，从此，青州城就变成了一片汪洋，被叫做“困城湖”，后来，又叫昆承湖。当然，这仅仅是一个民间故事。

30多年改革开放，改变了常熟的山山水水，为常熟这个本就玲珑剔透的千年江南古城，增添了无尽的生机和活力。“塔情峰影花月城，湖光山色水云乡。”如今，见眼前的昆承湖畔，景区空气清新，繁华似锦，环湖公路、状元桥、言公堤、海星岛乐园，极目四周，可谓美景目不暇收。身边，一位在昆承湖景区工作的朋友说，如今的昆承湖景区，可谓集农业生产、生活和生态旅游相结合，集水上度假、海洋科普、康体运动、餐饮娱乐、生态、文化休闲为一体，形成了崭新的生态型旅游风景区。

看那昆承湖状元堤，宛如蜿蜒的玉带，它将湖内几处汀洲串联成一线。特别是状元桥，更是堤上三座桥梁中，最具江南特色的一座。状元桥位于“状元堤”之间，连接着东西两座岛屿，全长达400多米，设有45个桥孔，据说，其中最大的一个桥孔，跨度竟有十五米，状元桥两侧的花岗岩栏杆上，还精细地雕刻着形态各异的狮子，达488只，使整座状元桥更加古色古香、气势宏伟、让人咋舌。漫步在状元堤上，抚见春柳的新芽，领略精致的拱桥，端详那形态各异狮子，数一数串如连珠般的桥孔，不禁深深地赞叹，它给游人们所带来的历史纵深感，和清雅的人文气息。不禁深深地赞叹，大自然所予的恩赐与现代常熟人智慧的结合，所产生的美好结晶。

在昆承湖畔还有言公堤，是通往言子文化园的景观道路。“道起东南”，当年言子从孔子为师，学成归来，被尊为“南方夫子”。他的影响，为造就常熟这文化之乡、礼仪之邦，作出了伟大的贡献，他是常熟人的骄傲。在这里，言子文化以雕塑、石刻、景墙等多种形式，展视了当年文学先祖言子，那博大、智慧、儒雅、和蔼可亲的神形，为游客们提供了一个集学习与瞻仰、纪念与游览为一体的休闲场所。

外景形态别致的、惹眼的现代化建筑群体，是遥望海星岛乐园。园内，更是一个集海洋观光与游乐互动，水上竞技和海洋生物展示、表演等为一体的现代水边公园。园内设奇趣海洋世界、魔幻海星场、昆承水岸、星岛游艇俱乐部、穿湖商业街等50多项丰富多彩、妙趣横生、惊险刺激的现代游乐设施。更是一处令人向往的、集知识性、趣味性与科普教育休闲之所。如今，有这样一句话，“世上湖山，天下常熟”早已风靡大江南北，它精辟地概括并称赞着今天常熟的山水风光。

看万里长空，碧水浩荡。登阁影错综，迂回长廊。驾舟戏清波，人游画舫。我想，如一个人静静地身处在这秀媚的湖畔，一定会顿生“踏破青山人未老，风景这边独好”的感悟。即使是身临“烟雨蒙蒙，万籁俱寂”之时，那湖畔微风轻拂，杨柳飘荡，如牵万般情丝，那滴雨入水如吻清波涟漪的温柔，也会让人们心旷神怡，顿觉似隔凡尘。

阳光下依栏眺望，见浩瀚飘渺的昆承湖面，游轮泛处碧玉似剪，水面微波如皱，那样安静，情如当年的龙王，已经被征服了一般，在昆承湖畔，我再也见不到，当年湖岸四周那些泽国芦荒了，在这万顷水面上游弋，再也不用担心，会被无情烟雨风浪所吞没了。站在游轮的顶台，我贪婪而尽情地阅览着昆承湖美丽景色，心中忍不住再赞一声：美哉昆承湖！

2013年3月

“栗桂苑”随想

常熟的茶文化现象，为江南所独具。而虞山周边的茶园茶吧，多得不知其数。在虞山周围所有茶园中，称得上雅的，或者说雅得能让我们一干文友们爱上的，实在不多。每逢假期休息日，三五朋友相邀去品茶，是近几年来在常熟悄然掀起的最佳休闲方式。作为码码文字的人，更是不甘落伍。4 年前，我与文友们一直想寻找的幽静所在，比如，世外桃源般的“山水茶苑”，竟是在远离喧闹市区数公里的“三峰”，这是隐于虞山中麓“三峰”山下一处林间的农家休闲茶园。

从“山水茶苑”内向山西边看去，苍翠的树木如油画般幽静。从眼前至对面林子下，园内几棵古栗树，园前一个小湖，对面山坡绿林苍色。湖面水色的绿，在山林间阳光的透射下，如银器泛出的光耀，几乎能让人止息。“山水茶苑”是一户与我夫人慧的娘家能扯上一点点姓氏亲缘关系的山民人家。其别墅建在山坡上，坐落在山林间小湖水边，其境如画，尽显出水韵的写意。“山水茶苑”的老板娘，是一位美丽的中年女性，她脸上一对若隐若现的酒窝，婀娜苗条的身材，热情大方的气质。我想，她可能要比当年沙家浜芦苇荡边开春来茶馆的阿庆嫂，还具有磁引力呢。此后，每当我与文友们出现在茶园时，老板娘总又会问我一句：“为啥不带小慧一起来呀？”我总笑着答话：“呵呵，小慧她不爱饮茶。”一问一答间，与文友们在雅致处落座，如到亲戚家。老板娘迅捷的身影，便在几颗老树下茶座边来回穿梭忙碌。

不过，许多老茶客能坚持出现在“山水茶苑”，主要还是这个茶园的环境好、服务好，加上茶园的水质和菜肴好。在此后这几年中，许多假日的时候，与作协的朋友们小聚，总会到“山水茶苑”小聚。在这里，文友间静静地说时事，谈写作，听鸟啼，观山景水色，总少不了要坐上大半天，每次总会有时光飞逝般的感受。

岁月如流水般逝去，一晃间已近4个年头。去年一个春日，十余位文友再次相约“山水茶苑”。文友们先后落座，等上茶，却不见老板娘的身影，十余分钟后，才见一位中年女人走到我们座边，她慢吞吞地问，几位？要什么茶？要在茶园吃饭吗？听语气，全无“宾至如归”的热情和感觉。经询问打听，才知道原老板娘已经把“山水茶苑”盘给别人经营了。茶园虽仍继续经营着，却已换了主人，也换了经营风格和理念，让来客失去了以往的亲切感。于是，我与文友们如失去了据点的游击队员，又开始了燕园、曾园、小石洞等处的轮流转移。

中秋前听说，虞山脚下兴福湾里，有一家叫“听鹂园”的茶园，刚刚换了主人，这茶园的老板娘是一位年轻的女文友稀奇。稀奇原名叫陈琪，稀奇只是她的笔名，她是常熟作协的一位美女作家。不过，大多文友都不喊她原名，却习惯亲切地叫她稀奇。稀奇，不仅仅是因为她长得典雅美丽有气质，而是因为她不但文章写得好，而且待人落落大方、真诚实在。稀奇虽当过私营服装小老板，做过本市大型民企的副总，可谓闯过三关六码头、临过大场见过世面。但她骨子里透出的那种文人儒雅形象，总让人无法把她与钻研营利得失的商人相融合。用她自己说过的一句话来概括，“那是生活逼出来的奋斗经历和过程，自己骨子里还是一个文文弱弱的优雅女子”。如今，她辞去民企副总之职，却把“听鹂园”盘下来经营，并且由市著名画家兼书法家的汪瑞章先生，为她这个重新装修后开张的茶园，题写园名为“栗桂苑”，从此，稀奇开始了典雅的茶道和文化氛围的经营。

于是，在中秋节上午，我邀约了虞山文协的数位文友，带上月饼水果，相聚于稀奇的“栗桂苑”中。因为听说要去稀奇新开的茶园品茶，想不到，竟“自告奋勇”来了18位文友，那个热闹自不用说了。见群文友们的到来，稀奇的热情更不必细说。我却想，哈哈，这下老板娘可得忙开了。不料稀奇却不慌不忙、招待得体，动静皆宜。用我曾写的一首诗，去形容稀奇此刻的形象，可谓恰如其分：“点一支清香，倾胸中的炽情，焚香通灵。涤尽器皿的积垢，一举一动，如仙子沐浴。煮冰凉的山泉，邀玉壶含烟，勾一丝，纤纤儿女怀思，让碧螺亮相于剑眼、黛眉。引含烟玉壶的霞气，如春风之夜，雨涨秋池。用纤手，将好看的绿螺，犹似那飞雪沉江。媚眼前，春染碧水。鼻帘下，绿云飘香。捧一盏香磁近君，闻尝玉露，言一句知已朋友，请啜琼浆。让你我，以三品时光，醒醐，去回味过往的岁月。醒来时，如片刻间，神游过三山五脉，将灵动的心，靠得更近！”

兴福湾，地处翠竹绿林、碧山环抱之中。稀奇的茶园经她装修后，看其内室雅间，挂着几幅精致装裱的书法、山水画。室外茶园，是茅庐草舍。庐外小院古栗苍翠，桂花飘香。舍内四周盆栽鲜花、藤椅竹座。草舍外山风扑面而来，山坡林中的画眉声声，随一股山野之风夹桂花之香，穿庐而过，吹舒了须眉的眼角，撩开红颜的秀发。此情此境，忽又想起陶渊明的名句“采菊东篱下，悠然见南山”，这正是，虽是女子却有魄力的稀奇，如今在虞山脚下提壶作文的形象写照。

文友相聚，把休闲之地择于清静之所，一杯清茶，数盆农家菜，几友雅聚，一起聊文学，扯生活，让人有一种逍遥自在的意境。因此，坐在茅庐内，对稀奇“栗桂苑”心存感激，夸赞稀奇有魄力和奇思，放下私企副总不当，盘下来经营这茶道文化。这使我想到，生活中，总有一些有才华、有前途的艺术家，总要被一些俗事、小事拖累着，热衷于权力名利或生计琐事，真正所爱或特长却得不到发挥，却不知扼杀了多少文人才子。是稀奇让文友们从此又多了一处小聚之所，是稀奇把我们从四方揽拢到这山水间来了，是稀奇把装着碧螺之香的山泉，让文友们溢泻写作的灵维，让虞山涧水牵引着春的生命，在心海流动。我想，从此文友们再上虞山的步履，定会如引发阵阵春风，把文学的梦，挂在园中的栗枝，一起萌发。愿稀奇的文化茶园，将新春的爆竹，化作点点烁红的灯笼，愿这兴福湾山坳“栗桂苑”，随山花的异香，长醉人们的鼻脉，把生命揉成春花的芳容，以真挚的情怀，去描舞那诗人的浪漫，与那百年古栗树一般，常青常存。

时光总在悄悄流逝，当我们要离开稀奇那处茅庐草舍时，忽听得那“栗桂苑”中苍翠的古栗树上，有翠鸟声不停地招呼：再来、再来、再来……

2014 年 1 月 18 日

平望行散记

因为向往已经太久，又因有诗人朋友若荷·影子，今年4月11日，终于携友驱车成行，去了“桑榆之上可平视二千里”的平望镇。

少年时代，父亲被下放农村后，他几乎每年都要与生产队的村民一起摇着船，去浙江某处装运那坛装氨水（化肥）。父亲每次去，总是一个多星期，回家路过平望镇时，还会在镇上买回一瓶全家人视为享受美味的“平望辣酱”。在父亲每次回家当晚，熄灯后，还会听到父亲在黑暗中，向母亲轻声诉说着这一行水路上所遇到的惊险和艰辛。平望、八坼等这些地名，还有“平望辣酱”那种既香又辣的美味，从此便深深地刻印在我的心中。虽然数拾年过去了，但长久向往的古镇平望，却一直无缘去过。

因缘于文学，使我在2009年认识了平望才女、美女作家若荷·影子，并且在通过网络和文学博客上的交流，进一步了解到平望的美，还有平望镇那片秀雅莺湖之水的诱人。

若荷·影子真名叫胡夏勤，是吴江知名的女诗人。第一次见到她，是5年前在美丽多姿的虞山下饮茶言诗。她那次来虞城才大半天，便把虞山最好的风光，捕捉到了她的笔下。“侧卧着凹凸有致的身形，从头至脚，线条明晰，连绵不断，”“时而裸露出优雅的媚姿，以蒙胧的美态，勾引着我迫切追寻她羞涩的面貌……”，“山下的一树一草，仿若是她随风飘摇婀娜的长裙……”虞山文人荟萃诗人颇多，但是像若荷·影子那样以多姿多情的笔触，去写虞山的却不多，实在让我感动。她给我留下非常深刻的印象是：形如细柳，动似拂波。无疑，若荷·影子是水乡平望那平平仄仄的神韵里，孕育成长起来的一位美丽多情的小女子。同时，她更是深处江南繁杂的社会中，一位执着多才的女诗人、女作家。那次，若荷·影子曾真诚地邀请我，一定要到平望看看那片美丽的莺湖。在此后的几年中，若荷·影子还多次在文学博客上给我留言，“希望大哥和二哥（我弟，诗人浦君芝）在春天里到莺湖边走一走。”

如今，我和若荷·影子同怀的这个愿望终于实现了。我和弟君芝等文友漫步在莺湖边，如饥渴般地尽情欣赏着这片古土上的秀丽景色。

平望镇在苏州市吴江区最南端，南邻浙江嘉兴、西接湖州，可谓今日吴角。查阅辞海，“平望”一词的意思为：平者，为表直，无凹凸。望为视，合曰即为平视，或平望。“平望”一词，在《史记·天官书》中还有：“凡望云气，仰而望之，三四百里；平望，在桑榆上，千馀（里）二千里；登高而望之，下属地者三千里”之解。由此可见，平望之坦阔。据说，在唐代时期，朝廷曾在平望设驿站，至宋代时期平望又置设寨城，到元朝以后朝廷开始在平望设巡检司掌管地方治安。元末张士诚也曾派水师屯驻于此。我一家人最喜欢的“平望辣酱”也产于平望镇。“平望辣酱”，全称叫作“平望辣油辣酱”，据说始产于光绪十一年。相传当时平望有佛家殿堂小九华寺，其香客来自全国各地，其中有许多香客是喜欢吃辣的。为此，平望达顺酱园特意从外面购进辣椒，制作生产了辣油辣酱。平望制作的辣油辣酱，用料精细讲究，所用的辣椒，都是以色红肉厚味浓的“佛手辣椒”或“鸡爪辣椒”制成的，其色泽深红，辣甜鲜、色香味俱全。让我钟爱了一生。

除平望辣酱外，我所长久向往的平望的这片秀雅美丽的莺湖之水，就在眼前。随在若荷·影子的身后，步入莺湖园，耳听鸟语声声，鼻闻花香阵阵。见那弯弯溪流，载携着香樟的落叶，潺潺流动，穿过拱形古桥，融入一片清澈见鱼游动的水域中。

我们一行漫步到园内莺湖书场的时候，柳舞般出现了已经迁居平望多年、并已落户平望，且在平望宣传办工作的安徽籍才女王慧君。慧君也是一名平望美女作家，笔名皖君（隐徽人之意）。可能是与职业本能有关，皖君比若荷·影子更显活泼。见慧君其容，美貌若熟，我戏侃：“与皖君，初见似曾见一般。”皖君当众笑着逼问我：“曾见为何地，又为何时？”皖君的追问，让我窘迫当场。回来后细想：我在区机关长期担任与皖君同样公职，几年前曾多次往苏州宣传部礼堂和苏州香山党校听课或参加培训，难道没有可能曾见其一面？不过，平望莺湖的美，如平望美女诗人若荷·影子和皖君一般，更会让人陶醉其中。

莺湖全称叫莺脰湖，相传是吴越春秋末期商人圣祖范蠡所游的五湖之一，以其形状酷似莺的脖子（脰）而得名。莺湖中有一个小岛，名唤平波台，由明代道人周妙圆修筑于天启六年（1626）。那时香客们到小九华寺拜佛烧香，其坐的船只大多是途经莺脰湖，靠上此台后才入寺进香。从莺湖水畔，先后产生了明代进士、吏部尚书周用，明代进士、礼部尚书朱天麟，明末清初史学家潘柽章，清代进士、礼部侍郎殷兆镛等许多历史名人。

平望这块古老的土地历史悠久，人文荟萃，域内又有莺湖穿平望而过，碧波荡漾了数千。因此自古就有并闻名遐迩的平望八景“烂溪征帆”“平波夜月”“桑磐渔舍”“殊胜钟声”“平湖秋月”“莺湖夜月”等其美称不胫而走，引无数文人、墨客、名士，如颜真卿、张籍、范成大、汤显祖等来到平望，流连忘返，驻足莺湖。据说，在清朝有康熙和乾隆二个皇帝曾巡游到此，并诗兴大发泼墨挥毫，留下许多赞美之词。

皖君告诉我们，到平望除了要游莺湖，安德桥也是必须去的地方。说到安德桥，不禁让人想到南宋诗人杨万里在《登平望桥下作》五言诗一首中有“登楼试长望，望极与天平。近山犹仿佛，远水忽微明”之句，杨万里还在《过平望》一诗中，形象地描述安德桥道：“乱港交穿市，高桥过得桅”。

平望志称，安德桥又名平望桥。安德桥跨古京杭运河与荻塘河交汇处，于唐朝大历年间（766—779）开始修建，并于南宋庆元三年（1197）时重建。在清同治十一年（1872）又再次重修。安德桥桥呈南北走向，高近十米，跨径约 11 米多，是乡间少见的一座特大的半圆形石拱桥，远观此桥，如巨虹横跨，颇为壮观。走在安德桥上，才真正发现和体验到此桥的历史悠久和饱经风霜的侵蚀。坐在桥顶那石缝中顽强生长着不知其名小草的台阶之上，俯望南边浩荡莺湖，茫茫一片烟岚，俯望北边那逼仄的老街，却已被现代高楼侵夺剩不足百米之距，我心中突然产生一种无名的失落感。好在若荷·影子和皖君几乎同时告诉我们，安德桥正得到保留，并将进行修缮保护！

临近中午时分，才下了安德桥，皖君和若荷·影子把我们引入小九华寺。古寺位于安德桥南侧，坐落在风景秀丽的莺脰湖畔之北，面对莺湖，红墙碧波，晨鼓暮钟，四周环流，水声梵音，曼绕于耳，是一处清静的佛家胜地。小九华寺，始建于明万历年间，历代几毁几修，是苏州名寺之一，亦为江南名刹。曾引历代文人雅士到此吟诗作画，如白居易、李白、杨万里、陆龟蒙等都为其留下脍炙人口的诗篇。

我是研究黄公望的，对“望”字独具敏感，因此在平望此行前，曾臆想希望会发现与黄公望生前足迹相关的一些蛛丝马迹，但时间短促，走马观花，却容不得我挪半分时间去寻觅黄公望生前足迹。既然陆龟蒙当年曾诗咏平望小九华寺，我想当年黄公望作为陆龟蒙第十四世孙，其足迹遍布三吴之地，因此他也许曾到过平望，到过小九华寺寻觅陆姓祖先足迹的，只不过我尚未发现其当年行迹罢了。虽脚步跟随皖君她们走在小九华寺院内，我却满脑子思考着黄公望当年其事，不知不觉中，一行人竟然已步出了小九华寺。

出古寺漫步湖边，回行至望波桥上时，正好午时时分。突然听得不知是哪一位在惊呼：大家快看，佛光！好美的佛光！大家赶紧抬头看天空：果然，高悬的太阳周围，有一个特大的七彩光环曜曜生辉，她环绕着明亮的太阳，真是美极妙极。我忍不住叹道：“有人生以来，我是第一次亲眼看到如此美妙的自然现象，真是大幸也。”皖君听后笑说道：“这是千百年中少见的佛光普世现象，这也许是小九华寺佛祖对你们来平望入古寺拜禅的回赠，乃你们之福、平望百姓之福啊！”

听闻皖君之言，我思潮又起：是啊，心至诚，福必至。这人生行至福地平望，佛家也为咱画了这么大一个圆满的圈号，我等还有什么不满足的呢。

2015 年 4 月 28 日

孤母杏囡

杏囡是个寡妇，宅基上的人都叫她杏根。最后一次见到杏囡那年，她已经是一个96岁的老人了。我的印象里，在宅基上的女性中，杏囡是一位最孤苦、最坚强、最长寿的母亲。

和杏囡相依为命生活在一起有40多年的，是杏囡的小儿子根源。根源，是一个66岁的老人，宅基上的人们都喊他"根"。根终生未婚。根是宅基上男性中最孤苦的一位男人，晚年中风后瘫痪在病床上直至去世。

认识根和杏囡那一年，是1971年，根大约才30多岁，杏囡已经是60多岁的老人了，而我才过16岁。那年我家横遭冤案，全家人被下放到农村，成了一个叫殷家油车生产队的农民。曾听殷家宅基的老辈人说，殷姓祖辈上人，是以开打菜油坊为生的。所以，在生产队最南端，有一块叫"油车基"的地里，有二架被遗弃的石质榨油车，二个近一米半直径的大石磨盘，如一对"地眼"凸现在广沃的田野上，它如在监视着这个忙碌的世界，每天所发生的一切故事。

我是在读的中学生，从来没有赤着脚干过农活。什么活，都得从头学起。但是为了生机，每逢假日必须要到生产队去参加劳动。参加生产队里劳动，每天所干的活，常常是一日三变。往往是参加早工时，所带去用的农具，在上午又要换其他农具了。上午使用过的农具，到了下午，又要换了另外一件农具了。甚至，有时候半天中也会换上一二次。我家距生产队远，来回一趟要近一个小时，遇到急需更换活更换农具时，受到刁难，常常感到手足无措。幸好宅基上有几户人家，对我家的情况很是同情，每当遇到这种尴尬情况时，他们会悄悄地主动帮助我们，把农具热情地借给我们。杏囡和根，便是最乐于帮助我们的一家，她们对我家帮助最多，留在我心中的印象也最深。

根，身材短小，是个歪嘴青年，村上人给他取了个外号，叫："歪嘴根源"。根的右手，在幼年时曾受过重伤，一双手，只剩 8 根整指和 2 根断指，加起来不足九根，是个残疾人。

杏囡，是一个小脚女人。听说，她丈夫生前也是小个子男人，外号叫"黑马"，干起活来如"拼命三郎"。黑马是在建国前因病去世的，那年，杏囡才不到 40 岁。黑马死后，留给杏囡的仅有 3 间茅草屋和 3 个未成年的儿子。杏囡含辛茹苦，终于把三兄弟拉扯大。

大约在杏囡 45 岁那年，杏囡的大儿子祖林结婚成了家，并生了二儿一女，给杏囡增添了些许温情和热闹。几年后，二儿子祖源，也结婚成了家，又给杏囡增添了一个孙女和一个孙子，杏囡家可谓人丁兴旺。按理，老人家可以抱抱孙子晒晒太阳，过上安享天年的幸福生活了。可那时候国家刚刚建立，百废待兴，后来农村又逢上了严重的自然灾害，国家经济困难重重，农民吃不饱穿不暖，仍然是普遍现象，杏囡一家的生活，仍是非常困难，一大家子十多口人，勉强生活在泥墙草盖成的五间茅草房里。

随着时间的推移，杏囡二个大的儿子，先后独立分了家。与二位兄长分开后，根和母亲杏囡在大哥祖林屋边的沿河，自己盖了二小间茅房，母子二人相依为命，勉强过着艰苦的日子。

到了根该论婚谈娶的年龄时，可是根没有像样的房子，右手又少二个半根手指，那嘴又是歪的，说话没有逻辑，连发音都不正确，有谁家姑娘愿意嫁给他呢。

有一次，在歇工回家路上，杏囡问根：根，羊咩咩牵回家了吗？根却回答：牵了，在田埂头呢。杏囡听不懂这羊到底是牵回来了，还是还没去牵回家。还有一次，根家里来亲戚了，吃饭时，根本意是热情地招呼亲戚多吃些菜，可他对客人说：要吃么，勿要拣（拣：筷子夹的意思）。这样的状况，弄得亲戚很尴尬，让人啼笑皆非，也愁坏了杏囡。根的婚事，成了杏囡朝思暮想、夜不能眠的一块心病，她的头发，因此过早地全白了。

根虽残疾在身，却是一个绝顶聪明的人。他虽然没学过水泥匠、木匠，却会砌墙搭屋，会自制粪桶，会自制扁担等农具，他没有学过竹篾匠，却会制作竹篮、竹粪箕、农具竹柄等，真所谓是无师自通。队里的农活，摇船、罱泥、插秧等，他更是无所不精。

那时，我为根找不到老婆而惋惜。尽管根讨不到老婆，母子俩的日子，还是照常一天一天地过去。

1979 年，我父亲的冤案得到了平反，我家又回到了镇上。上世纪 80 年代初，我进了镇邮政所工作，后来被调到镇企业、文化站工作，再后来我又被调到政府机关工作。离开殷家宅基，距今已 30 个年头了，可是，我心中总忘不了在生产队那十年多艰辛劳动的时光。我眷恋着见证了我奔波于乡间小道十年多的那一对“地眼”。我牵挂着那些热情、乐于助我一家的那些善良人们。我更牵挂着杏囡和根，这两个曾长期帮助我家的好人。

2003 年夏的一天，我又回到殷家宅基去看望杏囡母子。在那一对“地眼”田的旁边，我见到寡母杏囡。那块叫“官路四亩”的地，成了杏囡家的一块口粮田，田中麦子已割去，田埂上杂草丛生，杏囡正跪在田埂上，干瘪的手颤抖着握着镰刀，在吃力地除着杂草。

我特地兜了半个圈，走到杏囡身边，缓声问杏囡：阿婆，你在割草呀。杏囡这才发现我站在她面前。

杏囡说：是啥人呢，我老了，眼睛看不出了。

我说：阿婆，是我啊，我是街廊（上）的芳芳呀。

杏囡这才知道是我：噢，是芳芳呀，你忙啊，好长远不见你乡下来了。

我对杏囡说：阿婆，我是看你和根来了。你这么大年纪了，怎么还自己下地，这些活，怎么不叫根来做呢？

杏囡放下手中的镰刀，叹声说：唉，芳芳你不晓得，我家根去年得中风病，他瘫痪在床上了呀。

听了杏囡的话，我心中一阵难过。

杏囡又说：这块田眼看就要翻耕上水了，我不做可没人帮我做啊……

我从和杏囡断断续续的交谈中，知道了杏囡已经93岁了。她的大儿子，因肝病已在前几年去世了，二儿子家也因有两个人生病，家中也是很困难。

是迫于生计，还是有什么力量，支撑着这位93岁高龄老人，还忙碌在田头。眼前的情景，多么让人无奈和惆怅。杏囡躬身跪在田间除草的身形，总是常常浮现在我眼前。回家后不久，我去了一趟当地民政部门，并联系了杏囡所在村的干部，为杏囡一家进行了咨询，并提出了应该将杏囡母子列入救助的建议。

2004年春节，我再次到了杏囡家。杏囡母子二人的家，已搬到了在原来生产队仓库的旧址上盖的三间平瓦房里。屋内是泥土地坪，房子已经破旧不堪，家中没有空调、电视机，没有电冰箱、洗衣机，最好的家用电器设备是一台立地扬谷扇、一台70年代的红灯收音机。

我在杏囡家坐了一个多小时，同杏囡拉扯着生活，拉扯着根的病情。临走时，我掏出几百块钱给杏囡，杏囡含泪告诉我，村里已派人送钱来慰问过了，拒收我的钱。我对杏囡说：阿婆别客气，你年纪大了，身体要紧，要保养好身子，别再去侍弄那些田了，根还要靠你服侍呢。杏囡擦着红红的眼睛说：唉，我这把老骨头不中用了，死不了呀，我活着是为了根啊，为了他，我还不能死呀。听着杏囡的话，心里一阵阵发酸。我把钱放在根的枕边后，离开了杏囡家。

记得第三次专程去看望他们，那是在 2005 年 10 月中旬的一天。因心中又牵挂起他们，我骑上摩托车，去了他们家。看到我的到访，杏囡热情地忙着让坐。客套寒暄过后，我问了些她们近来的生活情况。杏囡告诉我，民政部门已经将他们列入了低保救助户了。我听后，心中感到了些许安慰。临走前，我到了根床前探视了一下，为他盖好了被，又在他枕边又放了几百元钱，对杏囡安慰了几句，在杏囡的外甥来探望她们时，我才离开。

再次去，是 2006 年的春节前几天。到了宅基上，才知道根和杏囡，已经先后离开了这个世界。宅基上的乡亲告诉我，杏囡是在根死后不久，就去世了。听了这个消息，我心中感到无尽的失落和悲哀。想起杏囡的那句话“……我活着是为了根啊，为了他，我还不能死呀”。是呀，杏囡的长寿，是因为有一种担当、一种责任和一份牵挂。是老人心中这份无法割舍的责任担当和牵挂，成为支撑着她要活下去的力量，当根没了，杏囡便随着悄然而去了。

许多年多来，我每当想到这些事，心里总会产生阵阵的隐痛和丝丝的惆怅。

2012 年 4 月 9 日

唐市，难忘的记忆

记得在少年的时候，曾听父亲谈论过唐市（又称东唐市），至于他讲了些什么，由于年幼，如今已记不得了。有一点我是记住了，父亲说过：东唐市有一条石板街。

最早去唐市大概是在 1979 年的秋天。那是一次误闯！说是误闯，因为是在凌晨近五点多的迷雾中漂去的。也是我一生中难忘的一次历险之程。那一年是父亲刚得到平反的年头。我随父亲下放到农村，10 月初，在生产队的安排下，与 3 个同伴摇五吨水泥船去上海装氨水。摇船最怕顶头风！去时天气不太好，一路逆风顶浪，历经三天拉纤，才到上海的大洋桥。到上海后，在铁路桥边的臭水湾排船等号。等了一整天，到第二天，才接到药厂排号员通知，次日是轮到我们排头船。为了第二天接氨水不局促，当夜便将船停靠在接氨水的船坞，做好准备。睡至半夜梦中，我发现我们睡的大舱进水了！惊醒后，我迅速跳起来并急忙唤醒了 3 个同伴。四个人马上起身撤掉铺盖一看：由于落潮，我们睡的大舱竟然被河底的大石头顶穿了一个口杯大的洞，撤铺后，污黑的河水更加快速地涌入舱中。

怎么办，天亮后是头船装氨水，船穿了会沉的，还怎么能装氨水？看着快速涌入的臭河水，四人急得直冒冷汗。无奈中，我急中生智，很快地用毛巾将洞塞住。由于水泥船自重的压力，河水仍在不停渗出来。我赶忙拿上脸盆，跳到河滩上，挖了一脸盆泞河泥，回到船上，把脸盆连同泞河泥一起倒扣在舱底洞口上。同时我又叫二位同伴，快速到河边找到一块大石头，抬到船上压在脸盆底上。经过紧张的“抢救”，河水终于停止了渗入。当一切停当时，已近天亮了。

四人分坐在船头、船尾，看着已被又臭又黑的河水全浸湿了的睡铺床褥，没法再睡了，再看既当床垫又作烧饭柴的稻草，大都也浸湿了，船头上烧饭的行灶，是只能作摆设了，心中非常的沮丧。

好不容易等到上午八点多，药厂放氨水的糟管要开始对我们船灌装氨水。船舱已穿，再也不敢照旧将氨水灌装在安全舱了，只能装在穿了洞的大舱——意味着未来三天三夜的回程，四人只能睡在露天船面上，如天上继续下雨，将无法睡觉。

在回常熟的路上，船刚出上海苏州河，老天就刮起了偏南风。俗话说：九月（农历）南风连夜雨，十月南风朝朝晴！当下正是农历九月天！

到傍晚7点多，天就下起了雨，且越下越大。为了早日赶回家，我们日夜兼程、顶黑冒雨、牵帆带橹地摇着船赶路，直至到当晚10点多，船才到黄渡镇，借黄渡桥下的摭挡，才停船，在船面上休息。第二天凌晨，天刚亮，雨还在沥沥地下着，我们又拔锚挂帆，继续启航了。当天深夜10点左右，才又赶到了巴（盛）城。在巴（盛）城桥下，听得岸上风声越来越大，4个人，在心中默默担心着明天的“前程”。次日凌晨才3点半多，雨停了，又继续摸黑拔锚启航。近5点时，我们的船已驶入了东湖。东湖又名昆承（城）湖，一片非常大的水域，据说有3万顷。从巴城到常熟，东湖是必经的水域，我们的船必需横穿过东湖，才能进入常熟界的张家港河！

坐在船头上，我看到浩瀚的湖面，一片水气、迷白茫茫。广阔的湖面上风更大，浪更高。我们的船，硬是借着偏南风向西前行的。当氨水船驶近湖面中央时，一件意想不到的事发生了：突然，一个风团刮过来，把我们船上的桅杆拦腰刮断了！布帆一下子倒在湖面上，急得我们四人都跳起来。桅杆断了，行进中的船，顿时失去了动力，船一下子横了过去。站在船头，我的心砰砰直跳，好似要从喉咙口窜出来一般。

湖面上近二尺高的浪头，一个连一个地扑向我们的船。湖水从左边压过来，又经装满氨水的船舱扑向右边舱外，我的双脚和裤袖管全湿了。横风大浪中，失去了“动力”的船，仅凭我二位同伴拼命摇橹，已无法控制应前行的方向了。

快速收拾好断了的桅杆和船帆后，我回到船头，像钉子一样站在船头安全舱盖上，生怕浪头冲走安全舱盖，因为安全舱已是我们最后的安全保障了，安全舱一旦进水，水泥船将必沉无疑。船已无法在横浪中前行了，只能向风浪认输了。船在迷白茫茫的湖中央，开始顺着风浪的走向，往北边湖面飘行而去。约 5 点半左右，天已朦朦亮了，能隐约见到了湖岸了，由于空气中水气很重，一片迷雾，使我们辨不清方向。

船，到底漂到了哪儿了？靠近湖岸时，才发现船已随浪漂到了湖边的一条内河口。见到内河口，四个人匆匆简单商量了一下：再也不敢穿湖而行了，条条江河通大海，只要人在船在，总能回到家里的！沿着这内港河摇船进去，先找个地方靠岸休息一下，弄些早饭吃后，再作道理。

忐忑中，氨水船慢慢向北驶去，约又行了半个小时，只见来到一个小镇，我们把船向橹后（左岸）靠岸下锚。当我跳上岸时，刚好是早上六点钟。

看着身前这条宽阔的河流，看着左前方大约呈东西走向的一座三孔简易水泥桥，高高地架在河面上。我不知道这条河的名，更不知道这座桥的名。河岸上，买菜的村民三三两两开始上街了。我忙向路过的一位大爷打听：这是什么地方？老大爷告诉我：这是常熟的东唐市呀。

“呵，我们既然漂到了东唐市来了！唐市，原来是在这个地方呀。”我站在岸上告诉同伴说。

看着晨雾中的古老小镇，我想起：唐市，不是有一条石板街吗……

淡雅石板街

应作家朋友、沙家浜的徐耀良兄盛情相邀，我与市作协的几位朋友们到沙家浜唐市采风，使我终于再次来到唐市，亲身体验了石板街的风情。

“石板街”，是乡村小镇街道典型的遗筑。唐市的石板街，是常熟地区典型的古代乡间小镇街道。历史上，唐市是常熟乡村的大镇，梁代时，即建有佛家胜地福民禅寺。明代时，唐市市面繁荣、从商成富者众多，由此，“金唐市”成为东乡富庶集镇的代表，亦成为常熟东乡著名的集镇。所以唐市的石板街，因此闻名遐迩。

唐市石板街，依尤泾河走向临水而建，所以，旧时民间俗称河东街，因街市繁荣，题其名为：繁荣街。街虽然不算长，大约有400米。整条街用横铺于街道的花岗岩石条板铺成，石条板下边，便是排泄雨水污水阴（渠）沟，站在石板上，稍静心注意一下，便能听到下边潺潺的流水之声。近300年的岁月足迹，已消磨了石板街当年初建时的雕痕，仅留下了尚能让人依许猜辨的花纹残迹。

石板街东西两侧歪斜而错落有致的民居，大都是保留下来清代的建筑。清式的木窗、木门，幽幽的巷道深深，除了两边房子大多已歪斜欲倒，但，老街依旧，人居依然。进入石板街，有一种悠悠古韵的气息，在向我身心不断袭来。

历史的印痕有如乡村大地搏动的经脉，让我想到、并看到石板街旧时代建筑与外边现代建筑构成的强烈对比。这样一种境象，好似在向我们这一行赏阅石板街的人们诉说：石板街，是否也将要退出历史的进程啊？是否也该如许多拆迁居屋一样，在人们的怀念中淡出历史呢。

这是一条融进了深深的民族文化内涵的古街。数百块金黄色的石板，镶砌成不同寻常的街巷，好似正释放着金色的光彩。旧式的理发店、茶室成了石板街上让人驻足的旧式景观。一个 5 岁的小男孩，坐在沿街他家的门槛上，一双小手托着两腮，双眼仰望着被石板街两边民居逼仄成一条线的天空，他好似在想：长大后，我是否该飞出这条天空呢，还是继续留在这条天空下？我想，数百年来，关于石板街的故事一定很多。如今，石板街仍在记录着自己的故事，包括今天我们这批不速之客的到访。

我幻想，如今的我，如果能远离混凝土构成的空间，能像那一个小男孩一样，在这条石板街上安家生活，我一定会感到非常地满足和幸福。我更幻想，在中秋节的子夜，我走出古老的居舍，站在石板街的中央，我一定会看得见石板街上空，那柔柔的月光，带着一丝丝凉意的秋风，会从北向南，从街口拂向街尾而去，站在石板街上，让秋风吹动我的头发，抚着我的脸颊。看着一条天上那淡雅洁美的清辉，看着月光下柔美的街景，想着心头那悠悠的心事，吟上一曲李白的诗句，这不是很浪漫又有富有诗意吗？

然而，如今我是真真实实地走在这幽长的街巷上。看着石板街上已歪斜不堪的古老建筑，听着石板街上居民的娓娓诉说，我实在不知道，这条石板老街，会不会在哪一天突然发怒？它会不会反过来将这个功利的社会无情地抛弃呢？如果会，那我们的后代将会以什么样的角度来解读这石板街的故事呢？如果不会，那么，我们的社会应该为这条古老的石板街作怎样的关怀呢？我们是文字写作者，是不是也该为古老石板街的生存，贡献一点微薄之力呢。

站在石板街口，我写下了这样的诗句：

白墙黑瓦小巷长，青苔蔓延锁幽窗。石板巷道幽香酒，烟柳树花薄雾帐。

轻纱漫舞朦胧境，氤氲一帧丹青常。淡雅清幽水墨景，似烟如岚梦亦怅。

迷人的江南，迷人的常熟，迷人的唐市石板街。唐市的河流纵横交错，织就了唐市石板街水墨人家的景致。魂牵梦萦、勾人心魄的唐市石板街。悠然的风韵，能让多少文人墨客的笔下产生出一幅幅动人的篇章啊！

回想起30年前曾从东湖走船遇险，误入唐市大翁江的经历，凭当时的处境和心情，无论如何是没有情趣去体会这条古老石板小街之风情的。

2010年10月

独探小云栖寺

端午节小长假，博上、Q上的朋友们都“不见”了，我想，他们可能都出去“练脚”了。但是，在这样悠闲的假日，我却仍把自己关在书斋中，继续默默地爬着格子。

前阵子，因为忙于工作上的事，那个长篇写了十万余字，计划中的最后十回，就此断了思路，没法继续下去了。由于断了思绪，所以顿住近一个月了。小长假中，让我又重新启动了思源，今天上午，一口气写了近4000余字，至下午，右手有点酸麻，双脚有点淤血的感觉。间歇中，想起朋友青柳，即电话过去，想不到这厮和雨见风等去了吴江市古镇“同里”玩了！嗯！竟然不打招呼“私自”去了！我心中骂道。

无奈，又继续写。至下午二点多，作笔间小歇，无聊中想起虞山的大好风光，又想到“小云栖寺”：去年8月，为了重建文学馆，去探寻商朝宰相巫咸墓和巫相岗，曾上山经过“小云栖寺”，见此寺正在重建中。后又在重阳节那天，与潘吉、青柳、释放诸文友，游石洞景区时，见“小云栖寺”依然在重建工程之中。

我想：如今，半年多过去了，这千年古刹“小云栖寺”，应该是修好了吧？露珠泉也该开放了吧？我何不放一下“单车”，上山去练练脚，吸口虞山灵气呢？

由此我决定：放自己一下“单车之行”，独探“小云栖寺”！想定，我即拿上相机，驾小车直往石洞景区而去。

仅3公里路程，只5分钟即到了山下。停车毕，我拿了相机就往山上而去。在上山门外售票处，碰见了现在已当护山队员的30年前建材厂同事张君。老友相见，免不了握手递烟，一番寒暄后才告辞。进门时，我竟然忘了出示我的年卡了。当我离开售票处往山上攀行了近20多米时，我才想起竟忘了出示我的年卡了。我忙回头而去，边走边向远处的售票员打招呼。见我回去，售票处的女同志和张君即客气地连连向我摇手：免检了！让我别再回头了，哈哈，我当了一回逃票人！我顺势停下了回头的脚步。

脚下继续加劲上山，抬头时，在茂密的松林间，我已见到“小云栖寺”那巍然的山门和寺外粉黄色的围墙了。旧时，寺边那条上山的小路，已改修在寺外围墙的南边了。但是，旧时耸立在寺外山坡上那座花岗岩“小云栖寺”石牌坊，却已不见了踪迹！

“小云栖寺”的寺院山门，是一座巍然肃穆的新建筑，外墙上挂一红牌，上书：售票处，公园年票不用、老年卡免费！我想：如今老年人真是幸福，我出钱办的公园年卡不如一张老年证呢，哈哈。

建设工程仍尚未完工，所以，进寺暂不收门票。我便顺利过了寺院山门，过了山门，眼前又见一辉煌新建筑——天皇殿，大殿前拉着拦绳，尚未开放。再看天皇殿左右两侧，右首是非常漂亮的偏殿，左首是雅致的素斋面馆和茶室，我又见那素斋面馆外墙上挂一红牌，上书：本寺斋房供应素面，每碗五元。我心中又说：倒也便宜！

再往上去，便是寺院广场。偌大的广场正在边角铺设中，一直铺到千年名洞“露珠泉”边。“露珠泉”和泉边的那株千年古藤，正被脚手架架得游人无法近身。我寻思：看来这“露珠泉”和这株千年古藤，正在被加固之中。

“露珠泉”南侧，气势宏伟的大雄宝殿已建成，仰头放眼看去，其规模虽然没有白雀寺、兴福寺、山峰清凉寺等寺院的大雄宝殿大，但是，这“小云栖寺”的大雄宝殿是建造在山背上的，所以，仰望上去，让人更生出佛家胜地的宏伟肃穆之感！大雄宝殿前，同样拉着拦绳，尚未开放。

我一人手持相机，在这工程尚未完工的山中寺院中行走、摄影，稍显出一些唐突，山中虽凉风习习，可是太阳也不“小”，汗水从我的额头上不停滴下来。今日初探新修“小云栖寺”，亦算小有收获，但是，不见了那旧时的“小云栖寺”石坊，心中不免有一丝丝失落的感怀。

从上山到这时刻，已一个多小时过去了，我该下山了。

出了寺院山门，走在寺外山阶上，心中又萌发再去“陶翁醉头”洞——老石洞，看一下的念头。脚随心动，下了台阶，一人行走在山中公路上。突然，一辆柴油机小火车拖着二节“车厢”，在我身边捷驰而过，“车厢”中满载的游客们，不约而同地打量着我这个“放单车”的游人。

前行中，近在500余米外的“陶翁醉头”洞便到了。到“陶翁醉头”洞时，撞见了住在山坡邹巷街上的一男一女两个山民。他们竟然还能认得出30多年前在这里打过工的我。我想，真不枉我30多年前在这山坡的建材厂工作过。

俗称“老石洞”的“陶翁醉头”洞，风景在艳阳下更显秀美，耳边，山中鸟鸣不时声声传来，游人三三两两，络绎不绝，一派世外清静之所在。我心中寻思：今日放“单车”山中之行，是别有一番感受呢！

手执相机，几按快门，记录下了这样的时光和美景，把这些时光和美景变成了永恒！

2010年6月15日

山庄圜存几许情

很早的时候，便知道了古里镇（白茆）有一个地方叫“红豆山庄”。十多年前在文化站工作的时候，认识了白茆文化站把“白茆山歌”唱得滴溜溜圆的建华先生、和对白茆山歌颇有研究的养鹤先生。通过他们，使我对有着悠久历史的吴歌原型“白茆山歌”有了初步的了解。《中国白茆山歌集》中有一曲：“常熟山弯弯十八里长，山前头个人家好当阳。大墅桥造仔三环洞，小墅桥出仔个好娇娘。”是一首吟唱我家乡的曲子，所以特别让我喜欢。

有位文友撰文说，现代白茆有三宝：白茆山歌、波司登、“田娘”大米。我认为，白茆何止只有三宝！除了有着悠久历史的“白茆山歌”，不是还有红豆山庄和红豆树等等这些真正意义上的无价之宝吗。不过，在白茆这么多宝中，我最想一见的还是红豆山庄上红豆树这一宝。独钟情于这棵红豆树，是缘于想通过这棵弥足珍贵的红豆树，进一步探究和走近清代江南才女柳如是。

余情依树圜

“红豆生南国，春来发几枝？愿君多采撷，此物最相思！”唐代诗人王维的这首诗，千百年来脍炙人口。红豆被当作是人间真情结晶、男女爱情的情灵，成为情人间的相思寄托之物。7年前我曾起了个网名叫“红豆”。用这样一个网名，是因为幼时祖母曾为我起过小名叫红豆。多年前我从朋友处得到了三颗珍贵的红豆，珍藏至今。在我的记忆中，所有有关红豆的故事，仅有红豆山庄的故事才真正深深感动着、打动过我。遗憾的是，未曾见识过红豆山庄的红豆树。我很想亲眼看一看红豆山庄上这一棵让多少世人魂牵梦萦的爱情之树。

2008年5月11日，我携文友一行十余人驱车去古里镇文协交流采风，寻访红豆山庄。曾是我的同行的古里镇文联副主席兼文化站长惠良先生，是个热心人，他不辞辛劳，顶着小满中的烈日，热情地接待并陪同着我们去寻访红豆山庄和红豆树。

“红豆山庄”是白茆芙蓉村境内一个不起眼的乡间小村庄。眼前这样一个普通的乡间小村，数百年来历尽沧桑，始终流传着一个可歌可泣的爱情故事。因为这个故事，多少年来让千万文人墨客去魂牵梦萦、追痕寻迹。

来到红豆山庄，站在被围墙护围着的红豆树下，想象起数百年前的钱谦益携柳如是在这棵树下挥竿采撷的情景来，眼前的红豆树荫中，仿佛散发出一种迷漫的清香，有一种音律在耳边轻声旋起，“拂断垂垂雨。伤心荡尽春风语。况是樱桃薇院也，堪悲。又有个人儿似你。莫道无归处。点点香魂清梦里。做杀多情留不得，飞去，愿他少识相思路。”忽然想起，这曲子不正是红豆山庄女主人柳如是的《南乡子·落花》词吗，忆起这曲词，想到柳如是，心中流过一丝绵绵的隐痛。恍惚中，一个300多年前的美貌女子，似在眼前的红豆树下浅笑低吟着，向我们走来。

红豆寄情深

生活在明末清初这样一个动荡年代的柳如是，是一个不平凡的女人，同时也是一个懂得真爱的奇女子。爱国爱家爱夫之情，是交织在柳如是心中一颗炙热的种子。她热爱自己的生活，“小砑红笺茜金屑、玉管兔毫团紫血。阁上花神艳连缬，那似壁月句妖绝……”（《春江花月夜》）。一幅洒脱清丽的画面呈现在人们面前，正是她热爱平凡生活的写照。柳如是与钱谦益相处20多年的生话中，她是非常爱自己的丈夫的。在23岁嫁给钱谦益至钱谦益辞世这20多年时光中，她陪伴丈夫一起度过了许多风风雨雨和磨难，柳如是对钱谦益的感情，曾因钱谦益曾作降臣一事曾耿耿于怀。但是，丈夫在后来的反省中，“迷途知返”，投入到了反清复明的行动中。柳如是和钱谦益的感情得到修复和增进。红豆山庄本来是钱谦益外祖父顾玉柱的别业，原称芙蓉庄，因顾玉柱曾从海南移来的红豆树两株，栽于庄中，此后芙蓉庄便改称为红豆山庄。

柳如是到红豆山庄居住，早于钱谦益。清顺治七年冬天，因一场大火，将柳如是和钱谦益居住的绛云楼连同钱谦益的万卷藏书化为灰烬，钱谦益便安排柳如是先行居住到了红豆山庄。红豆山庄庄前怀抱荷塘、水清木华如若桃源，庄后草麦旷碧，让柳如是十分喜爱，特别对是两棵红豆树更是钟爱不已。柳如是入住红豆山庄后，山庄便成了钱谦益与抗清水师的秘密联络点。钱谦益因事远在他乡时，柳如是愈加思念钱谦益，她写道：“栽红晕碧泪漫漫，南国春来正薄寒。此去柳花如梦里，向来烟月是愁端。画堂消息何人晓，翠帐容颜独自看。珍重君家兰桂室，东风取次一凭栏。”这曲《呈牧翁》，她对丈夫一腔知遇报恩之情和切切思念之心尽跃字里行间。钱谦益是顺治十三年才迁居红豆山庄的，两棵红豆树，在柳如是住到红豆山庄前，已十多年不曾结籽了，在钱谦益迁居红豆山庄 5 年后（顺治十八年九月），恰逢钱谦益八十周岁生日，山庄的二棵红豆树竟然花开满枝，让柳如是和钱谦益欣喜若狂。但是，由于当年夏天气候异常，到深秋时，在春天花开满枝的二棵红豆树竟然仅收获到了一颗红豆。柳如是以这颗红豆为礼，贺钱谦益八十寿辰。钱谦益激动不已，“春深红豆数花开，结子经秋只一枚。王母仙桃余七颗，争教曼倩不偷来”。钱谦益当场吟下绝句十曲。看到钱谦益如此高兴，柳如是欣慰地笑了。柳如是欣慰的是，自己的丈夫作为文坛领袖，虽 80 岁高龄，依然保持着夕阳晚照般的风采，如今，丈夫能和自己相濡以沫一条心，柳如是当时的心情是轻松的。

爱国情似碧

柳如是是一个具有民族气节的爱国女子。她从小聪慧无比，虚心学人所长，努力以自己的能力，去改变别人对自己出身卑贱的看法。柳如是虽然是一名封建时代的风尘女子，但她决不自甘堕落，她努力追求着自己向往的生活。她善诗能画，即使在非常艰难的日子里，她仍以琴棋书画充实生活。

柳如是的爱国精神和民族气节，特别叫人称赞。“……当年颇是英雄才，至今猛气犹如斯。我闻起舞更叹息，江湖之色皆奔驰。即今天下多纷纷，天子非常待颜驷，丈夫会遇讵易能，长戈大戟非难为……”(《赠友人》)，她朝思暮想担心着国家的命运，鼓励丈夫钱谦益及其朋友为国家安危出力。她以宋朝抗金女英雄梁红玉为学习的榜样，当清兵大举入侵明王朝行将崩溃时，她希望自己能像梁红玉那样手持“长戈大戟”“大羽插腰箭在手”上阵杀敌，抵外敌入侵。当丈夫钱谦益不听其劝告执意降清时，柳如是更是大义凛然，她以“自沉池水”慷慨赴死、以死殉节的举动，坚决反对钱谦益的卑躬屈膝当降臣。“钱塘曾作帝王州，武穆遗坟在此丘。游月旌旗伤豹尾，重湖风雨隔髦头。当年宫馆连胡骑，此夜苞茫接戍楼。海内如今传战斗，田横墓下益堪愁。”这是柳如是作的一曲《岳武穆祠》。全曲忧国之心尽藏字里行间。

是柳如是极力说服和支持丈夫投入到了反清复明的地下活动中。她节衣缩食资助反清义士，并且把红豆山庄作为支持反清复明水师的联络点，钱谦益在他的《后秋兴》一诗中自注有这样一段话：“姚神武有先装五百罗汉之议，内子尽橐以资之，始成一军。”这里说到的“内子”，便是柳如是。柳如是的这些举动，体现了一个纤弱女子的民族气节和爱国精神，充分表达了柳如是对国家和民族的大爱。柳如是虽然没能实现“手持长戈大戟，大羽插腰箭在手上阵杀敌”的愿望，但她的爱国精神、民族气节和胆略不逊于抗金的梁红玉。

陈寅恪在他的《柳如是别传》中这么评价道：“一代名姝柳如是，这一位出于婉娈倚门之少女，绸缪鼓瑟之小妇，而又为当时迂腐者所深诋，后世轻薄者厚诬之人”。“她的孤怀遗恨，表达了三户亡秦之志，清词丽句，传递出九章哀郢之辞，于表彰我民族独立之精神，自由之思想，足有令人感泣而不能自己者”。

柳如是的民族气节和忧国爱国精神，仍然是值得我们当代人学习的。

才情璀千秋

柳如是是一个才女，是和我国历史上蔡文姬、李清照等女诗（词）人有着同样才华的女子。著名作家史玉根曾在他的《一个真实的柳如是》这本著作中这样评价柳如是：中国历代女子之诗作，总不免充满被动和哀愁。即便“刚烈”如李清照，诗中亦含“寻寻觅觅，冷冷清清，凄凄惨惨戚戚”之悲苦。就算“率直”如朱淑珍，亦无法不陷入“苦损双眸断尽肠”“一点残灯伴夜长”之闺怨。唯柳如是不然，她诗中有“起猎邺城下，射虎当秋风”之志，有“翩翩燕翅独超前”之骨，有“雄才大略唯秋疾”之侠，有“伟人豪士不易得”之胆，有“长戈大戟非难为”之豪。陈寅恪在对柳如是的评价中也说：柳如是是具有“独立之精神，自由之思想”的奇女子。

崇祯五年（1632），才14岁的柳如是就结识了淞江的才子宋征舆、陈子龙等人，在与这些才子的交往中和在才子们文学写作氛围的熏陶下，柳如是开始写诗。崇祯六年（1633）春，15岁的柳如是写下《送别》二曲，赠予当时和她相恋中的陈子龙，为陈子龙进京会试赴考送行。此后，柳如是的诗词作品越写越多，越写越好。在柳如是15岁至21岁（1633–1639）那段5年多与陈子龙相恋的时光中，柳如是诗写了《男洛神赋》《晓发舟至武塘》《声声令·咏风筝》等诗词作品近80首。崇祯十一年，柳如是才20岁，她在陈子龙、汪明然等人帮助下刊刻了她的第一部诗集《戊寅草》。一年后的崇祯十二年（1633），柳如是又写下了数十首诗词作品。她的《西泠》《西湖八绝句》等作品，均在这一年中作成的。在当年深秋至初冬，她第二部署名为“柳隐如是”的诗词集《湖上草》又刊刻成书。“南屏烟月晓沉沉，细雨娇莺泪似深。犹有温香双蛱蝶，飞来红粉字同厂心。”“晴湖新水玉生烟，芳草菲菲饳雁钿。苦忆青陵旧时鸟，桃花啼里不曾还。”上述二曲便是她在这一年春居于杭州汪明然处时游西湖所作《西湖八绝句》中的第四曲和第七曲。

柳如是一生写作诗词达200余首，在她的《戊寅草》集中收诗106首、词31首、赋3首，她的《湖上草》集收诗35首。在钱谦益的文集《东山酬和集》《初学集》《有学集》等著作中也收录了柳如是与钱谦益婚后的作品 20 多首，还有散见于当时其他人文集中的作品有十多首。除诗词作品写得非常好外，她的文章同样精彩，比柳如是大 40 多岁的浙江杭州老人汪明然，曾为柳如是编纂的《柳如是尺牍》中，收集了柳如是的书信文章 30 多篇，于崇祯十四年在杭州刊印成书。书刊印前，得到当时三山才女林天素的赏阅，林天素阅览后，惺惺相惜之情由然而生，林天素在柳如是的书中作序赞言道："琅琅千言，艳过六朝，情深蔡班，人多奇之。"由于柳如是有极好的文采，所以在她与钱谦益结婚后的 20 多年生活中，帮助钱谦益编纂了《列朝诗集》《明史》等诸多著作。

柳如是是封建时代难得的一位热爱生活、热爱文学且追求独立人格和自由精神的女性，她是才华过人、卓尔不凡的一位女诗人，她是一位具有民族气节和爱国情操的巾帼女杰，她的一生是可悲可叹的，但她的一生又是可佩可赞的！

2011 年 2 月 22 日

如是墓前无空寂

“首比飞蓬鬓有霜，香奁累月废丹黄。却怜镜里丛残影，还对尊前灯烛光。错引旧愁停语笑，探支新喜压悲伤。微生恰似添丝线，邀勒君恩并许长。”品嚼柳如是的诗作，如一缕清流，伴一丝愁楚，从我心间淌过。又想起红豆山庄那棵历经了400多年风风雨雨的红豆树，它与柳如是，都是历史为后人留下的文化瑰宝，永远受到世人的追忆和敬仰。

一

7月是似火的季节。30日那天，虞城的野外的空气近达50摄氏度，那种热，让人似身处在火炉中。也巧在这天，河北石家庄作家朋友、郭小川文学院副院长邓迪思先生来了常熟。

我与潘吉一起随着皇甫卫明，陪同着邓迪思，在练塘镇隐处觅得一个鱼塘边优雅的“农家乐”就餐。四人边吃边聊，议写作、谈文学、聊莫言，又聊到莫言在前年来常熟去拜谒柳如是墓的趣事。

当邓迪思听得柳如是墓是在虞山下尚湖边，并闻莫言在获得“诺奖”前，也曾来过常熟，还拜谒了柳如是墓。邓迪思顿时便来了兴致，当即提出一定要去柳如是墓地看一看。

饭后，四人便驱车直径奔虞山下尚湖。在尚湖中央那绿荫长堤上，四人背依虞山峻峰、面临碧波秀水，与邓先生来常熟留念合个影，是必须的。刚拍完照，因心中惦记着柳如是，邓先生对虞山、尚湖这山明水秀的景色，没有我想象中的那样眷恋，却催促着我：“尽快带我去柳如是墓”。

在练塘“农家乐”用餐时，我们曾向邓迪思介绍过，常熟虞山有很多名人墓，有3600多年前的商代宰相巫咸祠、相巫岗，有3100年左右的吴文化始祖虞仲墓，有2600年前的孔子弟子“南方夫子”言子墓，有画坛“元四家”之首、660年前的大画家黄公望墓，有明末清初文坛领袖常熟诗派奠基人、柳如是的丈夫钱谦益墓，还有清代两朝帝师翁同龢墓，等等。可邓迪思听后却说：因时间仓促，来常熟只呆一天。这么多名人墓，留待下次来虞时，再逐一瞻仰吧。但他心中唯独十分敬仰女中才俊柳如是，和民间老人黄公望：“既到虞山，是一定要去拜一下柳如是墓，看一看黄公望纪念馆的。”

柳如是墓，静静地坐落在虞山顶峰剑门下那山麓上山路南侧的一片小松林中。轻车熟路，率先前行，我等陪着邓迪思先生，进入柳如是墓地。行至柳如是墓前，我与同邓先生一起，神情庄重、双掌合并，向柳如是墓作揖拜谒……

当离开黄公望纪念馆后，皇甫卫明直接送邓先生到无锡，坐上了回石家庄的列车。邓迪思回到石家庄的第三天，如约把我的《柳如是与红豆山庄》一文，邮给了邓先生。以此表达各自对柳如是的怀念和崇敬。

二

已经记不得，我这次陪同邓先生拜谒柳如是墓，是第几次到柳如是墓了。只记得最早一次，我才 21 岁，在“大生砖瓦厂”打工。那年头，我除了上班，业余生活很单调和枯燥。还好在高中时语文老师陆培清的鼓励下，高中毕业后始终坚持了文学这份爱好，并且心里始终掖着一个作家梦。在厂里繁重的工作之余，坚持着读书、写作，让我的身心和精神，始终处于愉悦的状态中。

大生砖瓦厂，据说原来是有常熟十八家木行老板合资兴建的私营建材厂，解放后改为“国营常熟砖瓦厂”，它的位置，就在虞山西麓黄公望墓下。黄公望墓的北侧山麓上有冰泉（老石洞），南侧半山腰上有小云栖寺、千年古藤和露珠泉（小石洞），南侧山坡下，是清代以前原小山村公署的所在地小镇邹巷。在大生砖瓦厂打工时那些岁月中，每逢休息日，我经常会相约着志趣相投的工友，一起到邹巷小镇逛街，一起到黄公望墓走走，一起到半山腰上的小云栖寺坐上半天。

有一次，我因上班之中不慎腰部受伤，去了工厂医务室治疗。在和厂医吴医生闲聊中，吴医生对我调侃说：“小浦，你喜欢文学，你知不知道在南山路右边树林中有几座墓，听说是明朝进士‘虞山先生’钱牧斋的坟墓，还有他的小老婆柳如是也葬在那里。还听人说，钱牧斋和柳如是都是古时候的大文豪、诗人，你有没有去拜过，好求得他们的仙气和灵气，或许你去拜过后，就真会成为大作家了呢。”吴医生的话，虽然夹带着讽嘲我的味道，但是却让我从此知道，谦益墓和柳如是墓所在的位置。

从大生砖瓦厂到钱谦益墓和柳如是墓，要沿虞山南路向西门方向步行约五、六公里路程。其间要经“翁同龢墓”“落星冈”“宝岩街”，从宝岩街继续前行约二华里，才到达路边右侧目的地。当时，柳如是墓和钱谦益墓，地处偏僻，两个墓地都陷没在齐腰高的荒草中。特别是柳如是墓四周杂树叠嶂，进入墓地，让人倍觉阴郁和凄凉。

东侧的钱谦益墓距柳如是墓，有约 50 米距离，之间却没有一条通道可行。祭拜过柳如是墓后，再去钱谦益墓，需冒险钻入墓边的杂树中，双手不断拨开乱枝，探索着前行。到达钱谦益墓时，浑身上下已粘满了蛛网丝和乱树叶，双腿裤袖和鞋子上，更是染满了草青色，其情形可谓“惨不忍睹”。那时候，我心中很是犯猜：柳如是死后为什么会孤独一人葬在距钱谦益墓这么远的山坡上呢？柳如是这样一位举世闻名的才女，她的墓地为啥这么凄凉呢？

从柳如是墓和钱谦益墓回来后，研究和了解柳如是的生平，曾成为我此后一段时期的业余“功课”和坚持写作的动力。柳如是，是秦淮八艳之一。她天资聪颖，容貌秀丽，诗文、丹青皆为其绝，且能歌善舞，是明末清初极负盛名的才女。在明崇祯十三年（1640年），才 23 岁的柳如是，女扮男装，从浙江乘一舟楫，慕名投入虞山著名才子钱谦益之门下。钱谦益不顾家人反对，将柳如是安排在其所“拂水山庄”和“绛云楼”。据我研究发现，钱谦益墓和柳如是墓所处的位置，应该就是在钱谦益当年“拂水山庄”旧址的附近。

三

在此后几十年中，因为坚持写作，让我结识了许多本市文友和外地作家朋友。文友相聚，每逢谈到写作，谈到吴文化，便会扯到常熟的文化历史、扯到柳如是和钱谦益。

是多年前一个春天，参加市文联在尚湖“景秀苑”举办的读书班，午休期间与文友们闲聊。当听我说到柳如是墓和钱谦益墓，就在离“景秀苑”不足500米的山脚下时，女诗人陆雁、薄暮等美女文友当即提议，让我当向导，要去柳如是墓和钱谦益墓看一下。

我无法拒绝。一个男子汉，带一帮花样美艳的女文友漫步前行，顿觉有“凰立凤中”之感。虞山脚下南坡山道两边，许多野花在阳光里尽情舒展着各自的娇艳。

走近柳如是墓边，我率先“奋勇”地拨开繁杂的松柏枝叶，走到柳如是的墓前，向美女们介绍着墓地情况。看着柳如是墓前“河东君”字样的墓碑，内心忽又徒增感叹：可惜曾经一代风流奇女、才女，香消玉殒后虽也安葬在虞山脚下，如今却是如此的萧条凄凉。

“草衣家住断桥东，好句清如湖上风。近日西泠夸柳隐，桃花得气美人中。”此刻，柳如是与钱谦益这一对才子佳人恩爱无比地在湖边弄舟、游山玩水，在窗下读书、赋诗作画，在月下操琴、互倾深情的情景，好似浮现在我的眼前……

美女们的叫唤声，让我停思回神。我对同来的几位女文友建议说：柳如是是常熟、乃至中国文学史上，最有才华的女才子之一，你们是本地女作家，应该好好拜一拜她，或许可让自己的文学作品，得点灵气、沾点才气。听了我的话，支塘的女文友亲荷说：是应该好好拜一下。见她细心地在墓地周围摘了一小把细碎的白色野花，恭敬地插到柳如是墓前土中，然后十分挚诚地向柳如是墓拜了三下。

在钱谦益墓，美女们滞留不足5分钟。大家对钱谦益墓的态度，冷漠而草率。我想，或许与我一样，在她们心目中，钱谦益虽然是我国清初时期文坛领袖、常熟“虞山诗派”奠基人，但是对于他历史上曾降清变节的污点，始终有鄙视的情绪。此刻，只是“既来之，则看之”，却没有一点对柳如是一样那般崇敬的情怀。

四

印象中最深的一次，也是我最遗憾的一次。这是在 2015 年 5 月的一天中午，我正急于要完成领导交给的笔头任务。在市图书馆工作的朋友叶黎依忽然打来电话，他在电话中急促地说："仲诚兄，有上海来了几位重要的作家朋友，想去柳如是墓进行拜谒，请你立刻过来一起前往。"

当时我因忙于手头工作，又思绪正顺。听得黎依要我马上过去，却怕拖延完成任务的时间。我回复黎依说："你告诉我，是来了哪几位重要朋友呢？"黎依却说："这位朋友叫我'保密'，先不要告诉你，你尽管快些过来就知道了。"

我尴尬地告诉黎依："我正急于完成领导交给的写作任务，下午 3 点前要交上去的，这会走不开啊。"黎依在电话中又催促说："那位朋友想去'钱柳墓'看一看，叫你一起来，并带一下路。"

我笑对黎依说："不是有你在吗，有你带路，还怕找不到钱柳墓？"可黎依又说："我是路盲，再说我也不知道'钱柳墓'的确切位置，你快些来吧。"

我听后，感到很为难。我告诉黎依说："我真的走不开。俗话说'路出嘴边'。黎依，我把'钱柳墓'的具体位置告诉你，到时你再打听一下，就能找到了。"电话中，我把去"钱柳墓"的路线和位置，尽量详细描述给了叶黎依听。尔后继续忙着手头的活。

到了第二天，叶黎依又来电话告诉我说："昨天，是莫言来了常熟。"

真是晕！我当即大骂黎依："你昨天为什么不告诉我，来的朋友是莫言呢。你让我失去了一次与老友重见的机会，真是冤啊。"黎依刻薄我说：“谁叫你再三推托不来啊。再说，是莫言不让我告诉你的……”

唉，黎依。你这个老实巴交的书呆子，你就不能轻声悄悄告诉我一下：“是莫言来了吗。”我要是知道来的是莫言，是肯定要去再见一面的，什么狗屁“笔头任务”，我也会管不得那么多了（哪怕因此而被开除公职）。因为十年前与莫言在北京数日之缘，因为与莫言一起豪饮碰过杯，也因为我亲手为莫言拍过照、莫言亲自为我题签过字。总之，这毕竟是近十个年头的思念了。如今却痛失了与这位当代文豪再聚的一次良机，实在是让我追悔不及。

不过从后来叶黎依的文章里，我读到了莫言他们来常熟，到柳如是墓进行拜谒的过程：

……钱墓荒冢废圮、杂草萋萋，而柳墓常有人祭扫拜谒。莫言在钱墓前没任何表示。也许他的思绪穿越至顺治二年去了……

我们走过钱墓，地面上积了层层落叶，脚下一片“沙沙”。再往西走过去约百米，才是“河东君之墓”。墓碑还是旧时之物。只听走在前面的莫言惊喜地说：“这里有人来献过花。”我定睛一看，果然。尽管花束已经干枯。再看，墓前还留有香烛的残余。

……莫言折一枝小小翠柏，弯腰插在柳如是墓前的泥土里。我们默了会。然后，折返公路，驱车回城。

从叶黎依的文字中，我体察到：莫言对柳如是和钱谦益这两个历史人物的崇敬和爱恨态度，或许和我们的一样的。当年10月，喜闻莫言先生获得了“诺贝尔文学奖”，我心中很为莫言高兴。心中忖思：5月，莫言曾来常熟，并特地拜谒过柳如是。这或许是柳如是在天之灵，对莫言的一种支持和回馈吧。

柳如是，是一个具有民族气节的爱国女子，是封建时代难得的一位热爱生活、热爱文学，且追求独立人格和精神自由的女性，是一位才华过人、卓尔不凡的女诗人，她更是一位具有民族气节和爱国情操的巾帼女杰。她的一生是可悲可叹的，但她的一生又是可佩可赞的。这便是350多年来，为什么会有许多名家诗人、文人墨客崇敬、褒赞柳如是，并不断有人前往其墓地进行凭吊的原因所在。如今，柳如是墓虽然依旧孤然，但她的墓地，却永不空寂。在她的墓头，永远有鲜花相伴。

2015年8月11日

小山幽处闻梅香

毛泽东有一曲《采桑子·重阳》词，是我早在读高中时候就反复学习过的。其全文如下："人生易老天难老，岁岁重阳。今又重阳，战地黄花分外香。一年一度秋风劲，不似春光。胜似春光，寥廓江天万里霜。"这是毛泽东在 1929 年 10 月 11 日那天，恰逢重阳节写下的。表现了毛泽东在年轻时，就胸怀对自然界和人生境界的豪迈和乐观。全曲字里行间，有一种向上的精神鼓舞着人心。

因为从小爱读旧体诗词，年轻时又爱读毛泽东的诗词，还曾写过许多自认为"好"的诗词，于是在 17 年前，竟被吸收加入了"中国社科院文学研究所毛泽东诗词研究会"。因此，毛泽东的诗风文韵，成为我诗词和文章写作中要汲取的营养。"人生易老天难老，岁岁重阳。今又重阳……"是啊，人的一生与大自然相比，是短暂的。恰逢我退离公职之年后的第一个重阳节，开始编自己这本集子，再读毛泽东的这曲《采桑子·重阳》词，有更另外一种体会和感叹。

因为爱好阅读，爱好文学，爱好写作，至今只累积了数千册书籍，写了十多本集子，与许多拥有洋房别墅、早已发家致富的人们相比，我似乎已经蹉跎过了一辈子。如今想来有些对不起家人、对不起儿孙们。家境的贫陋和心中的欠疚，似乎让我害怕在繁华的街头或奢侈酒席间，与朋友一起说荣华富贵、或谈人生收获。因此，在公职时便时常“窃望”，能否在将来退职后，找一处幽闲所在，继续我的阅读，继续我的文学，继续我爬着的格子，并且沿着这些喜欢的格子，爬向书山为我所堆砌成的坟墓。

可能是因为写了几十年的缘故，想不到我这一在公职时的“窃望”，竟然在 2015 年 1 月 1 日这退职后的第一天，梦幻般实现了。我明白，这是因为我遇到了有厚重文化修养、良师益友般领导们的欣赏和关怀，才得以实现了这个“窃望”。

从此，我得以幽居小山。得知我幽居小山后，喜得黄公望第二十四嫡孙、常熟美术家协会副主席、画家吴建刚先生特地为我作的一幅《幽兰图》，建刚先生还特地在画上题写：“兰在幽谷亦自芳”句，一语道破了那一刻我心中的感想。陋室中还得到了原常熟文联主席王建昌先生特地为我作的牡丹图《春风拂槛露华浓》，得到了常熟文联副主席肖志刚先生的《书道千秋》和《思逸神超》二幅书法作品，还得到了常熟书法家协会副主席黄伟农先生特地为我作的书法作品《开卷有益》等等，让我的小山幽居增香添雅了许多。

小山，是元代大画家黄公望的故里，也是黄公望一生隐居的地方。这对于我这个爱好阅读，爱好写作，潜心研究黄公望生平达 16 个年头的读书人来说，是最佳的幽居之处。我把这处幽居之所取了一个好听的名称，曰“隐梅斋”。

取名为“隐梅斋”，并不是因为自命清高。而是在刚迁居这小山村院时，忽闻有阵阵幽香不断飘入室内，并飘进我的鼻翼。我很惊奇，是从那里飘来了如此让人舒畅的暗香呢？我走近西窗，向外察看，见窗下有桂花、含笑花等树数株，但寒冬时节，均非此等开花时期。但身临于西窗，觉得这暗香味更浓了。深吸一口这香气，分明是腊梅之香啊！我索性打开西窗，冒着寒气探头向窗外察看，终于发现：在西窗北边墙角，竟然有一棵腊梅树，花挂满技开得正欢。好一树隐身墙角的腊梅花，飘香袭人！

这个意外的惊喜，让我兴奋了好久。兴奋之余，心中突然萌生了一个念头：我独处这幽居之所写作，在文字的陌垅中埋头耕耘，竟有如此一棵腊梅树隐伴于窗外，在寒冬里盛开，我何不干脆把自己这处幽居之所，称作“隐梅斋”？想定念头，便取笔挥毫，为自己写下了这个自以为雅致的室名。光阴匆匆，至今又恰逢新一年的1月了。

“风雨送春归，飞雪迎春到。已是悬崖百丈冰，犹有花枝俏。俏也不争春，只把春来报。待到山花烂漫时，她在丛中笑。”据说，毛泽东的这首《卜算子·咏梅》词，是在他读了南宋诗人陆游的《卜算子·咏梅》(全文：驿外断桥边，寂寞开无主。已是黄昏独自愁，更著风和雨。无意苦争春，一任群芳妒。零落成泥碾作尘，只有香如故)词后，以反其意的手法写作而成的。今故这两曲文人名家写下的《卜算子·咏梅》词，曾在我心中反复背吟过数百次，前者，意气风发，斗志昂扬；后者，孤芳自赏，隐形遗香。数十年来，两曲《卜算子·咏梅》，均给予我许多思考和启发。

古今文人作文、写词，总有其应情应景的思考，和其应处应为的背景。我当然不可与这些名家文人去相比较。但是，作为一个写作者、文化人，还是一样会有其应情应景的思考和应处应为的背景，去让我产生许多感想和体会的。因为爱好阅读，爱好文学，爱好写作，写了近一辈子，在人过花甲之时，便想再把以往写下的一些文字，再拾掇一下、归集一下。在我这些忙中偷闲写下的、汇集的文字里，曾记下了我许多对故地绵绵思念的乡愁，记下了我许多对昔日乡亲乡情的深切怀念，记下了我许多对文字挚友的眷眷思念，记下了我许多对社会百态的感悟和抒怀，也记下了许多朋友对我鼓励和支持。

2016 年 1 月 6 日

第三章

仲庸山下藏情深，行客说物是

水墨长卷平江路

年少的时候，我在《水浒传》中初读到了“平江府”这个地名。慢慢地长大后，才知道“遥远”的苏州，就是书中所说到的“平江府”。

“平江路”，是苏州的一条沿河历史老街，又是一条非常精致的、有着800多年历史的文化名街。在宋元代时，苏州曾以“平江府”为名，又因其路依平江河而行，便以平江为其路名。据苏州最古老的城市地图《平江图》，宋代时，就已有平江路这条街道了，并且它是当时苏州东半城的主要的干道。如今，800多年过去了，平江路依然在原址保留了它与河并存并行的风貌。

迈步在平江路边的“雪糕桥”上，“老书虫”书店紫红的店幌子迎风飘着，桥是一座将历史原貌保护比较好的廊桥，书店是在廊桥房舍建办的一家书店。有关史料记载，历史古籍《二十四孝》中载有张姓孝子“捧雪为糕”孝敬母亲，桥因而得名“雪糕”。跨河而建的桥上廊房，旧时曾是观音殿，如今改建成了书店。与桥西堍紧连的小巷，即是我们从观前街过来所经过的肖家巷，据说当年东吴大将军周瑜，就出生在这条小巷里。

移步下了“雪糕桥”，目光沿着绿水荡漾的平江河看去：平江河，好似一条灵珑的碧翠玉带，向远处沿伸而去，河边两侧粉墙黛瓦、细柳垂舞一派水墨景象。

行走在平江路上，一路过去，发现平江路上的居民，生活很惬意：他们不但很懂生活，而且很浪漫、很文化、很诗意，很生意地生活着。

首先吸引我的是一座叫“鹤鸣堂康宅”的古宅。这是一座青砖白缝、粉墙黛瓦，保存完好并列入苏州市文物保护名录，也是苏州市平江区的残疾人创业基地、“寒香会社”的社址所在。青砖镌雕的社匾和镏金黑牌，挂置在古宅那面河的石窖门上，门内典雅的装饰和幽静的氛围告诉人们：苏州平江区的残疾人，是处在一种悠悠舒适的创业生活环境中。

平江路 53 和 51 号，是一家咖啡茶座艺术馆，号称“半园”艺术生活馆，临河而建的店舍古朴典雅，店内古琴轻架、书画点缀，店外藤椅桌几、绿荫小座，阳光下戴眼镜的女主人专情伺弄着石案上的一盆花卉。

根据平江路上“中国历史文化名街”指路牌上的标指知道，在半园斜对面是“中张家巷”，闻名的苏州市评弹博物馆和昆曲博物馆均设在这条巷子里。考虑到时间不允许，我只能闻吸着从这条小巷中渗透出来的丝丝戏曲古韵的幽幽气息。

正午时分，街边的“土灶馆”，成了我与朋友小歇打牙祭的地方。这是一个入口门院不足一米宽的沿街中高档酒家，从四层式仿古雕花青砖的寨门进入酒楼，即便发现：这酒楼也是一座有着百年历史的砖木结构明清古宅，前院正门，六扇花格子落地木窗和稍高的木质门槛及花岗岩的柱墩，记录和印证了这座古宅的历史。利用宏大的古宅，改建成酒楼，让历史文化和酒文化相溶共现，给游人食客小憩中的一种特别的享受，也让我与二友在此小歇三刻，仅花100余元换得了肚饱情溢的划算之享。

离开“土灶馆”，重新漫步在平江路上。微微秋风中，平江河边的垂柳依然碧绿，从彼岸一个黛瓦小院内，传过来阵阵娓娓动听、十分悦耳的苏州评弹的说唱声。那声声吴侬软语，吸引我们走过平江河上的“积庆桥”，来到桥左侧一个叫“翰尔园”的沿河小院。原来，这也是一处利用旧宅古院改建成的“苏州评弹茶座书场”。据漂亮的女服务生介绍，书场每天下午一点才正式开场，现在播放的是录音。我等虽然匆匆去返，但是，娓娓动听的评弹说唱之声，好似清泉般的流动之音，长久在耳边声声吟唱着。

在平江路上继续沿河西行，见有一眼叫“漱石泉”的古井兀档中央。从井前花岗岩石碑上看，这是一眼开凿于清代光绪戊甲年的古井。这眼没有被当作“拦路废井”而填埋的古井，用铁质六角护栏护围着，所有行人、车辆，均需“让井”而行，可见在苏州平江路，保护民间传统文化的理念已深入人心。

平江路上居民的传统文化理念之深，不仅仅是体现在对待一眼古井上，更多的是：他们在不断地传承着优秀的民族文化，并结合现代生活理念和需要，不断弘扬和创造出更新的文化形式和载体来。

“伏羲古琴文化会馆”，正是精明的经营者文化理念所形成的新颖载体和场所。“伏羲茶琴馆，听琴品茶清谈”的大红幌子抢眼夺目、随风飘动，沿街一排明清式小楼旧宅，一溜五间木质门面均用深红色漆成，正门上“伏羲古琴文化会馆”，黑底绿字草书匾额和馆内琴声婉约、雅座香茶、古色古香之景，吸引住了我的脚步和视线；再前行，独具典雅的“茉莉”茶庄，以盆景花卉点缀着门面，茶庄内各色茶点，配以各色名贵葡萄酒陈列于橱柜中，形成了溶茶酒文化于一体的、特具温馨韵味的文化之场所。

在平江路上，这样的雅景实在太多了。“艺术桥画廊”的精美绘图、“景泰堂”文化礼品堂的精致饰品、“疏影琴斋”的古琴声声、“绿竹翁”竹制品斋“打造全竹生活，尽享绿色人生”的经营理念、“散文咖啡馆”的品茗吟诗文等等。我试想，如果能生活在这样的氛围中，看着平江路“绿水垂柳风起舞，石街行人物携行”，慢慢地品着各色名茶名酒，欣赏着琴馆中传来的声声悠扬的古琴曲子，我还能不能舍得离开这个如仙境般的地方呢。

在缓步行进中发现，张家港市的沙洲黄酒，竟然也以“沙洲优黄酒文化会所”的“招牌”，出现在平江路上。我很少喝酒，尤其是黄酒，基本上不尝。常闻喝酒的朋友说：沙洲优黄酒品质不错。其酒质到底如何，我没有发言权。但是，沙洲优黄酒的经营者，其酒文化理念竟然在平江路上展现，让我等无论如何也想不到的。“沙洲优黄酒文化会所”，是利用民居旧建筑，依照原有庭院式布局、古宅原貌，采用苏州传统的砖木结构和建筑工艺，以苏式走廊、粉墙黛瓦风格修缮而成的。整所酒文化会所，体现了典型的苏式民居风格，成为平江路上让人值得驻足的一景，他们将酒文化与传统民居建筑文化溶合在一起、并展示于世人。我非常钦佩沙洲优黄酒的经营者们！

在平江路上，古宅、古桥、古巷这样的历史文化遗筑实在太多了。“洪钧状元府”“潘氏故居馆”“胡厢思桥”等等，还有“礼耕堂”“卫道观”“耦园”等等，还有许多紧连平江路的小街巷，如“大新桥巷”“丁香巷”“混堂巷”“卫道观前巷”等等，可谓列数不全、欲举难尽。

不过，对于“胡厢思桥”这一座有着近800年建桥史的古桥，还是要化些笔墨介绍给读者的。据桥碑上载：“胡厢思桥”，始建于宋代，是现在平江历史街区内唯一一座宋代石拱桥。此桥在清代乾隆九年（1774年）曾重建过。在宋代，位于桥东边的巷子里，曾居住过一名胡姓的“厢使官”，此桥而得其名。现在此桥桥洞上额，仍嵌有刻着“重建胡相思桥”字样的巨石。数百年来，每天从早到晚，在横跨于平江河的古桥上过往的行人络绎不绝，由此，位于桥西北堍的、依水而建的“胡相思阁茶坊”二层小楼，茶客盈门，生意红火。

一路过去，回望平江路千米长街，可谓“古街水巷交叉过、小桥碧水潺潺流”，那粉墙、黛瓦、琴音，呈一派平平仄仄、幽幽雅雅之韵，宛如一幅精美的水墨画长卷，处处透出一种清静、古朴和无比诱人的文化气息，让我和所有亲临过她的人，留下终生难于忘怀的记忆。

2010 年 12 月 12 日

亲近古镇西塘

西塘古镇，位于浙江省嘉兴市嘉善县，距嘉善县城约十公里，这是一座已有千年历史文化的古镇。据有关史料记载，早在春秋战国时期，古镇西塘就属吴、越两国的相交之地，故有“吴根越角”和“越角人家”之称。

踏上古镇西塘，从迎面而立的木质牌坊建成的古镇入口处进入古镇，扑面而来的是一种古色古香的典型江南水乡的韵味和气息：一片灵珑清澈的水域配以廊桥、亭台、廊房，形成了一幅幅无比美妙的风景画映入眼帘。

我去过不少古镇，去过昆山的周庄、吴江的同里、角直，去过苏州的东山、西山等著名的江南水乡古镇，比如，周庄是以她独有的桥、水、街相互依存，独具风貌而显神韵。而一进入西塘古镇我即发现，西塘的廊房，就是她独具的特色。她与其他水乡古镇，最大的不同在于，她在临河而建的街道、甚至河边水面上所建的通道，都建有古色古香的廊房。走在有一千多米的、绵绵长长的廊房街道中，那种感觉，就像走在北京颐和园的长廊一样悠然、美妙。

行走在建于河边水面上的廊房中，依栏隔水，观看对面的粉墙黛瓦、画栋雕梁，如入画境。凭栏抬眼，眺望远处荡漾在水面的柳叶小舟，悠悠逐波而行，顿感心旷神弛，如入仙境。漫步走出建于河边水面上的廊房通道，小行数步，便又进入临河的街道中。细长狭窄路面，大多是古石板铺成的街道，街道的廊房把整条街道的天空，完完全全拒绝在街道之外了，让古街迷浸在幽幽的微暗中。

街头首铺，是一家专制“清式贡饼”的作坊，一个俊俏的女子，正在踩动着由机械操控的煎饼转锅，纤细灵巧的双手，从饼料架上不断变换着饼料添入转锅，高温下的煎饼转锅，散发出阵阵诱人的饼香，随着一张贡饼的出锅，俊俏女子脸上的酒窝旋转出花一般的笑容。街道两边数百家门店，无数各具特色的民族手工艺制品、刺绣、针绣、书画、民族风味糕点、小吃、民族文化茶座、咖啡吧、酒吧、风情旅馆、饭店，多彩的招牌、幌子等等形成了古镇西塘千咫廊房中“风情万种”的画面。

说古镇西塘千咫廊房中的风情万种，让我最注目的并不是无数各具特色的民族手工艺制品、刺绣、针绣和书画，也不是让我馋涎欲滴的民族风味糕点和各种糕点小吃，更不是各色民族文化茶座、咖啡吧、酒吧和多彩的招牌、幌子。而是并不让人们怎么关注那几个的小小旅店!

我曾去过全国大大小小城市 180 多个，每到一地，我自当首先关心的是初到时的夜宿客栈。因为，客栈是旅行人途中暂时安居的地方。我凭经验认为，一个地方的旅店，在某一方面，能代表和体现这个地方的文化品位和人文气息。而眼前西塘的廊房下，那几家旅店，正是让我这一有独具视角的旅行人，感到有兴致并值得关注的地方。

首先是那个并不起眼的“静舒苑客栈”。仅凭她的名，就吸引了我的视线和镜头。静舒苑客栈门头上的：“静舒苑客栈”店牌和“百年老宅，风格独特，雕花大床，舒适安逸”那镏金楷书的广告牌，把本来就仅有70多公分宽的门面逼仄成更窄的门洞了。但是，从门洞内过道向里看去，门内间朴、整洁、干净，正上方大红灯笼显眼夺目。它给我的第一感觉是：此店当是一个知书达礼、且优雅而有学养的女主人开的。当时我想，这样一个仅有70多公分宽的门面的乡间客栈，恐怕是全国所有旅店、客栈中门面最狭窄的客栈了。

然而，当我在继续在廊房下往“烟雨长廊”方向缓步前行的过程中，“河畔居”这样一家近似“静舒苑客栈”一样小门面的旅店，又呈现在我视线中。所不同的是，这家“河畔居”比“静舒苑客栈”而凸显出富丽而温馨。门头上和右门边各置“河畔居”三字的镏金店牌，幽深的门洞内，暖色的宫灯一路挂去，两边粉墙上各置四方装饰画镜框，体现了主人高贵的艺术思维和招财手段。

在西塘廊房街中，这二家“全国最小”的旅店，给予了我不同的感受。同时也体现了现代西塘人，在古镇西塘也处于现代生活和经济社会中，展现出了各自的经营理念和人文理念。

最让我久久不愿匆匆离开西塘的，是西塘醉人的文化气息。西塘人以独特的文化，吸引着千万中外游客来到西塘。如果说，二家“全国之最小”的客栈，体现了西塘人人文理念的一个侧面，那么西塘的“王氏父子版画馆”，才真是西塘人钟情文化的一个亮点。

“王氏父子版画馆”，别称“醉园”，是一家私人故居宅第。它坐落于“静舒苑客栈”与“河畔居”二家客栈那条街的中段。步入“醉园”，“西塘王氏父子版画馆”的黑色牌子挂在堂屋入口门右侧。来到馆中，从馆首展出的前言以及馆展中的镜框版画、对联、匾牌，以及前后三进小院中太湖石、灵珑“小桥”、袖珍拟亭、花木、流泉、黛瓦雕墙等物景中可以看出，故宅的历代主人，为经营这所故宅而为之付出了多少独具匠心的文化思维和孜孜不倦的劳动！

故居的主人，是年逾八旬的王亨先生，正静静地坐在他的画室，为索画者提写着赠词。读罢厢房中一对“一生寄情江南水，三分得意海上风”的对联，我想，这正是老先生一生钟情版画创作的写照。王亨老先生，是已故中国版画家张怀江先生的学生。据说张怀江先生曾对着镜子，用七十二刀刻下了自己的肖像，且作品栩栩如生，气度优雅，号称版画界一把刀。王亨老先生得其老师衣钵真传，在他的作品中，以《春》《夏》《秋》《冬》四品，最为著称，其中《秋》《冬》获全国美展一等奖。年岁已高的王老先生，白发满头，甚至连眉毛也白了，但他为自己挚爱的版画事业，继续以饱满的精神、精湛的艺术为西塘的文化而辛勤耕耘着。

此次去西塘，西园是让我印象最深的地方。西园是一座古老的宅院。园内亭台、楼阁、假山、水池等应有尽有，各种花草、树木，风景优美。东侧假山上有“听涛轩”茶室，假山上有一株百年白皮松，高数丈，风来时稷稷有声。据载，1920年冬天，诗人柳亚子曾来到西塘，住在西园，并与西塘南社社友在西园摄影留念。

来到西园的厢房内，我果然见到了当初南社嘉善（西塘）社友的名单和南社创始人陈巢南、柳亚子、高天梅、新南社主任姚石子等文学先辈的肖像，还有西塘南社社员郁世为、余其锵、李绛云等人物的平生简介。西园中这样的展览，让到西塘的人们有机会了解和学习到，这些文学先辈们当初以手中的笔为武器，以文学的形式忘我地宣扬共和的热情、勇敢地投入到反帝反封建的革命热潮中去的那种精神。同时，西园中“西塘南社”事迹的展览，也为古镇西塘增添了让人值得回味和记忆的一笔。

西塘灵秀的内涵，在于她的桥和水，配之西塘古镇特有的千咫廊房，成为西塘特有的旅游文化资源。

古镇内，有始建于宋代的望仙桥，有始建于明清的来凤桥、五福桥、卧龙桥等等。据说，西塘古镇区内原有桥梁104座。这些古老的桥梁，和西塘的百姓和谐相依，倾听了千余年来流水的低吟和船家桨橹的浅唱。也阅尽了西塘古镇两岸人民生活的变迁和西塘民间的历历旧事。

“永宁桥”，是西塘最有名、最繁忙的一座古石桥，它位于古镇的十字路口。这座古石桥连接着西塘的标志性建筑“烟雨长廊”和被称之为长廊的北栅街，以及现在最繁华的商业街“西街”。古桥上来来往往的行人，整日络绎不绝。站在永宁桥上，环顾四周，可将西塘大部分区域尽收眼底。

“上下影摇波底月，往来人度水中天”，“船从碧玉环中过，人步彩虹带上行”。二副桥联，正是西塘人与西塘的灵动古桥碧水相依和谐的生动写照。

西塘古镇区水径纵横，河流清澈，绿波荡漾。于清晨时，古镇小桥鸭戏流水，罩薄雾似纱；在傍晚间，桥畔水面夕阳斜照，现渔舟扁扁。真是一派江南水乡灵秀画面的写照啊。西塘是一个平凡、但能让江南农民足以骄傲的乡间古镇。生活在西塘的人们，过的是精细而又典雅的日子、是人和自然相依和谐的惬意生活。

不过，如今的西塘，因为其名气太盛，引来了四面八方、日以万计的游客。我在想：西塘这座难得的保存完整的古镇、这些珍贵的古宅古搂，能否在这般日以万计游客的零乱步履下，再坚持千年而不衰呢？回走在狭窄而又幽长的繁荣热闹石板街、依河而建的街道和千咫廊房中，看着一眼望不到头的临水而枕的人家、让我顿生出许多感怀来。

此时此刻，我耳畔似乎又传来自己走在依河而建的街道、千咫廊棚和幽长石板街的脚步声……

2010 年 11 月 28 日

世外乐园·花的海

在快节奏的喧闹的城镇，呆久了，总感到头昏晕晕，心力憔悴。偶尔择休息之日，约几位笔友小聚，无奈仍是城区或郊外那几处小园，那几个景点。且园内一样喧闹，无法觅得清静之所。回家后，头脑依然浑浑晕晕，思维如溪泉枯竭了一般。何处才能觅得一个远离尘喧、远离钢筋水泥构筑的围城，去享受“耳听鸟啼、鼻闻花香”的世外清静乐园呢，想想也难。想不到的是，暮春4月中旬的一天，与作协俞主席等友的一次兴化之行，竟然让我欣喜万分。要不是当地作家宋桂林，把我们带到这样美的地方，恐怕即使在梦中，也是幻想不到的。

漫步在世外乐园“徐马荒”

“徐马荒”是一处保护性建设中的农家乐（绿）园，当地百姓，把她叫成作“徐马荒滩”。依照西郊镇党委张书记的“官方说法”，又叫作“徐马荒原生态风景区”。当我走进这个茫茫绿园时，我被那疏疏的、一望无际的万亩意杨林怔住了。

你看，“春风出林间轻拂脸颊，鸟鸣来远处轻啼耳畔。脚下碧草青青覆小径，眼前绿水弯弯鱼儿欢。仰头白云蓝天晴碧宇，低处沟垄水潺芦节新。”真是一派原生态秀丽风光呀。

身处在这样一幅天然画境中，心境自然明快非常，我忘却了所有的一切，情不自禁地对陪同的一位女村官说，我要是个小青年，一定会嫁到“徐马荒”这个世外乐园来，做一个倒插门女婿的！同去的作家青柳，听了哈哈大笑说，你是被眼前的美境给迷住了。

桂林说：是啊，“春看十里荷塘碧连天，秋赏千亩芦荡花飞雪”，是徐马荒原生态景区内一大特色，在徐马荒，可领略“荷塘月色、渔歌唱晚、秋荻飘雪”的湿地胜景，领略和你们江南沙家浜一样的绰姿风采呢。

漫步在意杨林间的小河边，挂在树枝杈的鸟窝，随处可见，河边形如松鼠的芦花，过了一个冬季，依然留在芦苇顶上不肯下来。一个让我好心动的“徐马荒”！

突然，我想起了曾在书中读到的旧时“北大荒”，那荒无人烟凄凉不堪的描写。同样一个让人犯猜的“荒”字，怎么同“徐马荒”这么美丽的地方，连得起来呢，这里分明是一处世外乐园呀。

桂林和张书记解了我的迷惑：过去，“徐马荒”是一处年年犯涝灾的地方，上万余亩低洼泽地，总是“小雨一片汪，大雨白茫茫”。许多村民为讨生计，大部分搬离了徐马荒。改革开放后，当地政府因地制宜，治涝救灾，合理开发，以林、渔、养、植、牧多措并举，注重生态环境的保护，把“徐马荒”向农家乐（绿）园的治理建设目标逐步推进，如今，使“徐马荒”万亩意杨林区，变成了享受听渔歌之声，品河鲜之美，游农家之乐、品农家美味，闻林间鸟语、赏水边风情的世外乐（绿）园了。

春天，是万物静静萌发的季节，在“徐马荒”，我此刻的思维，亦如侵入在这盎然的春天里，已静静地萌发出让自己惊讶的灵感和诗意来。

随着桂林逛“花市”

朋友的小车，在桂林的指引下，沿着乡间的柏油公路，慢慢进入了巨大的花市。眼前的花市，可不是类似卖买牡丹、卖买芍药和幽兰的花卉的市场。而是闻名全国的兴化市缸顾乡“千岛菜花风景区”。

眼前的喧哗，与“徐马荒”那种滴水能闻声的幽静，成了强烈的对比。

不过，随着鼻翼间一阵阵清幽的菜花之香，放眼似海洋般广阔无际的花波，约万余亩垛田的金黄之海中，除了碧水中荡漾的小舟和供游人休息和观景的塔、楼之外，几乎再无杂色。简直不敢相信，人间竟然还有如此让人心旷神怡的景色，这样一种感受，我只有站在天涯海角沙滩上眺望大海时，才体会到过。不过，天涯海角是大自然的杰作。如今，眼前这花的海洋，是750多年来，缸顾乡百姓代代相传，在万亩泽国上，用勤劳智慧的双手，一点一滴打造出来的奇迹。“花影弄蝶闻香高，水色荡波放舟妙。乌蟹横滩栖黑泥，青虾浅水戏姣草。”心中情不自禁流出一曲赞叹之词来。

“千岛菜花风景区”，是缸顾乡古代百姓为了生活，在低洼的万亩泽国上，以挖河垒泥，从水下取其土，才形成了一方一方岛田的，其形堆积如垛。使千百个垛田，如湖水中千百个浮岛，漂浮于千百条水流之间。其景：紫阳红霞，绿水似带，花黄如海，实是壮观。与朋友们身置在这一望无际的千垛菜花岛之中，闻着随风而来的阵阵菜花幽香，我如醉了一般！

桂林告诉我们，每年春季清明节前后，兴化市都要举办“千岛菜花旅游节”。

在这盛开的万亩油菜花节中，艳人金岛，蓝天碧水的情景，吸引着千万游客纷至沓来。可谓：“瑶池蟠桃盛会日，百仙千神共醉时”。

千岛菜花那迷人风光，确实让人流连忘返。

2011 年 5 月 30 日

情系支塘

2009年11月以前，我从没有正尔巴经地去过支塘。尽管一直想去看看支塘的盐铁塘，看看盐铁塘边依旧的廊房和盐铁塘三桥。可是一直没有机会去。

在支塘，有几位朋友，我从心里一直赞佩他们。

首先，是支塘已故老文化站长汤家麟。汤家麟是我最早知道和最早认识的支塘文化人。最早知道他，是因为汤家麟曾在60年代后期，曾担任过大义文化站的站长。虽然他在大义任职时间不长，但让我这个当时初涉文学的人，知道了汤家麟。最早接触认识汤家麟，是在1984年底，我被调到大义文化站，当文学创作组组长，后来又任文化站长，同一系统，所以与汤家麟先生常见面，平日以弟兄相称，多年中，共同探讨乡镇文化站业务、办杂志刊物的体会和见地。家麟先生是《支川文艺》的创办人，丰富的乡镇文化工作和办刊经验，加上他的豪爽和直率，使我非常敬佩。当初我创办《大墅艺苑》时，是曾受益于《支川文艺》的。

诗人刘继江先生，是支塘的才子。常熟市作协、诗协会员。初知刘继江，是缘于文学、缘于常熟较早的文学刊物《常熟文艺》。初见刘继江，也缘于文学、缘于常熟文学刊物《常熟文艺》的编辑部——常熟文化馆。刘继江是支塘的乡土诗人，许多诗作、散文，不但在《支川文艺》上不断刊载，在市文化馆主办的《常熟文艺》上，常见他的作品。因为热爱文学，80年代初至2004年这20多年中，我是经常要去常熟文化馆的，一个月至少二三次。那里有《常熟文艺》的编辑朋友们，所以去得也勤。由此与刘继江、倪东、叶黎依、徐耀良、陆文龙、袁文学、彭德康、姚永明、谭纪文、杨炯安、李炎明等等一些老师、文友们经常见面。刘继江，我戏称他为继江先生，他几十年笔耕不辍，是《支川文艺》的台柱子。

现任支塘文化站长郁新，是4年前才认识的诗人。他是支塘年轻的才子，又是常熟市作家协会和诗词协会（红豆诗社）会员、支塘文联文协的领导，其文学作品：散文、新旧诗俱佳，诗作在圈内颇有名气。我曾与郁新站长侃言："你得支塘古镇古韵之灵气，集支塘幽雅文采于一身，统率支塘人文才俊，把《支川文艺》（文化）搞得有声有色，将我等弄的心神不宁哪，所以我会带一帮人去支塘取经的。"同时，我有私心：要了却一个支塘之行的心愿！

2009年11月1日，正值金秋时节，丹桂香浓，枫叶正红。我与常熟市作协、虞山文协的潘吉、倪东、浦君芝、许军、顾鹰、徐烽等11位作家、诗人到支塘镇学习采风，与支塘文联、文协进行了面对面的交流和探讨。诗人兼站长的郁新、诗人刘继江等热情陪同了我们一行采风。

支塘镇，是江南名镇，历史悠久，人杰地灵、名人才俊辈出，是常熟境内著名的千年古镇。于古镇中心区穿镇而过的盐铁塘，相传是两千年前西汉宗室吴王刘濞时所开，因为转运盐铁而得名。古镇现存最古老的桥梁是集贤桥，据《常昭合志》载："集贤桥，明嘉靖十九年沈定始建，侯峰宏续成立，康熙间重修。"此桥为单孔拱形，用青石夹花岗石筑成，叫“集贤桥”是因当地古时原为“双凤乡集贤里”而得其名，至今古风犹存。听了郁新的介绍，我们一行，当即在桥上留下了合影。在古河流盐铁塘上，有中兴桥、虹桥和集贤桥三座古桥横跨盐铁塘，是支塘人俗称“盐铁三桥”。如今的三桥，依然连接新老镇区，周边古代民房保存完好，廊房黛瓦、古河垂柳、环境清雅、古韵十足，一派水乡小镇幽景。

古镇区老街旧宅，有建于明清两代的士绅富豪住宅“姚厅”与“张宅”。“姚厅”，姚汝化之故居。姚汝化，明万历二十九年进士，历官中书舍人。崇祯十五年告老还乡，建房宅于姚家角嘴。厅内画栋雕梁，形制古朴。建筑结构、形态与虞山翁馆綵衣堂相似，有极高的文物保护价值。与“姚厅”仅一墙之隔的“张宅”，是中科院资深院士张青莲之故居。该建筑始建于清嘉庆、道光年间。厅堂古朴庄重，厅内木雕具有很高的建筑艺术价值。小镇还有建于明末清初的虞山琴派承前启后人物古琴家谭清（冰仲）故居“陈楼”、建于清代的“青莲”阁、位于南街44号的王淦昌故居“三槐堂”等等旧居古迹。

在古镇区集贤桥西堍下不远处，便是北街24号。支塘镇文化站的站舍，正设在此幢幽幽的古居内。据郁新介绍，此处即是“周家陈楼”。建于清代的陈楼，前后三进，颇具规模。此舍结构精致，工艺较精，门屋后塞门上砖雕雕刻十分精细，技艺高超。这种保存完美的深宅大院，在农村集镇上已属罕见。如今，支塘镇政府拨巨资修缮这座古宅，设文化中心，实在是最好的文物保护举措。我十分敬佩支塘镇政府的眼光和做法。

如今社会，一切以经济为中心，风气渐变、善之甚稀。在这样一个功利性的社会环境中，去坚守和坚持文化、文学这片园地，是需要牺牲和放弃多少时间、利益、奉献多少精神啊。

正是在这样一个功利性社会环境中，支塘《支川文艺》，这一本坚持了 40 年，出刊了近百期的乡土文学杂志，却依然呈显灵气、雅韵。我将《支川文艺》拿在手上，赞在嘴上，更多的是敬佩在心中。我是有体会的人，对郁新和刘继江二位支塘诗人，我由衷地说：心血的结晶，真是不容易呀！

那天，在郁新的办公室，我心中突然产生一个欲望，于是一个设想脱口而出："我提议，虞山文协与支塘文协结成友好协会，以便两个协会今后利用这一平台，加强交流与合作，共同探讨和促进地方文学事业的发展。"郁新和在场的所有人听后，当即拍手表示赞成我的建议。2010 年春，支塘文协郁新、刘继江一行应邀到常熟市区回访虞山文协，在虞山脚下桃花源饭店，虞山、支塘二地文协，举行了友好协会签约仪式。常熟市文联、苏州市文联网和江苏作家网，分别报道了虞山支塘二地文协结为友好协会的消息。从此，我与支塘结下不解之缘了！

如今，一年过去了。前几日在市诗协金秋诗会上，又见郁新。郁新告知，今年 12 月，支塘镇将举办《支川文艺》创刊 40 周年之庆，嘱我写一点东西。我思考再三，决定把我对情系支塘的这份心结表达一下。

我衷心祝贺《支川文艺》创刊 40 周年！衷心祝贺支塘文化人、文学人 40 年来的坚持和取得的成就！同时，对"支川人"为支塘这个古老乡镇不断焕发清雅古韵和诱人的魅力所作出的贡献衷心喝彩！衷心祝愿《支川文艺》办得更好！

2010 年 11 月 6 日深夜

“槟榔谷”风情

槟榔谷，地处海南岛三亚市与保亭县交界处甘什岭自然保护区境内，距三亚市约28公里。景区由甘什黎村、原始雨林谷和蚩尤苗寨三大板块构成，是一个多民族、多文化、多形态的，集观光游览、休闲娱乐、民族文化展示为一体的多元型复合式旅游风景区。槟榔谷以其宏大的规模和丰富多彩的民间文化娱乐项目赢得了各地游客的称赞。另外，槟榔谷以其独具的传统民族文化韵味的民族风情、神秘迷人的热带原始雨林风光风靡于整个海南岛，吸引着千万游人的到来。

我等一行人刚进入槟榔谷，便被以男女二组分开。我是有幸被黎族姑娘选中去体验黎族人家结婚风俗的七人之一。我被强行穿上黎族阿哥红红绿绿的衣帽，在一位俊俏的黎族姑娘的搀扶下，同她并肩坐在屋内礼台朝外的正位上，黎族姑娘一手托在我的腰背后，一手握住我的手，好像抢亲一般，弄得我非常狼狈。特别是黎族姑娘非要我抱她时，被我此行同去的女领导，抢摄下了许多可笑、滑稽、尴尬的镜头，直至送入洞房后，我才得以溜出。

当地政府致力于对槟榔谷优秀民传统文化的保护挖掘。据介绍，海南省国家级非物质文化遗产保护的 20 多个项目中，槟榔谷传统民族文化就展示了其中十项。谷内的黎族传统文化博物馆里，珍藏着海南岛最齐全、最珍贵的黎族各种民间文物，这些民间文物，见证了黎族发展历程，是一部生动恢宏的“黎族历史文化教科书”。

黎族妇女的文身绣面、纺染织绣、竹木乐器演奏技法、打柴舞……这些濒临失传的黎族传统文纪艺术，被槟榔谷人以多种形式，多种方法传承着、保护着！

位处甘什岭自然保护区中间的槟榔谷绵延数公里，四周山势峻峭，森林茂密。如果说，椰子代表着海南，槟榔则代表了黎族。在黎族，没有槟榔，即不成礼。没有槟榔，则不成婚。可以说，“槟榔”是黎族人的吉祥符。而聚居在三亚市与保亭县交界处甘什岭自然保护区境内的黎族人，以峻峭山谷和神秘雨林为栖身之所，坚持着她们的生活，奉行着她们的文化和信仰，保持着黎族原汁原味的风情。当然，也有极少数黎族青年男女，已接受了外边世界多彩文化和生活的熏陶，从习惯，穿戴，语言等方面逐惭改变着。我身边一位穿着时髦女孩告诉我：她也是黎族姑娘，今天是陪丈夫回娘家探亲来了。她是 5 年前已嫁到三亚市区了，原来的一些生活习惯，文化理念在开始改变。

听了她一席话，我的心中升起一个矛盾的旋涡……

据说，海南岛槟榔，槟榔谷是其原始发源地。

“船形屋”是黎族人山性与海性相结合的传统独特建筑，也是黎族人漂洋而至的历史见证。在这里，我们还看到了被专家喻为“人体艺术的敦煌壁画”活化石——最后一代的绣面文身阿婆。她们用身躯记载着黎族八的沧桑历史轨迹。

在这里，我们见到了人类在无纺时代所穿的树皮衣，“衣服的祖先”竟然是用剧毒树皮所制。见到了岛内仅存的百年谷仓群。在古代时，最先进和与众不同的纺织工具：踞腰织机，“纺、染、织、绣”工艺和黎锦在这里一一展现。另外，钻木取火、低温制陶、黎族民歌等一系列国家非物质文化遗产保护项目在这儿呈现。全岛唯一的明代特大龙被——“麒麟双凤龙被”在这里珍藏。我们见到了许多黎族青年男女对牛角、圆木、竹子、椰壳等制作的黎族古乐器应用自如。

黎家民族的文化是祖国的文化瑰宝。保护和传承好祖国的文化瑰宝，成为了海南甘什岭槟榔谷民族文化游览区的坚定理念。也深深地感动了我这个来自江南水乡的旅游者。也深深打动了我这个千里探访“槟榔谷”这样一处神秘传奇的民族的文化人。

2012 年 6 月

寻访巫咸行记

一

巫咸，据相关文史、志书所载：本是常熟市大义区小山人。相传，是他发明了“鼓”这一古老的乐器，也是他发明了用筮（一种草名）来占卜预测凶吉祸福。是一位商代著名的占星家。

在公元前1638年—1563年，商代第十任王、太戊帝时，巫咸任相。并传有《咸艾》《太戊》《巫咸五星占》《司天考占星通玄宝镜》等著作，世称贤相。其子巫贤，在公元前1542年，即商代第十四位王、祖乙帝三年时，亦出任为相，并使王朝衰而复兴，亦世称贤相。

这样一位历史人物，在我们研究本邑文化、复建大义文化苑地之际，是必须首当纳入之和去探究的。

8月18日，上午九时多的气温，已经高达36摄氏度，我带着我的助手XaJy和我们邀请来的市摄影协会的高级摄影师瞿学峰，一行三人，刚结束了对蜂蚁村北庄桥宋代范显汉祠、查氏贞节孝义牌坊的探寻后，又开始了寻访商代贤相巫咸冢—巫相岗的所在之行。车至虞山西麓最西峰下山腰，在露珠泉坡下停车场，我们一下车，便又开始了徒步向虞山西麓最西峰的攀登。

虞山西麓最西峰，原来和著名的小山是峰脉相连，并绵延数里。在上世纪 50 年代初，望虞河尚未开挖时，小山的最高峰亦有海拔近 60 米。1958 年，是国家的大型水利建设——开挖“望虞河”工程，才把小山与虞山西麓间的山脉挖断了。如今从西向东，一过望虞河，就能到达虞山西麓最西峰下的山坡了。据常熟市博物馆馆长周公太先生电话中告知，巫咸冢—巫相岗是位于虞山西麓最西峰的上半山腰密林中的一峻险之处。

我因长期坐办公室的缘故，两腿肌肉有所退化。一行三人沿小云栖寺那徒险的山道向上攀，临近到小云栖寺时，才海拔六十米吧，嘿，我与 XaJy 已是大汗淋漓、气喘不停了。还是摄影师瞿学峰厉害，他却是“脸不改色心照跳”，站在一块臣石上嘲笑我道：诗人，这会你作不出诗来了吧……我回道：哪敢和你比呀，你是野兔么！（他常年在外搞摄影，练出来了，爬山攀高对他来讲是小菜一碟，故在圈内有野兔之称。）

又往上攀走了近 20 多米，终于到了露珠泉旁。助手 XaJy 是才 27 岁的年轻女孩，更是累得脸如红霞，汗如雨下，——不想再走了。本想在小云栖寺内——“露珠泉”旁休息一下后，再继续上攀，可是，只见寺内除山门外的一切建筑，全部在重新修建中。就是“露珠泉”四周也是堆放了许多建筑材料，几乎连个占屁股的地方也寻不到。再抬头向小云栖寺大雄宝殿外的南首上山道看去，更使我大吃一惊：那条我曾多次与文友们从这儿登山上攀时所走过的山道，竟然也因小云栖寺的改造工筑，而已被堵死了。晕了……

“怎么办，主任？”XaJy 盯着我问道。是呀，那条我早年已熟悉的上山之路不通了，气温又那么高，怎么办呢？我想……

松林间树上的“知了”还在“知呀、知呀……”叫个不停，好让人心烦呢！

正在这时，工地的一位老同志突然认出了我，并在叫我：你不就是30年前在我们厂打过工的小浦吗？我疑惑地打量着这位身材高大、胖胖的老同志，“你是？”我脑海中迅速地追寻着过去：“你是老邹？邹师傅？”我猛忆起当年砖瓦厂的那段生活：他是窑部烧窑的邹师傅。“哈哈，是呀，几十年不见了，你还像小伙子一样么……”老邹师傅握紧我手说。

“是呀！”我看了一下手表，已近十点了，没有时间容我在这个小云栖寺多呆！“你好呀，几十年不见了么……”我说完，连忙请教邹师傅：还有没有另外一条可上山之路呢？

当老邹师傅问明白我们此行的目的后，非常热心地指着露珠泉北侧那一大堆毛竹说：“你们只能从这堆毛竹上爬过去，攀上那个陡坡，到上边后见到有一片小竹林后，再从小竹林中的一条小山路向南右拐，再过一片灌木丛，再左拐向上往左方向上攀50来米，再右拐向前到小松林小路向前，便可找到你讲的常走的那条上山路了。不过，‘巫相岗’在离这座山顶不到一点的左侧的林间摩崖上，不大好找。”

“我记住了。”我说完，忙与邹师傅握手道别。

二

老邹师傅的热情指点，让我们一下子忘却了天气的闷热和劳累，野兔噌的一下，第一个攀上了毛竹堆。我与助手XaJy也随之攀过了毛竹堆，按老邹师傅指点的“路”，继续向山上攀。

这哪是什么路呀！我们是在向“杂草近人高，松枝乱竹向横斜”

的乱山坡上上攀呀！就在这一段仅 200 多米的山路上，野兔穿的是中裤，他的腿上被山中的大蚊子叮了一口，XaJy 那雪白的手臂也未能幸免，一个好大的肿块又红又胀，痛得她哇哇直叫。还有，XaJy 穿的是一双皮凉鞋，在那潮湿、杂草丛生的山路上前行，也好让我为她捏一把汗的。幸好，我穿的是长裤、皮鞋，所以在山路上前进，才没“挂彩”。

一段才 200 多米的山路，我们竟走了 15 分钟多。好不容易出了灌木林，又钻过了一道护林铁丝网，才见到阳光从山顶洒下来——洒在了我那曾多次走过的那条上山小道上。

由于前天才下过大雨，加上这条上山小道又非常陡，上攀时，仍然是有些难行和危险的。你看，那坡路最险处是竟达 45 度的陡，一不小心就会滚下山去！ XaJy 说：这个巫咸，怎么就把自己弄在这儿，让我们累死了……

就这样，我们 3 个互搀互牵继续上攀，向山顶而去。

走在这山坡小道上，算我是最熟悉这条路的了，所以，我是走在最前面的。我们大约又上攀了 300 多米吧，我脚下走着，双眼却不停左顾右望，搜索着目标。因为根据周公太先生告诉我的方位来看，我们就快临近目标了。

突然，我眼睛一亮，我发现：在离我所站的这巨石的左首前上方约十多米处，出现了一片有半亩地那么大的巨型摩崖石岗，我还发现，其中还有二块石岗，隐约好像还有文字的样子。我高兴地对 XaJy 和野兔喊道：到了，摩崖石岗，快上来看，还有文字呢。经我这么一喊，野兔脚下加劲，一下子赶在我面前，攀到了左侧那棵老松树旁，站下一望：“是的，终于到了。”话未落音，只见他噌噌几下，便登到了那个峻险的摩崖上。这时，落在我身后的 XaJy，已是大汗淋漓浑身乏力了……

“你别上来了，休息一会。”我对 XaJy 说，我将手提包和野兔的相机架交给 XaJy。自己拿上那数码相机也攀上了那巨型摩崖石岗。横立在我们面前的是一幅镌于宋代的巨型的摩崖石刻，“巫相岗”三个篆刻大字，每一个字近一平方米左右。石刻的篆文，虽已历经了800多年，却仍然是那么清晰。只是因为面向西北，又有古树罩着，因而长期照不到阳光，所以青苔布满整个石刻，使我更感觉到了这摩崖石刻所经历的漫长而沧桑的岁月……

照好了摩崖石刻“巫相岗”，欲想再寻“巫相冢”。可是，前后左右不是巨石岗就是漫山树林，却不知“巫相冢”所在方位，终究没有寻到任何“巫相冢”的疑似景象。只好作罢。乘着兴致，我又一个人一口气向上攀……哈哈，你猜我见到了什么？当我再上攀到15米左右的时候，只见山顶盘山公路竟然就在摩崖石刻“巫相岗”上首约20米处。我向 XaJy 和野兔喊道：笨呀，我们怎么刚才没有想到开小车上山顶后再往下寻找“巫相岗”呀！

XaJy 说：啊？！是呀，真是晕死了……

我沿着盘山公路又向南走了约20多米，极目俯视山下那西北方向，是小山村那一片古老而又崭新的土地——虽不见了那昔日巫咸、黄公望幽居过的峻秀山峦了，但如今，望虞河畔风景秀丽，今日之小山，也早已是：良田如刀切块，别墅是叠成行，一派盛世景象了。

巫咸这一代贤相，以及元代大画家黄公望等先贤们，他们为什么要选择虞山西麓最西峰山腰、山坡作为故后的葬身之所？我想：我今天已经找到了答案了。

天起云雾山起峰，下连四野上接空。

青山不乏名人迹，泉水静默写九重。

一曲七绝诗，重新在我心中咏出……“浦主任，下山了……”，是 XaJy 在大声呼喊着我。

我赶紧收回思绪，下了盘山公路，很快就追赶上了 XaJy 和野兔。

嘿嘿，这时的 XaJy，手中多了一根“拐杖”！到底是野兔，会怜香惜玉，是他从摄影包中取出山刀，帮 XaJy 砍了一竿树杈……

因为，下山的路或许更难行了！

2009 年 8 月

范氏祠堂与查氏节孝坊

一

大义有范氏祠和查氏节孝坊，是在20年前的一次与文友交谈中被问及的。我当时也不知范氏祠和查氏节孝坊的具体情况。只是曾听得一些老同志讲过：在三四十年代，有党的地下工作者曾借蜂蚁村陆房巷的一个祠堂作掩护，开展过秘密工作。

那次去寻访范氏祠和查氏节孝坊，大概是在2002年深秋的一个星期天。这天，我接到一个电话，是原常熟市档案局征集编研科科长、当时已调任大义镇镇长助理的钱建平先生打来的，他在电话中告诉我：有几位研究文史的朋友想到大义考察大义的白雀禅寺和范氏祠及查氏节孝坊，所以请我作一下“向导”。

上午九点多，钱建平带着沈秋农、曹家俊、吴正明等一行11人，来到我的办公室。不及寒暄，我随即坐上了他们开来的中巴车副驾驶位，当起了此行的“向导”。车首先向七华里外白雀禅寺而去。白雀禅寺，因为工作之需的原因，我已去过多次，自不多费事。故在这儿也不多叙。接下来，要去范氏祠和查氏节孝坊，还要行十四华里，可是我也忘了其具体方位，所以我只能带领这一行十多人，先到蜂蚁村村部再作道理。我们一行到蜂蚁村村部后，巧的是蜂蚁村村主任原是我的熟友。我就请他带我们去了范氏祠和查氏节孝坊所在。范氏祠和查氏节孝坊，竟然就近在蜂蚁村村部后不到一百米处。

范氏祠堂是一处三开间式清代建筑，内有二冲柱式花岗岩石牌坊一座，牌坊顶首悬置镌刻龙纹“圣旨”二字。下首匾额为“天恩旌节”四个阳刻楷体大字，匾额两端为龙纹图腾。匾额下首有：“皇清旌表已故儒童范显汉妻查氏节孝之坊”18个阳刻楷书铭文。两边有题字，但已模糊不清。再下首，是祥云图纹石刻底梁。祠堂将木梁嵌入石柱之顶，以牌坊冲天柱为中心并作为立柱，融为一体，保存较完整。应是常熟市境内唯一仅存的节孝坊。

沈秋农等几位研究文史的朋友考察后一致叹道：很珍贵呀，应当加以保护的。不知是何原因，此后几年中，范氏祠和查氏节孝坊的保护情况再无人过问。

2005年3月的一天，由于多年前，因范氏祠堂所有者——范氏的后裔，同本村一村民为其范氏祠堂所有权和使用权发生了严重争执，并且一直未得到解决，因而争吵至大义区有关领导办公室，引起大义区有关领导重视。该领导便找到我，遂托我咨询一下常熟市文化局，欲申请办理范氏祠和查氏节孝坊的文物保护事宜。

在常熟市文化局和虞山镇有关领导关心支持下，申请办理范氏祠和查氏节孝坊的文物保护之事，才得以逐步落实。我也多次陪同市文保办的专家，对范氏祠和查氏节孝坊经过反复多次的协调、勘察，丈量，拍照等工作，有关部门对此项工作开展了行文、申报、立项，实施等手续。终于，在2007年6月，范氏祠、查氏节孝坊正式被常熟市人民政府立为常熟市级文物保护单位。至此，我总算完成了一项“功德性”的事。

二

我个人对范氏祠和查氏节孝坊的探究，是在2002年4月《大义镇志出版》以前。

一是2001年底，当时的大义镇党委决定修编《大义镇志》，并且，我被邀列入组稿成员。由此《大义镇志》文化部份内容的编纂工作任务，便落在我的肩上。二是大义镇2003年3月又决定建立“大义文学馆”，大义镇党委又把建设大义文学馆的建馆重任交付于我。三是2009年大义区党工委决定重建“大义文学馆”，并且又让我担负整集馆建资料的任务。由此，范氏祠和查氏节孝坊这一历史文化遗址的来龙去脉，逐渐清晰地呈现在我眼前。

范氏祠位于常熟市虞山镇蜂蚁村龚巷组（北庄桥），始建于清代乾隆二十四年（1759年），距今有250年历史。是范氏族人所建。该祠为清式木质结构建筑。该建筑坐北朝南，硬山顶，三开间，总宽8.8米，高4.7米，进深5.2米。内架单间冲天式石坊一座。据范氏后裔81岁的范小福（是范显汉的第八代子孙）介绍：祠建成27年后，因乾隆帝旌表故儒士范希同室查氏，并在此建了节孝坊，故此祠在原址进行了翻修。翻修后的祠堂才与节孝坊融为一体。他还介绍，该祠是范氏族人为存放历代族中亡人的灵位所在之所。至1995年，才撤去了全部范氏历代亡人的灵位，改为村级商业下乡小商店用了。

范显汉妻查氏节孝坊，是后建于范氏祠堂内的一座单间冲天式石坊。建于清代乾隆五十二年（1787），距今有222年历史。是当时的江苏巡抚奇丰、布政使闵鹗元、学政沈憷、苏州知府胡世佺、常熟知县黄元燮等立。初建时为两柱式单间冲天式石牌坊，高 3.7 米，宽 3.9 米，牌坊顶首悬置镌刻龙纹“圣旨”二字。下首匾额为“天恩旌节”四个阳刻楷体大字，匾额两端为龙纹图腾。下坊额用髹漆木版，正中书“皇清旌表故儒士范希同室查氏节孝坊”16 字，在左右两侧曾书有建坊人题名（《常昭合志》载）。这是目前常熟境内发现的唯一一座保存得比较完整的节孝坊实物。（疑问是，原文：“皇清旌表故儒士范希同室查氏节孝坊”16 字，为何变成我们现在见到的：“皇清旌表已故儒童范显汉妻查氏节孝之坊”18 个了？这个谜找不到答案。）

据范氏后裔、村里年已 81 岁的范小福老人介绍，这座牌坊是为他的世祖范显汉之妻查氏而立的。据史料记载，清乾隆五十二年全国只表彰了两名“节妇”。而范显汉之妻查氏是其中一位。范小福老人还告诉我，查氏是当地查家桥人氏，是范显汉应娶之妻。可在未正式成婚时，范显汉已经亡故。由于当时是封建社会，查氏是抱着范显汉的牌位拜堂成亲的，此后没再嫁人。查氏嫁入范家后，持守妇道，孝敬长辈，尊爱族人，并领养了一个男童，立嗣到范显汉名下，把男童抚养成人，沿袭范氏香火、传宗接代。故清乾隆帝时，专门旌表为她敕建“贞节牌坊”一座。

据范小福向我介绍，算起来，他应是范显汉的第八代子孙，目前，在当地范显汉的后代中，他是最年长的一个。至解放初，范显汉的后代在当地已沿袭有七户人家。同族人今年 61 岁的范掌生说：“我们村这些范姓，都是北宋著名政治家、文学家范仲淹的后裔。”范掌生说的话是否属实，我想，此是需要另外探究的一个话题了……

2009 年 10 月

追寻着大痴遗踪远行

他已让我魂牵梦萦了15个年头。这个让我魂牵梦萦的人，从古老的年代走近我：邋遢痴形，却洒脱豪放，笑容可掬，忽又真实，忽是虚幻。虞山的峰，富春江的景，那一池赭色，由近而遥，平阔而尽显高远。湖桥的夜，在桥孔内波动，闪烁着月影，忽是缥渺，忽是清影……

一、心中的画像，行走着的大痴翁

在大痴先生已离开660多年的今天，我站立在虞山西麓、他的墓前，看那片密密的竹林和周围的冷泉、紫藤，还有这些苍翠的大片松林和赭石岩岗。所有这些，是一幅幅真实的“浅绛山水画”卷，它们犹如又在诉说着660多年前的情形和故事。每当此时，刻在心中那一张大痴翁的画像，总会似神仙般地复活。在我的眼前，逐渐地显现出他那立体的形象，他一生活动的轨迹，随着我的思绪，不断地在眼前延伸。

是的，15 个年头了。黄公望，我心中的大痴先生。为了你，我曾废寝忘食、魂牵梦萦。为了你，我曾许多时候觉得无助。为了你，我甚至常常感到忧伤。为了你，我几乎足不停歇、笔不轻搁。没有人知道我为了什么，甚至有时候，连我自己也说不清为了什么。我明白有许多人不断在背后议论我，甚至说我：也是痴人。不过，我依旧是我，即使有时候，也会忘了自己是谁。但是，那时候我晓得，我不能长期伴坐在大痴翁的墓旁自言自语。我必须要走出这片墓地，携着虞山的绿茶，带上大痴翁钟爱的赭石——这些凝聚了虞山 660 多年精灵的神品，伴我去远行，去寻觅，去寻找大痴翁当初所经的山水，所居的隐地，要开始这可能碰壁、也可能没有收获的探索与寻觅。

远古的虞山、尚湖，还有千顷洞庭、富春山水，或是远及千里之外的圣井山脉、飞云江流。好像，正呼唤着我：快来开始你与大痴先生同踪的旅行吧。那一刻，我的行囊已收拾停当。追寻着大痴先生的遗踪离开虞山，开始了寻觅远古山水间的远行，猛然抬头，看见一行白鹭在天空引领。

二、虞山尽入画，山水览胜情不歇

灵秀的虞山，水柔的尚湖，滋养了大痴先生洒脱一生的情怀。“众人皆黠我独痴，头蓬面皱丝鬓垂。勇投南山刺白额，饥缘东岭采青芝。仲雍山址归休日，尚余平生五彩笔。画山画水画楼台，万态春云研砌出。只今年已八十余，无复再投先范书。留得读书眼如月，万古青光满太虚。”再读郑元佑这曲古诗，大痴先生的形象，会从诗中走出。让我体会着，黄公望当年生活的状况（黄公望在常熟所居处是虞山小山南麓，俗称“南山”，山有一洞穴，俗称“老虎洞”。仲雍山，即常熟的虞山。笔者注）。

郑元佑又称遂昌先生，是元代名士，为浙江丽水遂昌人。他生于 1292 年，是元至正五年（1345）进士，又是元代江浙儒学提举，儒学大家（教师），他还是一个书法家。郑元佑从浙江丽水移居吴中（长州）近 40 年，常常往来于吴中和常熟、吴江、昆山之间。郑元佑虽然比黄公望小 23 岁，却是黄公望的感情至深的好友。他常常出现在黄公望小山仙居中，二人间的望年之情，可谓深厚。黄公望与郑元佑曾经常一起吟诗，多次结伴出游。在郑元佑的《侨吴集》卷三《黄公望山水》中，他这样写道："姬虞山，黄大痴，鹑衣垢面白发垂。愤投南山或鼓祖，扬勇饥驱东阁，肯为儿女资。不惮北游行万里，归来画山复画水……"从郑元佑的这些文字中，我体会了黄公望对江南山水的深深眷恋。

黄公望一生钟情于江南的山山水水，马不停蹄。虞山，是生养他的家乡，这里有他创作浅绛山水画的赭石，更有其创作山水画不涸的灵感源泉。松江，有他魂牵梦萦陆姓祖上的居地，更有他莫逆之交的精神好友。苏州、昆山、太仓、松陵、无锡、宜兴、吴兴等地，有他与一帮意气相投、忘年之交终日雅聚豪饮、作画游乐的场所。因此在虞山、云间（松江）、娄东（太仓）、玉山（昆山）、吴中（苏州）、松陵（吴江）、太湖（无锡）、江阴、荆溪（宜兴）等常熟周边地区的山水之间，几乎布满了他云游的足迹。他的《虞山览胜图》《虞峰晚秋图》《天池石壁图》《溪山雨意图》《洞庭奇峰图》等许多描绘虞山、苏州、吴江、太湖等地山水风光景色的作品，无一不凝聚了他对家乡山水的深爱。

许多次攀上虞山之巅，我努力去体验大痴先生当年的心情，爬上藏书乡那天池山、峻峭的莲花峰，去寻找天池石壁的遗韵，站在惠山顶凝望太湖水，大痴先生的铁笛之声仿佛又从广阔的湖面，随风进入耳廓。如此我数拾次不辞路途的遥远，追寻着大痴先生当年的踪影……曾让大痴先生在"蓬头瘦形"之态下画出"万态春云"

的山水美景，也如此让我魂牵梦系。

三、梦萦富春江，步涉桐庐又富阳

“水送山迎入富春，一川如画晚晴新。云低远树帆来重，潮落寒沙鸟下频。未必柳间无谢客，也有花里有秦人。严光万古清风在，不敢停桡去问津。” 11 年前的一个春月，我心念着唐代诗人吴融的这曲《富春》诗，一个人向富春山水进发。从那天开始，十余年来至今，来来往往于虞山尚湖与富春山水之间，大约有十余次了。漫不经心之间，探索着大痴翁那曾留在富春山水间的记痕，漫无目的地寻找着大痴先生那既无绪，又凌乱的足迹。

农历 2004 年冬月的一天，第一次把我的足印，留在富春江边的山水间。如今忆来，桐庐富春江的模样，在心里仍然清晰，依许感觉得，严子陵的钓鱼台、外婆桥，都不如这青青的富春山、滔滔的富春水，那样对我有深情：“天目溪漂流，富春山色近。岳麓龙吟，深壑清泉游鱼灵。驾楫行、外婆桥，岸边霞客笑迎，吴语盈盈亲。聚樵家闲情，柔媚渔歌新。富春江，半山亭，瀑布轻。十里勇攀曲径，罗衫作围裙。小舟峡中拨萍，钓鱼台边留影，石台满目箐。忽闻艄公唤，飞身木舲亭。”（2004 年 12 月 2 日作于桐庐富春江边）

此后十余年来，怀着对黄公望的敬仰和探索之心，一次又一次地攀鹳山，登春江第一楼，寻富春桃源湾，览东波遗梦，行走在富春江边古驿道上。一趟又一趟，观察春江花月之夜的渔火，听闻富春江夜色中的涛声。许多次不惜让那些讨厌的毛毛虫，刺咬我的脖颈、手臂。去庙山坞，探庙山坞翠竹林。在好客的山居人家，品尝诱人的农家酒菜。登木舟，去绿叶般的新沙岛，享听那富春江滩上垂钓人的笑语声。

一幅《富春山水图》，一个家乡的故人，成了我不断出行于这片山水之间的精神支撑和动力。就此便有了许多富阳朋友。朋友们曾热情介绍或亲自引领我，去郁达夫故居走走，到龙门古镇看山间飞瀑。可所有这些，却不能冲淡我行走中寻找大痴道人足迹的情怀。特别钟情，在富春江边的那些夜色中，与富阳的朋友一起闻歌品茶，一起议论黄公望，谈《富春山水图》，一起聆听那富春江的涛声。

十余年来，一次又一次，一趟又一趟，就是乐此不疲……

四、数临西湖畔，寻寻觅觅筲箕泉

“水仙祠前湖水深，岳王坟上有猿吟。湖船女子唱歌去，月落沧波无处寻。”这是黄公望生前写的一曲《竹枝词·西湖》。词中形象地描绘了当时西湖的环境和景色。

虞山下也有西湖（又称：尚湖），是黄公望家乡所在地。这里风景秀丽，山水养人，曾让黄公望一生如痴似醉、作画无数，欲罢不能。

杭州西湖，是黄公望长期隐居过的地方。西湖之南，赤山之北（玉岑山西北），兔儿岭下的筲箕湾，有筲箕泉，黄公望曾在这里隐居生活。西湖边筲箕泉大痴庵，让黄公望欲离还归，如痴似醉，也是欲罢不能。他在这筲箕泉“大痴庵”中作画无数，会友无数，留下许多传世名画。“茂林石磴小亭边，遥望云山隔澹烟。却忆旧游何处似，翠蛟亭下看流泉。”这便是黄公望当年心情的写照。

黄公望一生不断奔波，来往于虞山尚湖与杭州西湖之间。从 23 岁左右时第一次到杭州到西湖时，他年轻的心，就深深地爱上了西湖的山山水水。在他一生中，前后大约有 14 年的光阴，在杭州西湖和富春江边悄然度过。去见证大痴先生留在杭州西湖边筲箕泉的历史记痕，成为我心中的夙愿。

一次又一次，追循着大痴先生当年的行踪，龙井山、岳王坟，断桥边、白堤上，浴鹄湾、筲箕泉。我的足印，几乎布满了杭州西湖周围的山水间。无数次的出行，无数次的探寻，已感动了黄公望先生的英灵。杭州西湖边的朋友正文先生，是这里的行家朋友。这位学者热情和好客，博学和真挚，终于让我在兔儿岭下，目睹了依然潺潺流动、清澈照人的千载名泉。

“子久草堂”，面湖而矗。这里虽然可能早已不是当年“大痴庵”的位置和模样，可大痴的形象，却好似闪动在眼前明镜似的水面上。你看那大痴翁，头戴斗笠，肩挎皮囊，手执拂尘，正风尘仆仆、红光满面地向我走来。忽闻正文先生的喊声，把我从臆念中唤回，让我迷失的神情，匆匆告别了这暂时的迷失。

五、三吴觅谜踪，勇闯平阳走浙南

黄公望自幼随养父居虞山小山。其养父黄乐公，本是温州平阳籍人，早在领养黄公望前已移居虞山小山多年。由于这个原因，又常常听闻有人说“大痴道人是平阳人”。对于我来说，这又是一个诱人的谜团。

去平阳的路，太遥远。要穿行数拾个涵洞和隧道，巅簸一车，风尘一路，征服1500多里的山水。辗转绕远，行走在飞云江畔，访下固桥黄氏宗族人，研读黄氏宗谱，攀登上圣井山峰。幸有热情的平阳、瑞安朋友一路导行、一路相伴。那白龙腾云般清澈的飞云江，伏歇在我的眼前、脚下。巍巍的圣井山、龙虎山，石观庵、天瑞庵，清清的净水湾，还有大痴道人隐居修道的庵洞，静静地迎接着，我们这几位外来之客。

平阳的友人，心里怀着一个情结，坚持说“这里就是平阳大痴道人黄公望的瑞安山居图创作实景地”。我是他的客人，知道不宜与他争与论。心中始终牢记一句古训：“雅客随主便”，那时刻，心中有一丝忧郁，我闪动在眉间。不过，还是要佩服平阳、瑞安的朋友们那执着的精神，尽管他们或可能迷失了方向。岂不知《富春山居图》，始终是无法改变她已有的名称。

平阳黄氏，可真是一个大姓氏，遍及了瑞安、苍南，甚至延达福建境内。顺便的苍南之行，会一下苍南的朋友，本是预约也是必须。就此，一个聚常熟、平阳、瑞安、苍南四地，这些热衷于大痴道人之谜的小型“研讨交流会”，在苍南应然举行。还是那句话，“雅客随主便”。扯扯各自的体会，也是必须。苍南朋友与瑞安的朋友一样热情好客，设在国际大酒店的宴席，特别丰盛。

我知道，“黄公望是全中国的黄公望，《富春山居图》是黄公望心中的《山居图》，它是全中国的文化瑰宝，甚至是全世界的文化瑰宝”。无论是在苍南国际大酒店的宴席上，还是在虞山的研讨交流会上，我的这句话，尽管有些“和稀泥”的味道，但却不会引起当场的争论，更不会招来当场的责难。没办法，所谓“到啥山，砍啥柴”，就是这个意思。

不过，我这句有“和稀泥”之嫌的话，却在两年后，被南京某大学一位教授朋友所知道，他调侃说：“浦仲诚‘和稀泥’，却很可爱，你是虞山脚下又一痴”。

六、大江曲径崎，山色江影烟云驻

黄公望一生的行踪，遍及三吴。他又常常来往于江淮间。常州、扬州、镇江、南京等地的山山水水，成了我寻访大痴道人遗踪的追求。

“余平生嗜懒成痴，寄兴于山水，然得画家三昧，为游戏而已。今为好事者征画甚拔迫，此债偿之不胜为累也。余友云林亦能绘事，伸此纸索画，久滞箧中。余每遇间窗，兴至辄为点染，迄今十有余年，以成长卷为江山胜览，颇有佳趣。惟云林能赏其处为知己……"

这一段 110 多个文字，既是大痴道人黄公望在《江山胜览图》的题跋，又是黄公望当时（80 岁）的心情写照。这段文字，概要记录了《江山胜览图》的创作过程。

大江，是长江之称，而这"江山"，乃是何处之江山呢。黄公望在 78 岁那年，曾有"拟写往涉大江抵武昌时印胸中之大江胜概，但屡欲形之于笔，皆为尘务间阻"的感叹。80 岁才终于完成这一愿望。这一幅《江山胜览图》，竟然凝聚了黄公望无数次的感叹，还有他那十年的牵挂和心血。

黄公望为了看大江，画大江，在他 70 多岁高龄时，依然跋山涉水，马不停蹄，或步行，或坐小楫，乘水向北，去毗陵（常州），往丹阳，赴京口（镇江），下扬州，到秦淮（南京），奔武昌。甚至近十年之中数次携友来往于毗陵（常州）、丹阳、扬州、秦淮（南京）、京口（镇江）之间，寻找"写胸中之大江胜概"的灵感。镇江的北固山，曾是最让大痴翁抒情写画的地方。

沿着大痴翁当年的行迹，我数度奔往于常州、扬州、南京、镇江等地，希望能寻觅到大痴翁当年的遗踪。但是，沧海桑田，因为历史的变迁，一次一次的奔波，只是许多次重复的旅行。如今，我站在北固山的顶峰，遥望着早已改道而流的大江，心中感叹着：这北固山，依然巍然矗立。这东吴古道，旧迹尚在。这"江天一览碑"，斑驳依然。这"天下江山第一楼"，还耸立江边。这千里江山，依旧峻秀，这大江之水，仍然生色。这北固楼、甘露寺，它们依然会记得你大痴翁，当年曾在这里挥毫泼墨，抒胸中之大江胜概吗？

"宜雨宜晴山光水色何多情，如诗如画儿女英雄共此楼。"书法家言恭达先生，留在"天下江山第一楼"上的这副对联，给了我许多安慰。黄公望，大痴先生，有你这份传承至今的文化遗产，是当世之大幸。有你"淡泊名利、四海为家、钻研艺术、不倦不休"的精神遗产，已足够给予我力量，让我追寻着你的行迹，继续前行。

七、鄂中驰四方，险探新洲访黄州

元四家之首黄公望，只有一个。可是如今许多地方，都热情地要将大痴先生揽为自乡人、认为祖宗。比如上海的松江，浙江的富阳，浙江的瑞安、平阳，湖北的新洲、黄州等地，如此乱象。让一种疑虑，一种担忧，一份责任感长期纷扰在我的心头。

元代诗人吴仲圭，当年曾在黄公望为友徐元度作图卷上，题诗道："木落空山秋气高，一声疏磬出林皋。归帆点点知何处，满目苍烟尚未消。"如今我再读，不免浮想联翩。"归帆点点知何处，满目苍烟尚未消。"是啊，即使科学再怎么发达，当代人是仍不可能把一个大痴先生，分成几十个，去均布于各地的。湖北新洲、黄州的黄氏后人，称定大痴先生就是他们新洲、黄州人。因他们的这个说词，搏得许多质疑。去探找新洲、黄州黄氏的脉源，成了我追寻黄公望扑朔迷离的家世，追寻大痴先生遗韵的理由。

坐动车，乘小车。奔汉口，赴武昌。访新洲，赶汪集。下红安，闯黄州，如此早起出、摸黑归，从东到西，从北至南。跋山涉水来往数天，这几千公里的鄂中大地之行，访绿湾村探张李家林黄氏墓园。如此数日，奔波拜访会见了近百名黄氏后裔，研读到与黄公望相关世族的黄氏宗谱达八种版本。所有这些，让我的湖北之行全部日程，充满惊险，充满疲惫，充满兴奋，一种收获感，顿时跃然于心间。

常熟的学者吴正明先生，曾在黄公望逝世630周年纪念活动中，题写过这样一首诗："湖桥西畔棹曾停，落落乾坤一草亭。万古名齐清閟阁，全真诀在玉函经。焚馀画卷同焦尾，想象高风到酒瓶。今日虞乡开盛会，沧江虹月结扬舲。"是啊，一个黄公望，牵动万人心。

如今又 31 年过去了。这 660 多年哪，是多么漫长的岁月。作为文化学者，不能一味去追逐那些如“浮光烟云”般的名和利。“而今迈步从头越”，学习大痴先生“淡泊名利、四海为家、钻研艺术、不倦不休”的文化精神，继续去追寻大痴先生的遗踪，远行。

2015 年 9 月 2 日于隐梅斋

第四章

悟人悟事言万物，声色锁书房

闲说酒茶文化

说酒、茶文化，我觉得顺便先要“强调”一下什么叫文化。

我认为，“文化”二字，是一个非常广义的概念，决不能用知识、学历等等词，来替代或比喻“文化”二字。

我理解的“文化”二字：它包含着无可比拟的、博大的、幽远的历史和深厚内涵。总之，文化是一种由人类在经过非常漫长的进化、生产、生活、创造过程中所形成的有形财富和无形（精神）财富的积累以及所产生的物质的展示和意识形态的表现。“文化”用一句概括性的话来讲：“是人类，在非常漫长的进化和发展过程中所创造的一切物质财富和精神财富的结晶（或者叫：总和）”。它是包含、总结了人类的行为、语言、思维（思想）和物质创造行为及其成就等一系列的综合成果的意识性体现。

在当下社会上、人们的生活中，一切冠上文化帽子的事物实在太多，例如酒文化、茶文化、饮食文化、生育文化、建筑文化、性文化等等，甚至据说小偷的偷盗行径（偷盗经验），在小偷的圈子内也有“偷盗文化”之说了。好像不管是什么事物，只要冠上“文化”

的帽子，便是高雅和堂而皇之了、便是可登得大雅之堂了。（怪不得呢，现在的盗贼偷东西是那么堂而皇之了，原来是受了“偷盗文化”的熏陶了，当然这是说笑。）岂不知其“文化”二字的高雅纯洁，是不能任何事物都能随便冠予的！

不过，酒无疑是很有文化性的。酒文化无疑是中华民族的古老传统文化的重要组成部分。我虽会饮酒、能饮点酒，却一直很少饮酒。即使饮酒，我更偏爱于三五朋友不拘形式的小叙小酌而已。虽然有李白斗酒诗百篇的美丽传说，但我还是怕酒。为什么？因为酒能迷心乱性，多饮酒会伤身，酒过量会坏事，一旦如此，随之就失去了酒其本身“文化性”了。

以前，曾担任过企业的厂长、老总，那时的那种饮酒，常成为我的一种负担。为了一笔生意、为一笔款项，“豁出去了”好多回，真所谓是“死里逃生”呢。这情景，哪里还有文化的味道呀。所以，从此我饮酒，从来不善与人斗酒，在社交场合，也是“宁伤感情不伤身体”的。为此，也曾得罪过好几位领导好几位朋友的。用他们批评我的话来讲：是“不近人情”的人。没办法呢，让他们批评去吧。谁让我是一个“文化人”呢，我总不能让“酒”把自己自身的那一点点“文化素养”冲刷掉吧，变成一个酒鬼，在酒店那儿招摇、在酒桌呐喊哪。所以，我即使饮酒时，大多是从兴而始、适可而止。

比起遇“酒文化”，我倒是更喜欢“茶文化”。我国是茶文化大国，饮茶历史是起源于上古时期，袭沿至今，形成了我国独特的茶文化，称颂于世。

我喜欢茶，是远远胜过酒的。当我空闲下来或静下来的时候，常常将一小撮碧螺轻轻地放入杯底，冲泡成一杯柔碧色的清茶，然后，坐在窗前，或翻阅着书本，或静静地注望着窗外那一派艳阳或一片绿荫，那时的思绪，也会如杯底碧绿的茶叶那么清晰。

茶和我对书的钟情、对书的珍爱紧密地拴在一起了。一旦出门，或出差或旅游，我重点买两样东西，那便是茶叶和书。所以，我的书斋中的宝贝，除了书以外，再就是茶叶了。我所品茶叶，除本邑著名的虞山绿茶外，还常珍藏有好几种名茶，比如：绿茶有虞山碧螺春、宜兴碧螺春、崂山石竹、崂山白、云南雪、云南香等，花草茶有杭州白菊、云南玫瑰、云南三七等。所以，在我的亲朋好友和单位同事中，知我对茶的珍爱是和对书的钟情一样，是出了名的。

多少年来，是茶，这一大自然的精灵陶冶了我。由于我对酒的怕，让我得罪了好几个朋友，可我并不后悔。由于对茶的喜好，使我交识了更多的朋友、文友，也让我更多的享受了饮茶的乐趣和生活的无限美好。

这不，朋友又来电话了：明天上午 8 点 30 分，品茗“曾赵园”……

2009 年 8 月

将烟困柳四月天

4月，是江南真正意义上的春天！

爱春天，亦爱4月。是基于对春天这百草回芽、百花竞艳、百树齐苏、百鸟争鸣之景象的爱。也正是4月，这真正意义上的春天，让我的笔下，如源源的春流之水，流淌我心头的诗、胸中的文。

“春月春风有时好，春日春雨有时恶。不得春风花不开，花开又被风吹落，每日春风醉梦中，不知城外春又浓。”古时一曲歌谣，道出人们对春的爱怨和丝丝情怀。

常熟4月的虞山，“桃花初落疏疏雨，杨柳轻飘淡淡风”。

常熟4月的乡村，“黄绿相映间，彼岸柳絮飞”。

年轻人的情愫，会在虞山春的美景中泛生出“乳燕逐高低，路人牵情丝”的感叹来。

农家人的情怀，会在村头田间满目菜花香的“不是黄华，胜似黄华，遍野金色烁光华”的企盼里，想着好年成。

今天，又是4月了。人们仍会有一种深深的思念、缕缕的情愫，珍藏在心头，萦绕在柳枝。是在怀念着故人？思念着亲人？还是恋念着爱人?

当然，以我现在的年纪，在4月这个多情的季节，不会再有其恋念着爱人的体验。但是，追思着亲人和怀念着故人的情愫，却会在心头长久地缭绕，也更会让我添生出许多感怀来。

多年来，每当4月之初，清明时节，总会约上弟妹，搀扶着老母，去兴福寺后山上，祭拜溶于青山中的敬爱的父亲。每当此刻，对父亲一种深深的追思，会让我深沉如海。每当清明，想起20岁那年那场与恋人的生离死别，心头隐隐的痛，会长久不能退去。此时的心情会十分伤心悲哀。如遇上春雨绵绵不绝，情绪会莫名的增添烦乱和惆怅。

唐代诗人杜牧，一曲《清明》七绝诗“清明时节雨纷纷，路上行人欲断魂。借问酒家何处有?牧童遥指杏花村”，脍炙人口，是4月清明景象生动的写照。

清明时节也大多是细雨纷纷的时候。在这样的天气下，在虞山，那山路上，去祭奠故人的人，络绎不绝依然如织。清明节前后，山南到山北，到处都是忙于上坟祭扫的人群。焚烧的纸灰像白色的蝴蝶到处飞舞，凄惨地哭泣，如同杜鹃鸟的哀啼一般。只有到黄昏时，静寂的山坟场又才恢复一片凄凉。

4月，又是春游的大好时光。春游，又叫踏青。古时候叫作探春或寻春。4月清明，春回大地，自然界到处呈现一派生机勃勃的景象。如果逢上阳光明媚的日子，正是郊游的大好时光。每当这样的好天气，我同弟妹们陪老母祭奠完父亲，从山上下来往兴福茶园的“望岳楼”素菜馆去用素斋，见园内馆外，桃柳树下，满目的出门郊游踏青的红女绿男，沉浸于成双成对、或合家相聚的欢声笑语中，真正体现了这虞山多情4月的万钟风情。一种太平盛世的幸福，在这里得到淋漓的诠释!

常熟4月的“雨纷纷”，有时是“疾风甚雨”，有时是“和风细雨”的。但是，这样的细雨纷纷，只是那种“天街小雨润如酥”样的雨，也正是这春雨的特色，传达了那种“做冷欺花，将烟困柳”的凄迷而又美丽的境界。

这“雨纷纷”，虽然是影响着游人的游兴意境的，可它还有一层特殊的作用，那就是，还能丰富着那些雨中游人永久记忆。

“雨纷纷”的4月，让我喜欢让我忧。“做冷欺花，将烟困柳”的凄迷和诱惑，萦绕在心头。也让山间和乡间路上踏青的人，跌入一种欲怨又喜、欲归还留的矛盾而美丽的境界。

2010年4月1日

洪钟千载撼江南

说江南、忆江南，江南的美，无论是用什么样美丽的语言和色彩去形容、去描绘，都是无法把她表达尽善的。

“江南好，风景旧曾谙。日出江花红胜火，春来江水绿如蓝，能不忆江南。”

唐代大诗人白居易的一曲千古绝唱“忆江南”词，首句以的一个顺圆、柔软的“好”字，道尽了江南景色的绝妙境界。诗人词之尾，用“能不忆江南”收句，对江南美景吟出了无限的赞叹和怀念，以一种悠远而又深长的韵味，把人们带入余情摇漾的境界中。可谓，千古绝唱，余韵馨极啊。

近日喜闻，常熟市有关部门，以常熟是江南腹地、又是一座具有典型江南水乡特色、富于江南地域风情、蕴含江南文化精髓的国家历史文化名城，并且，又是孔子唯一江南弟子，晚年归里兴学，道启东南，文开吴会，吴文化先贤之一，被后世尊称为“言子”的故里为理由，并以“能不忆江南”为题，举办“言子文学奖”。

说江南、谈言子、讲文学，是一件多么有意义的事呢。我曾想过，以往的几十年，作为历史文化名城的常熟，或许对言子、对黄公望等先贤先哲的事迹，宣传仍少了些，在传承这些优秀历史文化方面的工作，力度欠缺了些。还有，我辈作为常熟的文化人，或许对本地域的优秀文化历史人物的学习和了解，仅浮于浅表啊。

1993 年 7 月的一天，原常熟地方志办公室的杨载江先生，以数年的心血，完成了研究常熟历史文化的巨著《言子春秋》，该书撰写和出版后，载江先生以挚友之情，冒着酷暑，骑着自行车，专程来我寒舍书斋，送上此书，并亲笔签上：浦仲诚先生存正，杨载江赠，癸酉夏，於常熟。(《常熟文艺》报曾载本人 2001 年 11 月撰写的《怀念载江先生》一文)

杨载江先生以数年的心血，为研究和探索常熟的优秀历史文化，所作出的重大贡献，是让人永难忘怀的。江南脉脉春色，触情思故重读，让我感叹万千。

常熟，地处长江三角洲，亦为江南著称。据史料载，言子，名偃，字子游。是常熟人。言子出生于公元前 506 年，殁于公元前 443 年。曾居常熟城内东言子巷。

言子生活的时代，正值春秋、战国交替时代。更是历史社会的多种矛盾交织激烈的时期。言子生长在这样一个时代，以他对当时社会独特的见地，走出了一条独特的人生之路。

青年言偃，年仅 22 岁时，就怀着拯救苍生的宏伟志愿，远离故乡，赴鲁求学，把孔子伟大的国家礼治思想——“小康之治”的社会理想，作为付之努力和实践的方向和行动。言偃力倡教人重教本，育人先育幼人，他主张要注重教育好学生，让孩子从小培养起良好学养的根底，让孩子从小奠定好做人的根本。他以“文养礼治”吸聚起求学之群，他牢记老师孔子“吾道其南”的诲训，以文学之风润泽江南、哺输吴中。他以不畏权势、不惧强暴、不贪非义的作风，为民众持礼，为苍生守义。他被孔子赞赏为“习于文学”，被友人推崇为“名习礼者”，被后世誉为国家礼仪“三代典章”的传人。同时还被后世誉为孔子弟子中“十哲子”之一，并有“南方夫子”的美誉。

言子的历史地位和文化成就，凭我，当然是不可能评说到位的，我借用杨载江先生的一句话：“乡贤言子，世人敬仰！言子一生跨越了春秋、战国风起云涌的动荡大时代，是一位才巨志大的儒学传道者，是我国封建社会弦歌之政的创始者，是长江三角洲影响宏远的人文拓荒者，更是塑造学道爱人心灵的伟大教育家。”

言子在江南、在常熟的文化历史地位和影响，让我们有许多许多的学习和思考，言子的精神和他对江南、对常熟文化所带来的影响，就如震撼江南、震撼常熟、震撼和引领我们文化灵魂的一尊千年洪钟。

我想，“能不忆江南！”这样一个轻轻呼唤的本意，应该是要我们永远传承常熟灿烂的历史文化！“能不忆江南！”这样一个意境，是要我们去为常熟灿烂的历史文化，增添现代的靓丽之彩。“能不忆江南！”这样一种追求，还更应该是为发展常熟地方文化、文学、培养常熟地方文化、文学精英后人，所发出的呼喊！

这样一声呼喊，也是我们常熟这一辈文化人，以及下一辈文化人，乃至后代、再后代文化人为之努力和追求的动力。

2010年5月11日

圣诞节，不是我的节

有一种花，不是平时常见的花，江南地区现在很少见开，特别是现在气候变暖了，故而开得更少了，一旦她盛开的时候，已是在新年或是新年将近了。有人智慧，反应快，说：这是指雪花。我说，对，就是雪花！你瞧，前几天傍晚突下的那场大雪，雪花大如鹅毛，昭示着新年即将到来。当然，我这里所说的新年，仅指以阳历季的新年。

可是，在我从幼至今几十年岁月的记忆中，每年农历正月初一，才是中华民族、汉文化意义上真正的新年。农历大年三十辞旧迎新，也是百姓们辛勤劳作一年后，对新年最安逸的奢想和向往。但是，随时代的变迁，如今有许多洋文化、洋节日也随之侵入我们的思维和生活。以往视为节日之最的农历新年，似乎已变成乏味无趣，而好多洋节日，如什么“万圣节”“圣诞节”等，更是让大多数年轻人狂喜和追捧。许多年轻人对西方“圣诞节”的向往和期盼，似乎到了狂热的地步。

再过 20 天，圣诞节就要到了。可圣诞节不是我的节，我不喜欢这个洋节日。对其他洋节日也一样不喜欢。可是说来也巧，我的孙女出生那天，是12年前的农历十一月二十二日清晨，这天竟然就是圣诞节！为了容易记住，女儿居然不记牢孙女的农历生日，却把"圣诞节"这天，作为孙女今后的生日纪念日。这下，把我这个不喜欢圣诞节的外公逼上了"绝路"——因为爱小孙女，我从此不得不记住"圣诞节"了。不过，我记住"圣诞节"仅为了孙女生日，对"圣诞节"本身，仍然没因此而动情。

有人说我思想僵化、冥顽不灵。对此，我倒是承认的。因为我始终认为，数千年来，中华民族许多优秀的传统文化，始终是通过节日来发挥着团结民族力量、凝聚民族精神、传承民族文化、教化民众智慧功能的。因此，传统节日会让我这个自认为的"文化人"深爱而不弃。但是，虽中华文化博大精深、传承数千年而不衰，为什么到了如今现代文明社会，我们的下一代竟会崇拜起西方文化、西方洋节日来了呢？而对自家老祖先几千年流传下来的文化经典、文化精要、文化结晶、文化节日反而不传承、不知道或者不喜欢了呢，这让我产生了长久的忧虑、困惑和思考。当然，我的这种忧虑、困惑和思考或许是多余的。

商家为生意促销而推崇洋节日无可厚非，年轻人为求时髦追风而热衷洋节日也无可厚非。但是，什么样的民族，必然产生什么样的民族文化。什么样的民族，应该传承什么样的民族文化和节日，并不是小事情。

传统的民族文化节日，是我们民族精神闪烁的亮点。无论是谁，你可以选择你自己心灵认为的故乡，但却永远不可以选择你祖先的故乡，除非你忘祖弃宗。德国著名哲学家尼采说过：拥有故乡者才拥有幸福。

因此，我对故乡、对中华民族文化的爱恋，将至死不渝。

2014年12月6日

年龄只是光阴的准绳

“年龄，只是人类自定的光阴的准绳……”这句话是著名哲学家培根的名言，意味着年龄的大小，并不真正代表人生命之长短和其内涵。有的人活着形同行尸走肉，有的人虽已逝去，却似永生，这便是人生价值之差异。

人生刚步近三十而立的时候，“年龄，只是人类自定的光阴的准绳”，这句名言，便已牢牢地印刻在我的心中、记在我的日记中，并写进了我的文学作品中。数十年来，我一直用这句话，鼓舞着自己在所从事的事业、所经历的磨难、所面对的生活中潇洒地走到今天，并继续走向明天、后天，直至逝去。

人们常说，人生不易。是的，人生在世，要经受许多挑战、许多困难、许多坎坷、许多风风雨雨，人的一生的确是不易。但是，人，为什么会有这样一种感受？会有这样一种感叹？那是因为，人总会被一种追求鼓动着前行。能被人追求的东西，往往是美好的、但往往又是不易得到的，甚至有时是难于得到的。但是，为了一份追求，人往往会为之而失去许多人生美好的时光、丢失健康、丢失青春或者甚至会为之丢失生命。

培根的话，让我比较早地明白了生命的真谛，学会适时放弃一些奢侈的、很难企及的追求，让自己活得轻松些。因此数十年来，我以一个“真”字，待人待已待事业；以一个“宽”字，待已待人待亲友；以一个“善”字，待上待下待四方。长此以往，竟“习惯成性”，性平气和，自身亦形成了一种养生保颜之妙的“副产品”，陌生人以为我年龄才过不惑，竟不信我将步入花甲之年了。每当闻之，心中不禁为之窃喜。许多朋友常会问及我显年轻的“秘诀”是什么？其实以往在我心中也无什么套路。上述“真”“宽”“善”三字，也仅是在撰写此文时，才从心中归纳而成的。既“归纳”了，就随之胡扯一翻想也无妨。

父母生养我到这天地间时，我乃赤条条而至。将来归去，我能携走什么？又该为这个世界留下些什么？有生至今，已 60 个年头。人之一生，为父母脸面而言、为自己生计而思、为子女前途而虑，当然不能没有追求！又为生活为幸福而言、为工作为事业而思、为社会为国家而虑，更不能不去为之奋斗。但是，只要在我一生中，我曾为上述一切而真正努力过了，奋斗过了，拼搏过了，我的心应当是踏实的了。自我从踏上社会工作，不断自学，不断进步，虽然奋斗了已近有 40 多个年头，家中却仅有那二套没有房产证的商品房和一辆低档的小车，但我的生活，不贫困、不奢侈极平凡，餐有肉、闲有读，依然觉得很幸福。

“年龄，只是人类自定的光阴的准绳”这一句话，数十年来始终如一地鼓舞着我去过好每一天，做好着每一件事。凭以我心中的“真”，以真心去对待自己的言行，以真爱去对待着父母长辈、子女、亲友，以真情去对待着自己的工作和事业。以我心中的“宽”，让自己的心灵得以放松和不断地积力，去争取逾越高峰、创造惊奇。以宽广的胸怀，对待我的家人和亲友，和睦相守、相存、相处。以我心中的“善”，严以律己、要求自己不断善于学习善于进取善于进步，做人到老学习到老；以我心中的“善”，孝待父母长辈，善对家庭善教儿女；凭以我心中的“善”，善帮朋友善助孤困。概括为一句话，“以诚处世，以诚做人”，让青春的容颜在我身上逗留得更加长久，让我的人生发挥更大能量和价值。

此刻，想起那句“人古有一死，或重于泰山，或轻于鸿毛……”名言。

数十年来的风雨，数十年来的坚持，以有节奏、有规律的生活习惯及以良好的心态，坚持和伴随了40多年的读书和写作之业余爱好走到如今。是的，“人古有一死。”不过，我现在还活着。人活着还可以干许多事，读许多书，写好多文章。虽然不大可能再会轰轰烈烈，但却可以平平淡淡、平平凡凡做许多令自己、令家人、令朋友开心的事。俗话说，心悦万病无。那么，让我在有生之年，多做一些令自己、令家人、令朋友开心的事吧。

比如，写好这篇文章，便是一件令自己，令朋友开心的事！

2011年5月18日

人生何处不闪光

端午节前几日，我的同事小曹突然在楼下喊我，说是小高托她带给我一只杀好了的鸭子。我纳闷：小高，谁呢？无亲无故怎么在端午节想到给我送“鸭子”来呢？小曹笑着告诉我：你怎么忘了，去年，你为女大学生老板小高构思设计的“天肴”牌商标，已经注册成功了，人家可没忘了你呀！哦。小曹的提醒，才让我想起去年那件事。

年已 33 岁的高玉萍，1999 年 6 月毕业于山东潍坊医学院，毕业后，在她多次择业受挫的情况下，精神没有萎靡，而是毅然放弃了所学的临床医学专业，回乡创办了“聚丰种养殖基地”，走上了特种养殖这条充满艰辛和希望的创业之路。

聚丰种养殖场，位于某村原废弃窑厂址，占地近百亩。高玉萍大学毕业后，在父母帮助下，对窑厂荒土地进行了复耕，开始种植了 30 亩水稻，并且将窑厂危房改造成肉鸭养殖场。1999 年底，她开始养殖第一批肉鸭 600 只，从事经营毛鸭生意。初次创业，经市场调研，感觉这项目前途应该不错，经一年经营获得了成功。2000 年，高玉萍又投资十万多元，改造修建窑棚的下层，以扩大肉鸭的养殖规模，当年，她的肉鸭养殖场，圈存竟达到一万多只。养鸭规模的扩大，必需要有宽敞的销售渠道作保证。高玉萍在常熟南门丰乐菜市场，租了一个摊位，开始了肉鸭自产自销一条龙的经营。她还通过有关部门和朋友的牵线帮助，在聚丰种养殖场与市马永斋、香酥斋等熟食品连锁公司间，建立了固定的供销合作关系，使养殖场肉鸭日销量达到近 9000 只，甚至有时供不应求。为了满足市场需求，2002 年，小高对养殖场再次投资 8 万元，让圈存肉鸭增加到两万多只，使聚丰种养殖场，成为当时常熟第一家大规模肉鸭养殖基地。

俗话说天有不测风云，人有祸福旦夕。小高的事业并不是一帆风顺的。一场突然来到的禽流感，侵袭了小高的养殖场，场内鸭子大量的死亡，养殖场损失惨重。但是，小高并没有因此气馁。她在有关技术人员的指导下，对养殖基地内外，进行了防疫消毒，然后继续着肉鸭的养殖。想不到的是，两年后，更凶的一场禽流感再次袭来，小高的养殖场，又一次出现了大规模的鸭子死亡，这次禽流感，让聚丰种养殖场遭受的损失，比两年前更加严重，小高的心在痛、泪在流。

肉鸭养殖的失败，迫使高玉萍不得不停止了肉鸭养殖。但是小高没有心灰意冷。2008 年，小高毅然决定，把养鸭棚翻建成猪棚，并初次购养了母猪仔 25 只，开始尝试着自己繁养猪仔！在繁养殖成功之后，再渐渐扩大肉猪养殖规模。从此后她又风里来雨里去，艰辛地努力着、拼搏着。经过她 4 年的奋斗后，小高当初的肉鸭养殖基地，如今已成了年出栏肉猪一千多头，占地 2500 多平方米的养殖肉猪基地。高玉萍又一次成功了！

创业不停探索不止。多年来，小高在探索发展养鸭、养猪事业的同时，还探索着种植业行当。2002 年，小高在父母的支持和帮助下，还开始着尝试水果的种植。当年她引进了凤凰白凤水蜜桃、白花等上等品种桃树450多株，并聘请有关技术人员多人。历经了五年多的精心栽培，在2007年8月，第一批果子成熟并投放市场，深受市场欢迎，当年收入逾6万多元。2008年3月，小高再次租赁村里土地十多亩，又开始尝试种植葡萄。在种养殖的道路上和过程中，小高不怕失败，敢于探索、敢于尝试和不断地追求着。

2009年，经她不断尝试和探索，创新出了一种“立体种养殖”的新模式。她以青草、虫子、玉米等为主食，再次养殖蛋鸭一万多只，并将蛋鸭散放于果园中。大胆的尝试和探索，竟收到了意外的收获：散养在果园中的蛋鸭，每天竟然能产出新鲜鸭蛋200多斤，个个鸭蛋壳青形大，食之更鲜，投入市场后，深得消费者的青睐。鸭蛋质量的提高，大大增加养殖园的经济效益，也更加激发了小高创业探索的热情。

2010年初，高玉萍的种养殖基地，又增添了新的农产品：她从宜兴万石镇引进了优质的旱芹品种，并开始试种了20亩，还申请了无公害绿色产品资质，成功地创建了自己的特色品牌“天肴”，促使产品进一步扩大了销售市场。优质的旱芹品种，年收获期有3次，每亩毛收入可达8千至1万元。高玉萍在自己尝试种植成功的基础上，还逐步扩大种植规模，并带动了周边村民一起大规模种植，让无公害、优质的好产品占领市场，为广大市民送上自己种养殖场生产的“天赐佳肴”。小高以她勤劳朴实、肯苦耐劳的精神，从承包村20多亩地进行水芹种植开始，引带村里百姓发展水芹种植300多亩，并与村水芹种植户联合成立了“天肴”水芹合作社，让农民以种植水芹开始，走上了发展种植业致富的创业之路。

开在常熟市区方塔园塔后街附近的“聚丰园酒家”，是高玉萍的又一个创业点，酒店内供应的各色荤素菜肴，大多来自高玉萍的“聚丰种养殖基地”，她把种养殖基地上亲手生产的农产品，通过“聚丰园酒家”推向市场，让广大消费者品尝到最新鲜、最正宗的无公害绿色食品。成果不负辛劳人，33 岁的女大学生老板高玉萍，以她的坚韧的拼劲和干劲，把自己十余年来创办的“聚丰”事业，演绎成一家集种植、养殖、生产、制作、休闲酒店为一体的绿色食品产业基地，真正实现了自主创业的理想、圆了一个大学毕业生体现自己人生价值的梦想。

眼下，一年一度的高考，牵动着千千万万学子和家长的心。十多载寒窗苦读，多少希望、多少期盼，多少开心、多少眼泪，成败与否的拼搏和等待，随着时间的流逝，萦绕在千千万万学子和家长的心间。此情此景，成为人们在每年 7 月间一个饭后茶后的话题。通过上大学深造学习，的确是一个造就社会人才，谋取个人好岗位好工作的绝好途径。但是，整个社会所有的事业、所有的岗位，都是必需要有人去干的。女大学生高玉萍的故事证明，只有在所在的岗位上用心去做好并做得出色了，才能真正体现出一个人的真实价值和人生意义来。人生何处不闪光啊！

看着小高送我的这只肥白的水鸭，对小高的赞佩之情油然而生！

2011 年 6 月 12 日

无名之碑

阳春三月，风和日丽，偷闲踏春去！

从虞山国家森林公园的“兴福寺”的后山往上攀，是最累、但也是最能让人享受回归大自然的一种玩法：环山小路那被绿荫蔽盖的凉爽和满山坡的桃花、梨花、山茶花的清香之气，沁人心脾，使我陶醉在这份舒闲中。

途经古刹后山那片公墓，每年、每次总能听到敲打和凿击声清脆、有力、并有节奏地传进山谷，透出山坳。想起在1998年3月，同画友半耕、书友六然两位好友从“小云栖寺”登山，开始徒步十里虞山之旅，途经了瘦苍先生题写亭额“松风阁”，又经剑门、剑阁、至维摩山庄后，从这儿下山，经过这儿，第一次听见这种清脆、有力、并有节奏的敲打和凿击声时，我等忍不住循声前往察看：原来，这是一位年逾古稀的老石匠，在精心雕凿着一块大理石墓碑面而发出的响声。我上前搭讪：大爷，你歇一会。我掏出“红塔山”烟递给老人家一支，可老石匠头都没抬一下，只摇了一下头，放下锤子，“叶”地一声，往他那长满黄茧的左手掌心唾了一口唾沫，又开始了他的雕凿………

这时，我才发现：老人是左撇子！老人那古铜色的脸上依旧是漠然无表情。他的动作那么的认真而又显得机械，但右手紧握着的那把钢凿，在那墨色的大理石面上有角度地、细细地、缓缓地不断变化——那凿头随着老人左手中铁锤的打击，清晰、美丽的隶书字体笔画，在那凿头下缓缓延伸……

老石匠仍不开口讲话，好像没有看到我们3个“客人”的到来一般。他认真继续着他的作业。

没有办法同他交流，我的好奇感更强烈！正欲无奈离去时，忽然见到山溪边有一位大娘在溪水中搓洗着什么，我们三人便一起走到大娘所在的小溪边，我正欲开口问这位大娘，大娘好像已知我要问什么了。大娘告诉我们：我从娘家嫁到这里时，就知道老石匠是一个外地来的聋子。老石匠从来不与人讲话，已经40多年了，也仍不知他姓啥叫啥。几十年来，我们都叫他老石匠，也有人喊他为聋子石匠。他凿的碑多了，所以认的字也多。我们全村人没有人知道他到底是哪里的人……老石匠孤身一人，就住在坡北头那两间破平房里。大娘立起身，顺手向坡北方向指了一下，又蹲下身收拾着她洗汰的东西。

听完大娘的叙说，我的心头升起一种对老石匠的怜敬之情！

从此后的4年多来，每当我从山上下来或从这儿上山经过这里，都要拐一下去探望这位老石匠的。

2001年春，在4月的一天，应友邀请，前往兴福寺品尝碧螺新茶。下午回家时再次经过这儿，仍见老人在机械地干着那活。只是见他下巴的胡须更长更白了，脸色更苍老了！我蹲在他身旁看着他把那块花岗岩碑凿完成最后一个“根”字后，我才站起身向老人打招呼告辞。老人微抬了一下头，斜眼看了我一下，算是给了我的回音……

在我的心头，老石匠仍是个难猜之谜！

今日携友上山，再经那片公墓，忽见山路陡坡东头凭多了一块花岗岩石碑。一种不祥的感觉涌上心头！这种感觉促使我特地攀上陡坡东头，绕了半个圈到了那碑前，“老石匠之墓”几个黑色楷书堵在眼前！难道……

由于上山迫切的心情，竟没有留意已没有了往年那熟悉的凿击声——是那画眉鸟的啼鸣声引走了我的思绪，并催快了我上山的脚步！我才……

看来，老石匠已登仙了！老石匠一生不知从何时开始，从事这雕凿墓碑的工作，更不知他一生为多少亡故的人凿下了无法计数的墓碑，而如今，老石匠的故去，竟无法用真实的姓名镌刻在他的墓碑上。无限的惆怅在我心头流淌。我摘集了一束野花轻轻地放在老人的墓碑前。向老石匠作了一深深的鞠躬，谨表我心中对这位劳累一生而不知其名的老人的哀悼：愿他圣洁的灵魂在天堂安祥快乐。

从山上下来，原路返回。忽又听见了陌生、铿锵的凿击声从坡上传来。我想，老人走了，但他几十年从事的作业总会有人继续下去的。

2002 年 3 月

秋香割肾

我不认识秋香，听说她的故事，仅仅是在一个月以前。在区郊下家村，有一个叫徐秋香的女人，因为儿子身患尿毒症，家中经济困难无钱救治，她为了救治儿子，坚持割肾救子，其事迹感天动地震撼乡里。

2 月 22 日上午，我又听到徐秋香强行从上海医院“逃”回家里的消息。我忍不住长久地思考：徐秋香，到底是一个什么样的女人呢？是什么精神，造就了这样一位坚强、伟大的母亲！出于敬佩，心中油然升起了要去探访的强烈愿望。

下家村，是个地处偏僻低洼的自然村落。下家村西头，在有一幢建于 80 年代的二层老式砖楼，是徐秋香的家。屋前有一个小院，院墙外远处，有一个小河塘，塘水清清。院门开着，院中南墙边，有一株大约 5 年左右树龄的枇杷树，西墙边几株月季，还未开花。我们走进屋内，看到屋中陈设虽然简陋，却也干净整洁。楼下东屋，徐秋香正躺在床上养病。听到有人进了屋，徐秋香在扯着微弱的嗓音招呼：“是啥人来啦？”

听着招呼，我们进了东屋，围站在秋香床边，向她表达了敬佩和问候。在陪我同去的区民政办公室王主任的帮助下，秋香从床上强撑起身子，侧靠在床头。王主任告诉她：“我们听说，你是从医院强行回来的，心里放心不下，所以都看望你来了。”她微声说道：“是啊，住在医院里很贵，家里负担不起啊，所以手术刚满 9 天，我就硬要求先出院了。再说，不放心家里两个老人啊。谢谢你们来看我。”徐秋香漂亮而腊黄的脸上，显出一丝无奈。我们向秋香嘘寒问暖，拉起了家常。

秋香的丈夫叫良华，今年 45 岁，在虞山西麓下一家钢管厂打工。良华的父母都已 80 多岁了。20 年前，两位老人先后患上了慢性疾病，忠厚年轻的良华，为了替父母治病，花光了家里微薄的积蓄，还背了不少债。男大当婚，女大当嫁。那年良华 25 岁了，在农村，是该考虑找对象的年纪了。但是，在村上和周边的姑娘中，有谁还能看上父母有病，家里“穷来搭搭滴”的良华呢。

古语说，“有缘千里来相会。”这一年，秋香出现了。秋香原是河南许昌农村的女青年。20 多年前，秋香和她姐姐，还有一个妹妹和弟弟，姐弟四人先后来到江南常熟打工。秋香的姐姐，与下家村上一位青年相识，并谈起了恋爱，不久就嫁到了下家村。常熟是一个富裕的地方。已嫁到常熟几年的姐姐，想起了年已 24 岁的妹妹秋香。可谓“千里姻缘一线牵”，在姐姐的极力促合下，秋香和良华终于结婚成了家。

婚后第二年，她们的宝贝儿子小飞，来到这个世界，为这个清贫的家庭，带来了许多喜气和欢乐。秋香是位美丽善良并且十分勤劳的姑娘。自从嫁到良华家后，她辛勤操持家务，耐心孝敬着体弱多病的公公婆婆，照料丈夫和儿子的生活。家中虽然仍不富裕，但是，在秋香细心照顾下，公公婆婆心情舒畅安度着晚年。

儿子小飞，在秋香和良华培养下，一天天长大。小飞 18 岁那年，考进了滨江区职业大学学习，为此，秋香一家人非常开心。她们憧憬着小飞将来有出息，憧憬着这个家庭的未来。

“天有不测风云，人有旦夕祸福。”2001 年 3 月份，小飞参加了学校的体检。想不到，在体检的时候，小飞竟被查出了患有高血压症。秋香夫妇知道后，急忙带上儿子去大医院检查。通过医院检查，小飞被医院确诊为患了尿毒症，医生说有生命危险。听到这个恶耗，对秋香夫妇来讲，犹如晴天霹雳。为了抢救儿子的生命，秋香和丈夫辞掉了工作，夫妻双双带着小飞去上海求医，但是病情不见好转，并且病情还不断加重。从那时起，秋香看着拖着重病、日渐消瘦的儿子，常常偷偷地落泪。

为了治好儿子的病，秋香不断地在网上寻找治疗儿子尿毒症病的方法。有一次，她看到网上说，有个地方的专科医院，能治好尿毒症病，秋香和良华商量后，就带着儿子去治疗。但是小飞的病，仍然没有好转。在一年多的时间中，秋香夫妇俩带着小飞去过青岛，到过河北等地的医院求医，这些医院对秋香夫妇说，小飞这病，只有换肾才有希望。

小飞的病情，一天比一天加重，身体一天比一天消瘦。秋香多次在深夜听到儿子的哭声。秋香知道，儿子虽然不怕死，但也不肯就此死心。秋香知道儿子这病，除了换肾，已经再没有别的办法了。眼看着儿子经受一周两次的透析，瘦弱的身体已疲惫不堪，秋香心想，“再也不能等下去了，我一定要救儿子的命。”

在去年 3 月，秋香背着小飞，在医院偷偷做了血型检测，医生告诉秋香检测结果，她的血型与小飞的一样。她当即下定决心，要将自己的肾捐给儿子，她要挽救小飞的生命。

当秋香把这个决定告诉小飞时，小飞在病床上惊呆了，在场的所有人都惊呆了。小飞听后坚决不同意，他流着泪说：“妈妈您已经给了我一次生命，又养育了我 18 年，儿子如今无以为报，我宁愿因病而去，也不可以再从您身上摘取一只肾，来延续自己的生活啊。”听了儿子的话，秋香动情并十分坚定地说：“小飞啊，你是妈妈身上掉下来的肉啊，你活着，妈妈也就活，你如果不活了，你叫妈妈怎么活得下去啊！所以，妈妈是不可能不去救你的！”一席话，病房中所有人听了，无不落泪。通过秋香的再三劝说，小飞终于同意接受妈妈给他捐肾。

为了捐肾手术能顺利并成功，按照上海某医院的安排，小飞一方面继续进行透析，一方面开始接受增加营养的护理。秋香也积极做着摘肾的准备。2013 年 1 月，在上海某医院的手术室内，秋香的左肾，顺利移植到了小飞体内。让人高兴的是，小飞换肾手术很成功，而且没有出现排异现象。秋香手术清醒后，听到手术很成功，她那苍白美丽的脸上，露出了一丝安慰的微笑。

然而，刚醒来的秋香，又在医院的病床上开始思考着另外一个问题。近两年来，为了给儿子治病，东西奔走，四处求医，昂贵的医疗费，已使家中债台高筑。在儿子生病以前，秋香和良华二人，都在工厂里打工，每年有近 3 万元的收入，生吃俭用，供着儿子读书，家里经济小有积蓄。儿子生病后，为了给他治病，夫妻二人都辞掉了工作，并且为筹集医药费到处借款，如今，已经花了 30 多万元，还欠债 20 多万元。现在手术虽然成功了，要治好儿子的病，后续的治疗费用，肯定仍是一大笔钱，秋香日夜担心着这巨大的经济负担。在上海医院，看着妻子和儿子双双躺在病床上，良华也感到手足无措、甚至茶饭不思。该怎么办？

为了减轻在医院昂贵的支出，手术刚过去一周，秋香就要求丈夫良华陪儿子继续治疗，自己则要求出院回家休养。秋香的手术刀口还在流着血水，但是秋香还是执意要出院。丈夫和医生都说服不了她。在手术后的第 9 天，秋香硬是要求办理了出院手续，回到了家中。良华拗不过秋香，又分身乏术，只能先回家照顾妻子。他依依不舍地把儿子一个人，留在上海，托医生和亲戚照顾。秋香在家中休养了几日，终因身体仍太虚弱，伤口有些感染发炎，只能请医生上门，开药在家中挂起了点滴。

秋香缓缓地告诉我说："虽然自己身在家中病床上，但是，一颗牵挂儿子的心，却早已飞去了上海，飞到了儿子的病床边。只要儿子的病能治好，别说是摘一只肾，要摘我的心，我也愿意。"秋香的一番话，让我感动不已，热泪盈眶，多么无私而伟大的母亲啊！

临别的时候，秋香告诉我们："村上的乡亲们很关心我们，许多好心人来捐款给我们。有这么多人关心我家，我心里感到非常感激和温暖，感觉到心情好许多了，身体恢复得也很快。现在，我就想着尽快把身体养好，回上海医院去照顾儿子。"王主任拉住秋香的手，把我们此行带去的社会各界 13800 元捐助款，交到了徐秋香手上。秋香接过捐助款，含着感动的泪说："经历了这么多磨难，我希望儿子病好后，能继续去学校读书，等他将来自己有了能力，我要他一定不能忘记去回报社会，以实际行动，去感谢所有帮助过我家的好人。"

该告别秋香了。看着眼前这位将左肾捐给的儿子的母亲，我在心中默默地祝福：让社会的爱心和温暖，更多地光顾到这个艰难的家庭，让秋香这个经历苦难的伟大母亲，更加美丽，更加坚强。

2013 年 3 月 3 日

第五章

君子之交淡似水，陋室叠华章

周艳丽印象

半月前，我与诗人向东正等，正陪伴北京来的军旅诗人魏新河、广东诗人高凉和四川诗人梅疏影等，在张家港河阳山歌艺术馆参观游览。突然，手机响了，一个阳光而熟悉的声音，传入耳扉。是周艳丽。

电话中，她“格格格”地笑着告诉我，她的第五本著作，散文集《人间好日子》出版了，“首先想到浦老师您！已经从邮局寄出了”。接到好朋友的电话，本是高兴，知道好朋友的著作出版，更是为之高兴，听见又要赠送我书，可谓是喜不自禁了。

一周后，周艳丽的新书《人间好日子》，带着墨香，逾越千万山水，终于出现在我面前。大约在2006年，她的散文集《一路向爱》出版后，也是从邮局寄给我，使我非常感动和开心。因为缘于文学，2009年8月，与周艳丽在网络文学博客中又相遇。此后，我写下了一篇散文《又见周艳丽》，回忆起6年前彼此认识的那段美好时光。

从2003年，在北京中国现代文学馆认识周艳丽算起，至今将近十年了。在这近十年来，通过电话和书信，互通信息，知道周艳丽翻译并出版了俄文小说《心锁》、长篇俄文小说《格兰尼亚索科洛娃的人生》，创作长篇小说《暗恋》、散文集《一路向爱》，还有正在阅读中的这本散文集《人间好日子》。

光阴匆匆，岁月蹉跎。而作为交往已十年的朋友，我和周艳丽，其认识，是以文学为缘，交往十年既是纯真，而又知心知情的。因为这份遥隔千里的珍贵友谊，十年来，始终鼓动着我们，在文学的道路上进步。所以说，认识周艳丽，真的是我此生的一件幸事。当年在北京，彼此间交往仅五天时间，是短短的一瞬。真正了解她，还是通过书信、电话，通过读她的《一路向爱》《人间好日子》这二本集子。

厚厚的《人间好日子》，是一本非常精细的散文集。她将许多家事和发生在身边的故事，精心串连在一起的，向人们再现了“人间好日子”中，所发生的许多动人的故事。这是一本心情散文集，当我读到其间许多篇章、许多情节和故事的时候，心情也随之起伏，甚至如身入其境，感之落泪。

周艳丽是一位从农村走向都市的女作家。在她的“悄然物语”里，我仿佛看到了，扎着羊角辫托着两腮，坐在老槐树下，静静地听奶奶讲故事的、天真幼年的小艳丽。我似看到了，随着大人们，一起上山钻榛子林，摘榛子的少年小艳丽。读《高粱留在岁月里》这一篇，“……就是高粱米也常常是吃了上顿没下顿，这样的日子，一过就是七八年的光景。”让我这个生活在江南水乡人，知道“高粱米”对于困难时期东北人来说，是多么的贵重。《想起爷爷的青花瓷》，记录和怀念着老人一生坎坷，融入了作者太多的无耐和追思。周艳丽说，许多事物虽已逐渐模糊成了往事，但留在记忆中的许多事物，却并没有随岁月的流逝而流逝，他们依然那样鲜活，并不断地叩着人的心扉。

周艳丽是一位重情感的女作家。在她的心底，始终惦念着许多所有她关爱的，或者是关爱过她的人。《春日，落英纷飞中》，再现了作者，对少年同伴云丫病中细微的关爱、安慰，和后来云丫离世那份深深的怀念。作者对关爱过自己的吴师傅，更是充满感激之情。在《轻轻地漫过记忆》这篇作品中，谈到大学毕业后，初到军工厂当俄语翻译时，她这样写道："……吴师傅悄悄地鼓励我，不要慌，沉住气，教我如何与外国人相处……"，"……她教我的，不只是与人沟通的方法，更有练就风度的学问。"在作者《月色如歌》《云中谁寄锦书来》《走进我梦里的女人》《在荒凉中想起母亲》等许多篇章中，这许多动人的故事情节，总会一幕幕地不断再现，惹我心情，也随之起伏、捧书而沉思。

周艳丽也是一位热爱生活、追求精彩人生的女作家。她说道："……我向往着另一种生活方式，读书、写字，静听高山流水之声，独览四时美景，让自己优雅的文字，与野性的风景，衍生为真性的文缘。"认识周艳丽十年，感觉，她这样的去追求，她也的的确确这样去做了。我知道，周艳丽从农村女娃到城市大学生翻译、从中国辽宁到俄罗斯、从凌源到朝阳市，一路走来，历尽了许多坎坎坷坷，甚至，遇到过危及生命的威胁。但是，她始终阳光而可人，热情而不失细微。读其作品，《一蓑烟雨任平生》，我体会到，作者那一种乐观向上，以积极的态度，面对着风雨人生中每一道坎坷，有着一种美好的、脱俗超然的情怀。看得出，周艳丽和许多文人墨客一样，也是非常喜欢山山水水、非常喜欢融入大自然的。《浪漫的去处》《诗词里的庐山》《幽幽绿岛花儿红》《浪漫山水间》等篇章，以优雅美丽的语言和文字，尽情表达了作者那心融于山山水水，向往于自然界之心性的渴望。

作家也是凡人。只不过，作家是更会想、更会思考的人。读这本散文集《人间好日子》，不仅让我从心灵深处生出许多感动，更多的是，从心灵和人格的层面，认识和读懂了作者，是读懂了周艳丽的心灵品德，和为人。在她作品中，有这样一段话："就算再凌乱的生活，一旦以文字的形式呈现，也会流溢出朴素真诚的心迹。"短短一句话 30 个文字，精辟地勾画出了周艳丽，既乐观而又非常认真对待生活的精神状态和处世态度。

用"周艳丽印象"作本文的题目，是因为与周艳丽交往近十年至今，她给留我的印象实在太深，她是一位温文尔雅的知识、知性女士，是一位率真而实在的都市女人，但她更是一位认真、丰产的女性作家，更是一位我此生有幸相识的永远的好朋友！

2012 年 8 月

京都繁茂的一抹绿荫

6月中旬末，又去了一次北京。在去北京前半月多，收到北京朋友、女诗人林子，给我邮寄来了她第二本旅游散文（诗）著作《代马依风走京西》。这本书，和前年她寄给我的那本一样，又是一本图文茂，装帧和印刷都别具风格的精美著作。新书如一束异花一般，静静地搁在办公桌的案头，散发着阵阵新墨之香，就这样，诱着我去品读。

北京回来后，工作之余，我将此书慢慢地翻动和阅读，细细品味着作者的每一篇文字。读其故事，如入其境。不知为什么，当我轻轻翻过每一页时，总会引发起我许多沉寂的思考和虚空的遐想。我眼前，好似浮现了一位年轻美貌的女性，额上沥沥地淌着汗水，正牵着一匹叫“银子”的大白马，手中挥动着红色的小旗，她站在京西门头沟大寒岭下，指引着一行探山的人，在崎岖婉曲的山道上，艰辛地攀行。“操纸终夕酣，时物集遐想。”此刻想起唐朝诗人杜甫的这二句诗来。品读《代马依风走京西》时，我正是陷入了这样一种虚幻和情境中。

至今，我没见过林子本人。“认识”林子，是在2009年的6月。因为缘于文学，更确切地讲，是缘于文学博客，才“误入林子深处”。因此，与林子之间成了博友。从“认识”林子至今，已3年有余。虽然，彼此间仅仅是通过在博客上的互访，在QQ上的交流，才成为朋友。3年来，反复拜访过林子的博客，阅读她的诗作和散文。如今，又读着林子第二本《代马依风走京西》的集子，更是增添了许多的感触和感动。林子所给我的印象，确是很深。

林子，一个明媚隽秀而响亮的名字。林子不是北方人，她是一位北漂者。据她告诉我，她生于重庆，家乡是在四川成都，离峨眉山很近。上世纪80年代后期开始创作和发表诗歌散文，以及小说等文学作品。12年前，她进入北京鲁迅文学院青年作家班学习。在鲁迅文学院学习结束后，她毅然留在了北京，开始打拼着属于她自己的一片天地。

印象中，林子是一个奇女子，也是一个豪爽的女诗人。在她博客的首位，有这样一段文字：喜欢文字，自然在意读它的感觉。喜欢记录，自然有悲喜有冷热。喜欢快乐，自然该笑对人生百态。喜欢玩博，自然我的江湖我做主。在她自我介绍的文字中，还有这样两句话：“林子，履行生命责任的女人。工作，玩在策划与创作之间。”在她的著作《代马依风走京西》这本书中，林子这样说道：“……我们从哪里来，要到哪里去？这似乎是一个永远的哲学问题。而对于我们的肉体和灵魂，这似乎又是一个令人伤感的问题。生活在这欲望的城市里，有虚空，有充实。我们的精神就是在这样的轮回中饱尝人生百味。”

读她的这些文字，感觉中，林子的眼光和思维，和许多作家是完全不一样的。她将她独特的眼光和思维触角，探向了人类和自然都离不开的重要区域：绿色。或者叫“绿色文化和绿色文学”。

北京这样一个国际大都市，对初到者来说，是能否站住脚，能否生存下去，往往都成问题。而林子，不但站牢了，而且扎下了根。

在北京，林子正发展着她轰轰烈烈的事业。如果不是已经知道，林子在北京打拼这 12 年，在北京弄绿色文化和绿色文学，已获得成功，而且，已打拼出了属于她自己的一片天地，我简直也不敢想象，也不敢相信：早在 12 年前的林子，一个年轻柔弱的女子，怎么会有这样的胆气和毅力，作了这样的思考和决定。

我想，曾在峨眉山下驻守过的林子，可能是因为长期得“仙山灵气”之薰陶，其胸中积淀了一份对大自然的痴恋，同时，更积淀了一份对大自然绿色文化的痴情。北漂在北京，她那份长期积淀的痴恋痴情，终究一定会攒聚成巨大的精神动力和追求，萌发出秀冠灵隽的茁壮大树，并结出诱人的硕果来。

2004 年 10 月，她创作的第一本绿色旅游散文集《峨眉山·我注定逃不出你的多情》出版。这本图书的出版，引起了当地政府的高度重视，受到有关旅游部门的重视推广。初试的成功，对北漂的林子来说，是给了她莫大的鼓舞和动力。

“我最爱的是蓝天白云，有了这样的早晨，似乎一切都如我所愿。我们走出房门，看天空发白、发红、发蓝，看云卷云舒。我们踏着散发着泥土味和露水味的草地，在一株株花红叶绿簇拥的小径上……”在她这些如诗的文字，我常常能够发现，她那对大自然和绿色文化的特别情感的宣泄。手中这一册林子的新著《代马依风走京西》，每一个文字，都充溢着作者对探索研究“京西古道”这古老生命之路的向往；每一个篇章，都充溢着作者对大自然绿色之茵的无比热爱。

“与您分享这一怀充满阳光的美好心情。”是林子在给我赠书扉页上的留言。是的，身为江南水乡人，多见大“水”，却少见大山。但我和林子一样，很向往自然风光和喜欢探寻历史文化。于是，有一种激动，使我追随着书中的情节，走进了京西古道之中。

我看到了斜阳幽照下，苍苔满目的古道，变成了金黄色。我追随着林子，用心去抚摸过古村落外，那棵历经千秋的空心树，那株千年古藤，还有西山深处，门头沟那棵古灵精怪的老树。我好似追随着这新时代的马帮，走进了灵水举人村，瞬间，让我忘却了我仍身处在扬子江的南岸。似乎，我听到林子在山野深处喊我，“既然是看到了，听到了，感受到了，就难以忘却了”。

果然，这个马帮的女领头人让人敬佩，“……炊烟熏染的历史，垒砌在女儿墙外，野山桃花开花落，乡情散落，在蛮荒的沟谷，阳光爬满老屋，肆意收缴，所有深藏的记忆，……”她唱吟着自己写作的诗，已带着她的“马帮”奔过了牛角岭关。

沧海桑田千年易过，历史的印记，在林子的脚步下，得到不断验证，并慢慢延伸：古道古村、古树古藤，峻山灵水、古关旧城，朝露和夕阳，篝火和帐篷，一道道原生状态的水墨之景，怎么能不打动我的心。林子“对我”说道：“假如，你还愿意探究昔日烽火的边关，假如，你还愿意探访永定河两岸的人家，请跟我来！在京西古道之上，让我们一起看花晨雪夕、秋水春山……”读着林子的这些文字，恍惚中，如听探寻千山万水的老朋友归来，数说追寻过自然而畅怀的乐音。

林子说：“人类历史是人类生命经历过的痕迹。去西山，可以亲手去触摸这样的痕迹。”是的，我们每一个人，特别是每一个文化人，有什么理由，去漠视这些生命曾经的痕迹，去损毁这些生命曾经痕迹呢？这些年来，林子把挖掘和保护这些痕迹，当作她独特的思考和行动，举办三届《代马依风走京西》活动，搞得有声有色。她以独特的思考和行动，倾情践行着弘扬绿色文化和绿色文学，坚守着对自然文化和历史文化保护追寻的那腔灵洁情怀。

她走京西，寻古道，写西山，守文字，打造着属于她心中的一片风景，也为美丽的京都，不断增添着繁茂、靓丽而清新的绿荫。

2012 年 8 月 22 日

读若荷·影子的《黄鸟》

初春的清晨，一翼黄雀，扑进我的窗台。
它，婷婷停落在我的手腕，
浅彩的翎羽，带着春的芬芳。
这是春梅的清香。迷漫中，又见到熟悉的名字。

黄雀，鞠着身影，曼曼迷人的歌啊，
让我猛然思起，巫山。
“无集于榖，无啄我粟。无集于桑，
无啄我粱。无集于栩，无啄我黍。”

那个，千万年前的故事，
在传说……

6日清晨，刚上班，就收到邮递员送来的挂号邮件。是吴江女诗人若荷·影子寄来的。小心打开，一本精美的诗集，溢散着让我喜欢的新墨之香。这是继《姑苏诗影》后，她寄给我的第二本诗集了。

《黄鸟》，是若荷·影子为她这本新诗集拟的名。前几天在她的博文上见过，初有印象。想不到她很快给我邮寄来了，感动得很。我很为她的孜孜不倦和勤奋的写作精神而感慨。

黄鸟，俗称黄雀或金雀。山海经中，有关于“巫山黄鸟，有鸟焉，其状如枭而白首，其名曰黄鸟，其鸣自詨，食之不妒”的传说。

虽粗浅读了一遍，但是，我看到，若荷·影子对出版这本集子，她是下了许多功夫和心思的。与若荷·影子相交4年，仅在美丽多姿的虞山下饮茶言诗，见过她一面，她形如细柳，动似拂波，使我留下的印象非常深刻。无疑，若荷·影子是在江南水乡平平仄仄的神韵里，孕育、成长起来的一位美丽多情的小女子，同时，她更是深处江南繁杂的社会中，一位执着多才的女诗人、女作家。

读若荷·影子的作品，总感觉到，似听到一种心灵深处的诉吟，在我胸间流淌。在她的笔下，所有生活灵泉的累积，总会源源不断地，在你眼前流动和荡漾。她的眼力，具有一种特别追索的能力。她仅来一次虞城，只逗留了大半天，便把虞山最好的风光，捕到了她的笔下：“侧卧着凹凸有致的身形，从头至脚，线条明晰，连绵不断，”“时而裸露出优雅的媚姿，以朦胧的美态，勾引着我迫切追寻她羞涩的面貌……”，“山下的一树一草，仿若是她随风飘摇婀娜的长裙……”虞山文人荟萃，诗人颇多，但是，以若荷·影子这样多姿多情的笔触，去写虞山，确实不多，实在让我感动。“捧起茶杯，晃动清水里的绿叶子，像拨动整个春天的细节……”如果虞山，如果虞山的春天，也能读懂这样的诗句，你说，她们还会不醉吗。

若荷·影子首先是一位才女，然后才是一名诗人。是她的勤奋、追索和博学，才造就了她今天的成就。若荷·影子的这本新集子，为什么要取名为《黄鸟》呢。虽然她说，与《诗经》中的原诗，没有直接关联。

据史料载，《黄鸟》诗是《诗经》中一首哀悼的山歌。“黄鸟黄鸟，无集于榖，无啄我粟。此邦之人，不我肯榖。言旋言归，复我邦族。黄鸟黄鸟，无集于桑，无啄我粱。此邦之人，莫可与明。言旋言归，复我诸兄。黄鸟黄鸟，无集于栩，无啄我黍。此邦之人，不可于处。言旋言归，复我诸父。”

《黄鸟》诗，属于诗经国风中的秦风，是古代秦国人哀悼“三良”的挽歌。《黄鸟》描写了在秦穆公死时，以大量的活人殉葬，其中子车氏的三兄弟都被殉葬。诗以黄鸟止于棘树不得其所，暗示了子车氏之子殉葬的不得其所，这样的能勇士临穴也“惴惴其栗”，是对残酷殡葬过程的愤怒控诉。诗描写了三兄弟殉葬时的情景，表现了作者对三壮士的哀悼和惋惜，也表现了作者，对惨无人道的殉葬制度的无比愤怒，和强烈抗议。更反映了作者对奴隶社会黑暗的控诉和无奈。

还有人，曾这样诠释《黄鸟》诗：黄鸟呀黄鸟，你别停在我家的树上，别吃光了我的粮食。这里的人对我不好。转来转去，我还是要回到家乡。这里的人，“不我肯榖”“莫可与明”，甚至“不可于处”我们这些背井离乡的人，在异乡遭受剥削压迫和欺凌，深深怀念我们的家园。“言旋言归，复我邦族”，还是返回故土吧！虽然故乡穷困，可出门寻求生活更难啊。家乡虽穷困，可人情憨厚好处啊，只有有了亲人依傍和照顾，心里才会踏实和温暖。

还有《山海经·大荒南经·巫山黄鸟》中，载有《黄鸟歌》曰：“翩翩黄鸟，雌雄相依。念我之独，谁其与归？”诗意为，“黄鸟飞翔得多么轻松愉快，成双成对十分亲近，而我却这样孤独，我心爱的人不能跟我一起回家啊！”此诗作者，把自己与黄鸟相比，衬托出了自己的孤独，表达了与爱人分离的苦楚，抒发了对爱的眷恋之情。

我对若荷·影子的诗集，取名《黄鸟》，已经有了答案。若荷·影子的这册集子，为什么以“黄鸟”为名，它反映了若荷·影子作为一名诗人具有十分关注人文和社会的一种作家责任和意识！同时，反映了若荷·影子，作为一名诗人，她具有一种博学、追索的精神风格，更体现了若荷·影子她那善良而执着的学习和写作态度，以及她大爱而多情的人本个性。

感谢并祝贺若荷·影子，愿再读到您更新更美、更灿烂的诗句！

2013 年 9 月 3 日

她打江南走来

对于江南的印象是：古朴的长亭，斑驳的巷陌，落满青苔的石板路，还有总是不肯停歇的缠绵细雨，旋起水花的油纸伞，似曾相识的丁香姑娘……

江南，是那个让无数骚人墨客沉醉的地方。诉不尽的柔情氤氲在波上寒烟翠的斜阳下，道不尽的离愁定格在北上阳关的客舍旁，说不尽的风流飞舞在3月里春天的烟柳上。那个地方，是否依旧？

读着朱静红的散文集《静水无声涓涓流》，倏忽间就回到了那个梦里千萦百回的江南，撑着油纸伞，结着丁香般愁怨的姑娘，在江南的烟雨中踯躅前行，成就了悠长古巷的灵秀和生气，成就了江南娉婷俏丽的风姿，成就了绵绵烟雨的温润与柔情。

回想起来，从2008年至今，与静红相识已有6个年头了。然而说与你听，你可能不信，我至今还没见过朱静红其人呢。认识朱静红是缘于文学，或者更确切地说是缘于她的博客。初读静红的博文，就感觉到她是一个非常清纯的文学女子，是一个被江南的烟雨浸润过的诗人。读她的每一篇作品，总像静立在江南的烟雨中看那水乡蜿蜒的河水潺潺流动；又如独坐幽篁里听那优美的琴声引人入境，扣人心弦。

从博客上认识静红几年来，读过她许多文学作品，她的每一章文字，几乎都能触动我心底那一片柔软的地方。更在频繁的纸条相传中互相切磋文艺，彼此欣赏文心，慢慢靠近一位江南女子的多愁善感，用心聆听其诉诸笔端的片片真情。读她的文字，常常让我臆想：究竟是怎样的水土才可以养出这样的温润如玉的性情女子呢？她那充满挚情和丰蕴的人生哲思又是从哪里流出的呢？作为教书育人的老师，整日里伏案批阅作业的繁重劳动又怎么滋生出不知疲倦地笔耕心境？带着重重疑问去品读她的文字，在鲜活的字里行间她给出了答案。

且听她的低诉："是谁的光阴，在蓦然回首间，百转千回，一言不发，静静凝望，迎接那抵死缠绵的目光？是谁的轮回，用前生来世的守望，换得相视一笑的懂得，静水无声的流淌里，灌溉了彼岸娇艳，刹那花开？"这些文字便是一个老师、一位业余创作者坚守梦想、倾情灌溉、执鞭育人的心迹，更是她对生命，对生活，对理想的一份执着迷恋和无悔的追求。她对学生的关爱，对教育的热爱更是充斥于作品中："为他人奉献是快乐的源泉，而教师这份职业正给予了我追求这份快乐的平台，我将满怀热情地去教会我的学生学会生存，学会生活，学会追求，学会快乐。用我的每一句话，每一个举止，每一个眼神去滋润孩子的身心，让孩子们的心灵融化在快乐的海洋中"。(《坐看云起时》)

朱静红作为一名老师、一个女儿、一个妻子、一个母亲、一个诗人，同时身负社会、学校、家庭、写作者等多重身份和艰巨责任，然而在她柔弱的躯体里却蕴藏着蓬勃的自信和顽强的斗志。"每天到校后第一件事，便是绕着操场跑步，至少跑五圈总有一千米吧……断断续续地持久到今天，竟然对自己也生出几分钦佩来。

因为很清楚这是对自己的一种极佳的考验。‘生命在于运动。’其实对于我来说‘快乐在于运动’。尤其一个人独自享受清晨的阳光、空气、蓝天、春风、鸟鸣……用最透明的心灵拥抱大自然的那份惬意，实在是无法言说的幸福。”（《晨间，轻舞飞扬》）一般人在油盐酱醋茶的琐碎中早已被消磨掉了生活的热望，而我从她的坚持中看到她对生活是那样地热爱和充满热情，这着实让我感到钦佩。

“黄昏，一片昏黄的天空，无声无息地静默着，诉说着绵绵的情话，告别一天的忙碌琐碎……然一切安在——树静止，花静止，草静止，云静止，唯时光默默流淌，在指缝间，在步履下，在看云时，在听风起……”（《黄昏，花气袭人》）读她这些散文，与其说是在阅读文字，不如说是在分享她那美妙的诗心。试想，6 月的气候如此炎热，已劳累了一天，拖着疲惫的双脚奔走在回家的路上，急急忙忙要为家人奏一曲锅碗瓢盆的交响乐。如果不是具有才情的女子，如果没有诗人的情怀，有谁还能在生活的繁芜中吟唱出这般美妙感人的语句来？

对家人对朋友而言，朱静红还是一位善良而懂得感恩的人。且看她在《花开花落，一样珍惜》中写道：“怀揣一颗感恩的心，懂得其实生活中拥有了很多很多，于是知足原来幸福一直就在身边……感谢父母给了我生命，给了我血浓于水的手足，给了我清贫然而是自由自在的童年，给了我正直朴拙的农村孩子的本色；感谢老师，伤害过我也宠爱过我，教我知识教我做人；感谢朋友，共同成长中一起笑一起哭一起唱歌到天明，学习中彼此羡慕彼此竞争彼此较劲；感谢爱人给我许多的包容和体贴，有欢笑也有眼泪”。读着这些文字，一个真、善、美、忍的女子形象跃然纸上，让我不能不感动于她的真性情，亦让我长久地掩卷沉思：幸福唾手可得，在于用一颗怎样的心去感受生活的美好。

从静红的文字风格来看，她的多愁善感必有得于唐诗宋词。看得出静红是阅读过大量古典诗词的女子，她不但散文写得好，作诗填词亦独具魅力，如“烟雨江南烟雨楼，楼高独倚泪潸然。不见故人明眸睐，唯有陌上落红悲。”“雪落寒枝清音绕，忆念旧日时光老。细雨如烟月如钩，空谷幽兰芳菲娇。”简例她这二曲七绝，字字如玑，句句感人，读来怦然心动。若没有古典诗词的滋养与浸润，又哪来如此传神动人的诗句呢？静红的文字功力更见于她具有丰富敏锐的感官，就一个“绿”字，她便可演绎出无穷的趣味和层次“到处是绿，深深浅浅的绿，浓浓淡淡的绿——雪松的苍绿，香樟的新绿，女贞的褐绿，冬青的油绿，黄杨的嫩绿，棕榈的硬绿……远远近近，高高低低，错落有致地平铺着，散落着，静默着”(《5月，看你走远》)。这份捕捉非有敏感的神思是无以传达的。

除了柔情似水的抒发，朱静红也擅长缜密地理性思辨。细细品读她的《晴雯之死真是袭人之罪吗？》一文，发现她对《红楼梦》这本经典名著是下了细功夫去研读的：“晴雯的美丽灵巧，是造成其悲剧的直接原因；令人窒息的封建制度，是造成悲剧的根本原因；封建家族内部权力斗争，是造成悲剧的客观原因”。我很佩服静红那非同常人的阅读和思考力，甚至可以推断，她的诗词散文优美的文笔定然是深得《红楼梦》的精髓熏染。

回回首，光阴荏苒，那些年，每当我点开静红的博客阅读，总会有一曲优雅的音乐在寂静的夜里悄悄入境、入心，那些如梦如幻的文字也便如涓涓细流，流淌在阅读者的心上，缓缓、静静地渗透进每一寸肌肤。这本散文集取名《静水无声涓涓流》，实乃静红真性情的流淌啊！“静观心深处，红尘绘紫陌”，静红博客上的卷首语大概便是她对这个世界的表达方式。

静红的文字充斥着“多情”，我不仅仅从她这本集子中读到了她对真、善、美的执着追求，还透过这些文字，洞悉到她心中诸多的无奈和无助，毕竟她也同我们一样生活在这样一个纷纷扰扰的世界里，只是她从不向命运低头，从不屈服，不断地与世俗烦忧抗争着。至于她这些美文作品中的“多情”，到底是情“动”何处，相信读者只要翻开她这本集子，就一定会比我更能领会到其中的真味。

烟花3月的阳春时节，应市作协文友的邀请，与笔友们相聚在南沙路上那家“婆婆熬鱼”馆，正尽兴地享受着北方特色的“北方熬鱼”。忽然收到静红的信息，嘱我为她即将出版的文集写一篇序。看着殷殷相托之言，一下将我从北方的口味转入到江南的柔婉，仿若看到静红的文字在江南的3月如柳絮般随风飘飞。于是非常欣喜地应承下，明知品论水平不济，然对于朋友的雅意相嘱，我向来是举轻若重的，故藉心思之言，凑合成这些文字，权作为序吧。最后，我以4年前读了她第一本诗集《笛韵流年》后感的这首诗，作为本文的结束语吧：

今夜，我醉眠在诗笺，听一曲悠扬笛韵，淌成清澈的流年。

一个纯洁的梦，随之秋的呼唤，降落在，散发着香樟树芬芳的地方。

一个深沉的思考，让一个诗人，敬佩另一个诗人。

桑槐皮，浸制的浆汁很浓，似锦披，却盛不住诗人，梦中想流淌的泪。

这世间什么都不缺，可一千多年后，会唱情歌的蛾，实已难觅。

想不到，今晚遇见，在江南烟雨中。

阅尽五千古老的文字，依然无法，将声声笛韵挽留。

光阴从来无情，窗外蟋蟀，彻夜吟唱。恨岁月之手扯着我，走得匆匆。

感谢蟋蟀奏鸣，和着悠悠笛之韵声，伴随我，醉卧在江南雨巷，亦让我梦醉在，这锦披般的诗笺，永久不醒。

2014 年 3 月

《富春山居图》背后的情与爱

去年是黄公望逝世660周年。黄公望逝世660多年间，他的《富春山居图》长期辗转流失，如今又分隔两岸，始终牵动着全国人民的心，特别是牵动着家乡常熟人民的心。

一

《富春山居图》这一两岸视为至宝的文化艺术成就，其动力产生于黄公望胸中对祖国、对江南、对家乡山山水水的无限热情之爱。

黄公望（1269—1354），字子久，号大痴、大痴道人，又号一峰道人。江苏常熟人。据元人钟嗣成《录鬼簿》记载，黄公望本姓陆名坚，"乃陆神童之次弟也，系姑苏琴川子游巷居，髫龄时，螟岭温州黄氏为嗣，因而姓焉。其父九旬时方立嗣，见子久，乃云：'黄公望子久矣'"（《曹氏刊本》）。于是改姓黄，名公望，字子久。钟嗣成与黄公望是同时代的朋友，他的《录鬼簿》所记是可信的。（据《清一统志·苏州府山川目》，琴川"乃常熟县地"，亦为常熟之别名。《宝颜秘笈》陈继儒《笔记》卷二亦有“黄公望，本常熟陆神童之弟，出继居常熟虞山小山永嘉人黄氏，故姓黄”之说。元人汤垕《图绘宝鉴》、明人王稚登《丹青志》也有类似记载。）黄公望继小山黄氏为子后，聪明好学，在黄氏指导下，自研散曲、音律，临摹名家书画之作，闲时纵情于家乡虞山、小山的山山水水之间，在黄公望幼小的心中，从此埋下了对家乡的依依眷恋和对祖国山山水水无比热爱之情。

江南的山水，宜人养情。黄公望从小就非常喜爱家乡的山水。660年前，江南三吴之地，曾遍及了黄公望的足迹，当年黄公望从虞山走出，反复云游松江、娄东、玉山、平江、松陵、梁溪（太湖）、荆溪（宜兴）、广陵、镇江、吴兴（苕溪）、杭州、富阳、平阳等地，纵情于山水之间，藏真意于笔墨之中。在他一生的行迹和绘画中，可见其对家乡的依恋。

在至元二十八年（1291年），黄公望刚23岁，即离开家乡到浙江，受廉访使徐琰赏识，并被徐琰授为掾吏。据《浙江通志》载：“（黄公望）元至元中，浙西廉访使徐琰辟为书吏，未几弃去。”公望为掾吏后，因受地方道家文化影响，结交道友，喜好道卜。有一次他竟然穿了道袍去见廉访使，为此他被徐琰当众奚落，年轻的公望，因此心愤而草率辞职。

公望辞职后，虽曾一度隐迹于钱塘畔，不久后便回到家乡虞山，结庐于小山之中，继续读书研修书画音律。大德三年（1299年），31岁的公望开始作画时，已俱影响，“师承董源、巨然之技，投心画作，初探阅虞山朝暮之变化”（《常昭合志》）。

大德五年（1301年）7月，黄公望33岁，他于小山村中为子作《设色山水》图，“图绘家乡山中屋宇流泉，风格似高克恭。”这正是他初以家乡虞山、小山美丽形象为背景所作之图。

在34岁那年仲春，黄公望出游过玉山草堂（常熟邻县昆山顾姓私家园林），淹留旬日，曾作《深山曲郛卷》图，图中现“水村山郭人家，竹木林壑萦纡，宛若山阴”之景，亦蕴家乡山水之风韵。此后的近十年中，黄公望在家乡虞山潜心读书作画，或交友出游。

在元至大四年（1311年）43岁时，公望再次出游至杭州时遇到张闾，被张闾“辟为书吏”。延祐二年（1315年）已47岁的黄公望，因“为张经理田粮事宜，受张牵连下狱，未几公望即获释出狱”。公望出狱后，为抚平心灵的伤痕，他速返家乡常熟，隐于虞山小山中休养生息。

延祐五年（1318年）黄公望50岁时，拜入赵孟頫室为其弟子（在吴兴学画近四载），得赵孟頫指点精要。此后十余年中，黄公望大多隐居于虞山小山，并以虞山小山为中心，云游于吴兴、淞江、昆山、无锡、苏州、宜兴等地。

至和元年（1328年），公望已60岁。他在家乡虞山应危太朴求（危素，字太朴，号云林，江西金溪人，1303年至1372年。公望好友，元文学家、书法家。元朝至正元年，约47岁时出任经筵检讨，官至中书左丞、参知政事），为其作《虞峰秋晚》等山水画四幅。

黄公望61岁时，隐入圣井山修道。在66岁那年，黄公望学道成后又回到家乡，在苏州文德桥开三教堂授徒布道，欲以佛、道、儒三教文化理念教化民众。

在至元元年（1335年），黄公望67岁时，又从苏州回到虞山，在虞山完成了6年前因受危太朴赠宋纸应其嘱为之作的《烟岚云树》《雪山旅思》等画20幅。

至元二年春（1336年），黄公望已68岁。那年，翰林学士清容先生携纸访黄公望的虞山小山山居，嘱公望为其作画，吴镇恰巧在公望山居中，故亦作《中山图卷》相赠清容先生。吴镇还在黄公望为危太朴所画的作品上题诗，《子久为危太朴画》：“子久丹青好，新图更擅场。浮空烟水阔，倚岸树阴凉。咫尺分浓淡，高深见渺茫。

知君珍重意，愈久岂能忘。”由此可见，黄公望与吴镇、危太朴等友，常常在家乡虞山小山茅芦中相见相聚。

在至元四年（1338 年）他 70 岁时候，黄公望再至游杭州西湖，住筲箕泉。在西湖筲箕泉，他与陈存甫逐论性命之理。作《听泉图轴》画。4 月，因友清容先生再次来函催画，公望用两年前清容先生嘱画之纸作《为清容长幅》，并赋一律：“入山眺奇壑，幽致探何穷，一水清岭外，千岩绮照中。萧深凌杂树，灿烂映丹枫，有客茅茨里，居然隐者风。”9 月，他又为张雨画《秋山幽寂图轴》，其作“云峰掩映，极气韵生动之致”。是月偶逢阔别十年的武林友人范子正，悲喜之极写《赠别图》以贻之。当月回到虞山，并暂居致道观内，与子明手谈二旬余，后子明欲归钱塘，黄公望画《山居图》（或即《子明卷》）赠别。

至正元年（1341 年）黄公望已 73 岁时，又回到虞山山居。当年，危太朴再游虞山，“观七桧，涉桃源，泛尚湖，造子久仙居”，危素见子久去年（实是前年，黄公望 71 岁时）始作的《仿古二十幅》已过半。

至正三年（1343 年）黄公望已 75 岁。那年 8 月 3 日，危太朴再造访子久虞山仙居，见《仿古二十幅》已毕。危阅之摩挲，问子久：“写此册将自为珍乎？将为赠友以播传乎？”子久曰：“君爱之，当以相赠。”危太朴甚喜无已，曰：“异日当有厚报。”子久闻后勃然曰：“君何以货利辈视我乎，我非货利人也”。危太朴感叹子久不独画法精绝，高出古人，且一段深情也为时人所勿有，故日夕持归，展对不能自已，书跋其后，以不忘盛意。

同年 10 月 26 日，黄公望到梁溪（无锡厚桥附近）华氏水云阁作《山村暮霭图》，水墨写坡陀沙脚，野岸空林，远近村居，白云郁，暮色苍茫之景。是年又画《山水图》。

至正五年（1345 年）八月初一，已 77 岁的黄公望又登虞山。

他在望海亭作下《虞山览胜图》，图赞虞山峰峦石壁之峻峭奇险。此后数年中，黄公望边访友，边历游作画，居无定处，来往于虞山、无锡、苏州、昆山之间竟达两年左右。直至至正七年（1347年）已79岁高龄时，黄公望才又归虞山故里小山，“他日以诗酒书画发其高旷，常卧身于小山间石梁，面山而饮，如痴如醉。那画家的灵感、奥妙，随俊山秀水而纵放。每到酒尽画成，公望投于溪涧桥下的饮尽的酒罂（空酒坛），早已随溪水飘远了。在公望常于作画之处的小山边石桥下，几乎丢满了公望喝过的空酒坛。”（《商相村志》）。

至当年深秋，黄公望又偕无用师一起入富春山，南游富春江，暇日于南楼始画《富春山居图》。在此后几年中，仍不断来往于杭州、苏州、虞山之间，经历时数载奔波后，在85岁那年，黄公望在杭州终于完成了《富春山居图》。

从上述经历分析黄公望一生执着的经历和奔波，可以发现，黄公望每逢遭遇坎坷、打击或身心疲乏、或静心作画的时候，在他的家乡虞山、小山或湖桥边，或茅庐中，总会出现他如痴如醉或挑灯作画的身影。纵观黄公望一生奔波和行迹，还可以发现，黄公望虽常常云游四方，但他自始至终以虞山为轴心点，把家乡放在最重的位置，他的一生在虞山生活了近60年时光。分析黄公望所有的绘画作品，无不深深体现了他对江南山水的描绘和赞美，无处不透露出他胸中对家乡的深深情怀和绵绵情意。《大义镇志》载有元代诗人郑元佑作的七言诗《寄黄山人子久》，非常形象地描述了黄公望入道后或云游，或作画的形象：“众人皆黠我独痴，头蓬面皱丝鬓垂。勇投南山刺白额，饥缘东岭采青芝。仲雍山址归休日，尚余平生五彩笔。画山画水画楼台，万态春云研砌出。只今年已八十余，无复再投先范书。留得读书眼如月，万古清光满太虚。”

还有明万历年诗人张应遴与钱达道曾题词《虞山记》，曰：“元高士黄子久浩饮桥上，投罂水中，至碍舟行”（张应遴）。“黄子久把酒看山，罂罄即投桥下，水为不流”（钱达道）。二位诗人在诗中形象地再现了黄公望晚年时期在家乡虞山下湖桥边把酒作画的情景。

黄公望所有的故事和经历都充分证明，在他的胸怀中，深藏着对国家、对江南、对家乡的深爱和依依眷恋。

二

仔细研究黄公望的一生，会不难发现，他这些挚爱、真诚、友善时常体现在他的生活中。黄公望虽颠沛流离、云游一生，但长期的坎坷却使他养成了坚韧、豪爽和博大的胸怀。他心中深藏着对亲人、对朋友、对家乡的真诚友善和无比挚爱。

一是对家庭、子女、亲人、养父的感恩和爱。黄公望大约在23岁前结的婚。根据其黄公望作画时间经历所整理的年谱史料显示：在大德五年（1301年）七月，黄公望已33岁，他曾在家乡小山上为子作《山水图》，图中绘家乡山中屋宇流泉。行家称其作画风格似高克恭（《常昭合志》）。说明了他早已结婚并有儿子，并对儿子宠爱有加。

另外，黄公望同代好友郑元佑在《侨吴集》第三卷《黄公望山水》诗中说：“姬虞山，黄大痴，鹑衣垢面白发垂，愤投南山，或鼓袒裼。勇饥驱东阁，肯为儿女资。不惮北行游万里，归来画山复画水……”证明黄公望确曾结婚成家，并始终关爱着家人、子女的。

黄公望对亲人、养父的记恩和爱，体现在他不断地云游和他的许多画作中。常熟虞山，是黄公望的出生地，从上分析我们已经知道，在黄公望的胸怀中，深藏着他对家乡的深爱和依依眷恋。然而松江，也是黄公望祖上的故乡。松江，是黄公望（陆坚）祖父陆德孚（陆坚生父陆统的父亲）的原居地。也是黄公望同事加好友夏世泽（号谦斋，夏文彦祖父）的“知止堂”所在地，也是他好友子明的家乡。黄公望70岁后曾在松江设讲道、作画、会友的仙居“筑仙关”，（另外太仓“娄东”阿里西瑛的“懒云窝”也是黄公望常去的会友场所）真是出于黄公望对祖上的故乡亲人的眷恋，和对友人的友爱。

平阳，是黄公望养父黄乐的祖籍地和故乡。虽然黄公望在十岁后随养父黄乐居住小山。但是，平阳这个地方却一直是黄公望心头一个情结。根据研究，我们可以发现，黄公望终于在61岁那年，在好友倪云林的陪伴下，一起到了平阳，并且在平阳圣井山上拜了金月岩为师，从此在平阳入道修练近达5年之久。尽管如此，在黄公望学道归来后的20余年中，他心中对养父黄乐的养育之恩终究念念不忘。

我们所发现和知道的黄公望的《题梅花道人墨菜诗卷》落款为“大痴学人平阳黄公望书于云间客舍，时年八秩有一”。在清初浙江仁和姚际恒《家藏书画记》卷上黄公望的《观瀑图》，上书“平阳黄公望写于云间客舍”。在清广东南海孔广镛、孔广陶《岳雪楼书画录》卷三载黄公望的《华顶天池图轴》，自题为“至正九年10月，大痴学人平阳黄公望画于云间客舍，时年八秩有一”。在南京博物馆藏黄公望的《水阁清幽图》（纸本水墨）题款为“大痴道人平阳黄公望画于云间客舍，时年八秩有一”。据了解，还有现藏于日本大阪市立美术馆 :《江山幽兴图》（纸本水墨）题款为“大痴学人平阳黄公望戏写”。这几幅均署称“大痴学人平阳黄公望”和注明作于“云间客舍”的几幅画作，（云间，松江府的别称，松江府为今上海吴淞江以南区域，府治在华亭县今上海市松江县，故称松江为云间）都充分体现了黄公望晚年时，依然念念不忘养父黄乐的养育之爱，依然不忘报答养父黄乐的养育之恩德。

二是对师长对朋友的友善、豁达、豪爽和博大的胸怀。黄公望一生有许多朋友，有老师、师傅、长友，有同行同事朋友，有书画界之友，有道友师兄弟之友。据研究罗列，黄公望一生交友近百位。而黄公望与这些朋友之间的友谊友情，几乎到了是欲常随不可分的地步。

其中，最典型的要数危素危太朴。危素虽然比黄公望年小 34 岁，但却不影响他们之间忘年之交的情谊。至和元年（1328 年），公望已 60 岁。他在家乡虞山应危太朴求为其作《虞峰秋晚》等四幅。在至元元年（1335 年），黄公望 67 岁时从苏州回到虞山，在虞山完成了六年前因受危太朴赠宋纸应其嘱为之作的《烟岚云树》《雪山旅思》等画二十幅，赠于危太朴。至正元年（1341 年）黄公望已 73 岁。他又回到虞山山居。当年，危太朴再游虞山，“观七桧，涉桃源，泛尚湖，造子久仙居”，危素见子久前年始作的《仿古二十幅》已过半。在至正三年（1343 年）黄公望已 75 岁那年 8 月 3 日，危太朴再造访子久虞山仙居时，孜以《仿古二十幅》相赠。可以说，危素危太朴是黄公望一生中最要好的朋友，也是他曾去平阳圣井山探望过隐居修道时的黄公望。他一生获黄公望所赠画作最多。

另外一位典型的要数倪瓒（无锡人，字，元镇、玄瑛。号，云林，懒瓒、幻霞生。元四家）。倪瓒也比黄公望年小 30 多岁，倪瓒出身商贾世家，家境富裕，却与贫穷的黄公望结下难解的忘年之交的情谊。倪瓒因受黄公望豪放性格的影响，也视金钱似粪土，与黄公望形影相随，甚至一起到到平阳上圣井山拜入道，长期照顾和接济黄公望，一起云游四方、一起作画，还一起游太湖吹铁笛。可以说，黄公望的大半生云游作画的生涯中，都有倪云林相随相伴的身影。

还有，黄公望的两位挚友子明和无用师（郑樗）。黄公望与子明，既是棋友，又是画友。黄公望与无用师既是同门师兄弟又是画友。据研究，他们俩人均得到过黄公望所赠的画作《山居图》，他们与黄公望之间的友情故事，更是扑朔迷离，与如今争论不息的两幅“真假”《富春山居图》紧紧系连在一起了。

黄公望一生朋友颇多，除上述几位典型外，还如有黄公望老师、吴兴魏国公、书法家赵孟頫，湖北道按察史、黄公望的学生李可道，昆山玉山草堂主顾瑛，书法友人顾善夫，无锡的两君子之一、博学家徐元度，绍兴书法家杨维桢，淞江富豪、画家曹知白，嘉兴隐士诗文、画家（元四家）吴镇，吴兴山水人物画家（元四家）王蒙，杭州道友书法家张泽之（张雨），松江吕巷“知止堂”主人夏世泽和夏文彦祖孙俩，以及有称吴门挚友的苏州姚子章，娄东“懒云窝”主阿里西瑛，吴江友人郑元佑、无锡书人班惟志等等。

纵观和分析黄公望一生所结交的朋友，大多是忘年之交、莫逆之交，豪爽之客，他们之间的情感清淡而却深厚、豪放又却真诚。而黄公望胸中这种对师长、对友人无卑贱之分的真诚深厚情感和友爱，正是他胸怀中深藏对民族对世人之间的朴素大爱之体现。

2014 年 12 月 12 日